Valerio Varesi

Lichtspiele

COMMISSARIO SONERI
GEHT INS KINO

Deutsch von
Karin Rother

Rowohlt Taschenbuch Verlag

Die Originalausgabe erschien
2002 unter dem Titel «Il cineclub del mistero»
bei Passigli Editori, Florenz.

Deutsche Erstausgabe

Veröffentlicht im Rowohlt
Taschenbuch Verlag, Reinbek bei Hamburg, Juni 2008

Umschlaggestaltung
any.way, Barbara Hanke/Cordula Schmidt
(Foto: neuebildanstalt/Jordan)
Satz aus der ITC Legacy Serif PostScript bei
Pinkuin Satz und Datentechnik, Berlin
Druck und Bindung CPI – Clausen & Bosse, Leck
Printed in Germany
ISBN 978 3 499 23951 9

1

Auf dem Kontrollmonitor erlosch die Schrift «Ende des zweiten Teils». Die alte Kassiererin legte Brille und Kreuzworträtsel beiseite und klopfte mehrmals gegen die Scheibe des Kassenhäuschens. Erst als ein Pärchen und ein ungepflegt wirkender Mann an ihm vorbei in die feuchte Nacht hinauseilten, stand ihr Mann träge auf. Das Foyer wurde von Zuschauern überflutet, von denen die meisten ohne Begleitung gekommen waren. Alle schienen entschlossen ihrer Wege zu gehen, wie in einer Bahnhofshalle. Es war Mittwoch, der Tag der Retrospektiven.

Während die Frau hinausging, um den Papierkorb zu leeren, zog ihr Mann den schweren Samtvorhang auf, befestigte ihn zu beiden Seiten des Eingangs und wartete.

Allmählich leerte sich das Kino, und es kehrte Ruhe ein. Man konnte das Surren der Maschine hören, die den Film zurückspulte. In ein paar Minuten würde Beppe auftauchen. Beppe, der Filmvorführer, er selbst und seine Frau: So ging das nun schon seit zwanzig Jahren, in endloser Wiederholung. Auf dem Weg in den Kinosaal knackten Popcorn und Kartoffelchips unter seinen Füßen, und in einer Ecke des Korridors stolperte er über eine leere Flasche, die geräuschvoll über den Fliesenboden rollte. Noch bevor er hineinging, konnte er sich vorstellen, wie es drinnen aussah, die leeren Dosen mit den Strohhalmen zwischen den Sitzen. Das gleiche Bild wie jeden Abend. Er schaltete das Notlicht aus, schloss den Notausgang ab und öffnete prüfend die Türen zu den drei Stehtoiletten, bevor er sich den vorderen Reihen des Zuschauerraums zuwandte.

Er saß da, mit gesenktem Kopf, sein Kinn lag auf dem Kragen des gestärkten Hemdes. Er rüttelte ihn, zuerst sanft, dann immer heftiger, sodass der Kopf hin und her baumelte. Mit den Fingerspitzen tastete er am Hals nach dem Puls, fand aber keinen. Er rannte ins Foyer, stolperte, stieß gegen seine Frau, die die Einnahmen zählte, und umklammerte zitternd den Telefonhörer. Sie hörte ihn sagen: «Natürlich habe ich versucht, ihn wachzurütteln, ist ja nicht das erste Mal, dass einer einschläft, aber der da ist tot, das können Sie mir glauben.»

Er legte auf und rannte zurück in den Saal, bevor sie ihn aufhalten konnte, also folgte sie ihm. Auf den Knien des Mannes lag der zusammengefaltete Mantel, darauf die Brieftasche, als hätte er sie gerade verstauen wollen. Sein Körper war ein wenig nach rechts verdreht, die Hände waren krampfartig zusammengeballt. Die Frau stieß einen Schrei aus, wie in einer der Szenen, die sonst auf der Leinwand zu sehen waren.

«Palmieri», rief sie aus und griff nach dem Arm ihres Mannes.

Jetzt erkannte auch er ihn wieder: Palmieri gehörte zu den ältesten Mitgliedern des Clubs der Cineasten, ein schweigsamer Typ, der immer tadellos gekleidet und allein erschien. Mit dem aufgequollenen Gesicht, so verdreht und mit den im Krampf erstarrten Händen sah er aus wie ein Fremder.

Wenig später fiel von draußen Blaulicht auf die Vorhänge.

2

Soneri traf gegen Mitternacht ein. Als er unter der alten Neonleuchtschrift hindurchging, registrierte er das defekte ‹r› in *Minerva* und die Risse im Putz. Auch drinnen war das Kino in erbärmlichem Zustand: Die Vertäfelung löste sich von den Wänden, der Marmorfußboden war schon lange stumpf geworden, und über allem hing der süßliche Geruch verfaulter Blumen.

Der Zuschauerraum ähnelte weniger einem Kinosaal als einem Hausflur, lang und schmal, wie er war. Entlang der Wände waren Garderobenständer mit Hutablagen aufgestellt worden. Soneri ging an den Sanitätern vorbei, die die Trage gegen eine Sitzreihe gelehnt hatten und sich lebhaft unterhielten, während der Beamte der Spurensicherung seine Arbeit erledigte.

«Sieht nach einem Herzinfarkt aus», meinte der Beamte, als er den Commissario sah.

«Keine anderen Spuren?»

«Allem Anschein nach nicht.»

Soneri ließ die anderen beiseitetreten und besah sich den Toten aus nächster Nähe. An seiner Oberlippe fiel ihm ein Herpes auf, an dem ein winziges Baumwollfädchen hing.

Der schwere Mantel auf seinen Knien war sehr sorgsam, mit dem Futter nach außen zusammengefaltet worden.

Vorsichtig klappte Soneri die Brieftasche auf, wobei ihm der Mitgliedsausweis des Kinoclubs entgegenfiel. Er steckte ihn in seine Jackentasche und sah nach, ob noch etwas anderes heruntergefallen war. Und tatsächlich entdeckte er unter dem Sitz eine Broschüre. Es war der Katalog einer Buchhandlung, die sich auf alte Ausgaben von Kriminalromanen für Bibliophile und Sammler spezialisiert hatte.

In diesem Moment traf der Amtsarzt ein. Der alte Mann mit den langen grauen Haaren trat mit jener geschäftigen Unerschütterlichkeit auf, die der ständige Umgang mit Leichen mit sich bringt. Ohne ein Wort zu sagen, trat er zu dem Toten, schob Mantel und Brieftasche zur Seite, nahm sein Handgelenk und tastete nach dem Puls. Dann ließ er den Arm wieder fallen und streifte sich ein Paar durchsichtige Handschuhe über. Als er sich hinkniete und begann, die Krawatte zu lockern und den Kragen aufzuknöpfen, sank der Kopf plötzlich auf die Brust, der Tote verlor den Halt und fiel so ruckartig auf den Arzt, als wolle er ihm einen Kopfstoß versetzen. Dieser setzte seine Arbeit ungerührt fort. Er untersuchte den Brustkorb, schob die Augenlider nach oben und öffnete den Mund, um mit einer kleinen Taschenlampe hineinzuleuchten.

«Auf den ersten Blick sieht es nach einem Infarkt aus», sagte er, an den Beamten der Spurensicherung gewandt.

«Oder nach einem Schlaganfall», ergänzte er dann. «Einen gewaltsamen Tod würde ich ausschließen», sagte er mit einem Blick auf Soneri.

Der Fall war also schon gelöst, dachte dieser, und ihm fiel ein, dass er sich hier aus bloßer Gewissenhaftigkeit eingemischt hatte. Juvara hatte seine Neugier geweckt, als er sagte: «Es gibt einen Toten in einem Kino.»

Aus irgendeinem Grund war Soneri die Sache verdächtig vorgekommen. Vielleicht hatte es aber auch nur interessant geklungen.

Der Geruch nach verfaulten Blumen war stärker geworden. Das Putzmittel, dachte er, während er die beiden Putzfrauen beobachtete, die sich zwischen den Sitzen zu schaffen machten.

Im Foyer warf er einen Blick auf das Plakat des Films, der gerade gezeigt worden war, in Originalsprache mit Untertiteln, ein lettisches Werk namens *Eisige Spuren*, von einem gänzlich unbekannten Regisseur.

Er beobachtete, wie der Kinobesitzer langsam auf und ab ging, offenbar wartete er darauf, dass der Spuk endlich vorbei wäre. Seine Frau hingegen hatte sich völlig verstört hinter die Kasse geflüchtet.

«Sie sind hier der Chef?», fragte Soneri.

«Ja», antwortete der Mann und blieb stehen. Er streckte die Hand aus: «Sante Marcelli».

«Wählen Sie selbst die Filme aus?»

«Nicht immer. Um die Programmgestaltung kümmert sich der Club der Cineasten, ein Kreis von Krimifans. Sie lassen die Originale aus dem Ausland kommen, manchmal auch ganz unbekannte Filme wie den von heute Abend.»

«Kam der Mann oft hierher?»

«Palmieri? Der ließ keine Vorstellung aus. Eher verzichtete er auf sein Abendessen.»

Soneri betrachtete den Mann. Er wusste selbst nicht, warum er noch weitere Fragen stellte und woher seine Neugier rührte. Marcelli seinerseits sah ihn ebenfalls ein wenig verwundert an, bevor er schließlich sagte: «Kommen Sie mit.»

Er führte Soneri in einen Raum, der an ein Esszimmer erinnerte und in dem es nach frischem Espresso roch.

Auch hier war die Einrichtung alt und abgenutzt, als hätte man seit zwanzig Jahren nichts daran verändert. Marcelli goss Kaffee ein.

«Kannten Sie Palmieri gut?»

«Seit vielen Jahren.»

«Hatte er Herzprobleme?»

«Nicht dass ich wüsste.»

«Was war er von Beruf?»

«Er war Teilhaber einer Firma oder leitender Angestellter, so richtig habe ich das nie verstanden.»

Sie plauderten über den Toten und sein Leben, als tränken sie ihren Kaffee ganz zufällig in der gleichen Bar.

«Ein gewissenhafter Mann mit klaren Prinzipien», erinnerte sich Marcelli, als ginge es darum, eine Grabinschrift zu verfassen.

«Gibt es jemanden, den wir benachrichtigen müssen? Seine Frau?», fragte Soneri.

«Nur seine Mutter. Jemand anderen hat er nie erwähnt.»

«Wie heißt die Firma, für die er arbeitete?»

«Elvethia, eine Papierfabrik.»

Soneri hatte davon gehört, sie lag ein paar Kilometer außerhalb der Stadt. Er trank seinen Espresso, stellte die Tasse ab und zog eine Toscano hervor. Marcelli schaute ihn an: «Commissario, gibt es vielleicht etwas, das ...»

«Nein, ich glaube nicht», erwiderte er, verlegen, weil er so unschlüssig war.

«Seien Sie ehrlich, Sie haben doch irgendeinen Verdacht.»

«Immerhin gibt es hier einen Toten.»

«Mir war sofort klar, dass da etwas nicht stimmt: Palmieri war nicht der Typ, der im Kino einschläft.»

«Wenn er einen Infarkt hatte ... Erinnern Sie sich, wann Palmieri heute kam?»

«Er ist immer pünktlich zu Beginn der Vorstellung da. Und der Film von heute wurde nur ein einziges Mal gezeigt, wie alle Mittwochsfilme.»

«Hat jemand gesehen, ob er schon in der Pause so dasaß?»

Marcelli breitete ratlos die Arme aus.

«Na dann!», sagte Soneri und stand auf.

Im gleichen Moment kam Beppe mit den Filmdosen aus Aluminium herein und warf dem Commissario einen misstrauischen Blick zu. Er verschwand wieder, nachdem er die Rollen gegen die Lehne eines Sessels gestellt hatte, auf dem schon ein ganzes Filmarchiv gestanden haben musste.

Der Tote war bereits weggebracht worden, aber die Kassiererin saß noch immer ungeduldig wartend hinter der Glasscheibe des Kassenhäuschens. Die Luft draußen war feucht. Von den riesigen Platanen fielen Tropfen, die auf dem Blech der Autos widerhallten, als wollten sie darauf aufmerksam machen, wie langsam die Zeit in dieser Nacht mitten in der Woche verging. Als Soneri auf der kleinen Piazza seine Zigarre anzündete, sah er, wie die Leuchtschrift des Kinos erlosch und der Rollladen vor dem Eingang heruntergelassen wurde. Er blieb noch ein paar Minuten stehen, rauchte und lauschte dem Brummen der Straßenlaternen. Plötzlich durchbrach ein näher kommendes Auto die Stille, und ein Taxi hielt vor dem Kino. Eine Frau um die vierzig stieg aus, sie wirkte, als hätte sie sich in aller Eile angezogen. Als sie sah, dass das *Minerva* geschlossen hatte und die Piazza verlassen dalag, stieg sie wieder ein und sprach kurz mit dem Taxifahrer, offenbar wollte sie die Fahrt fortsetzen. Da trat Soneri aus dem Dunkel hervor ins Scheinwerferlicht und auf den Wagen zu. Die Frau auf dem Rücksitz ließ das Fenster herunter.

«Wo haben sie ihn hingebracht?»

«Ich bin Commissario Soneri. Und wer sind Sie?», erwiderte Soneri.

«Eine Freundin.»

Der Taxifahrer brummte, dass er nicht noch länger warten könne, weil nachts nur wenige Kollegen im Einsatz wären.

«Steigen Sie aus, ich werde Sie nach Hause fahren.»

Die Frau gehorchte und bezahlte den Fahrer. Die Anspannung schien sie beinahe zu lähmen. Als sie allein unter den Straßenlaternen zurückblieben, starrte sie auf den Rollladen des Kinos und wiederholte ihre Frage: «Wo haben sie ihn hingebracht?»

Ein Auto fuhr an ihnen vorbei, und Soneri konnte darin das Ehepaar Marcelli erkennen.

«Herr Palmieri ist tot.»

«Das dachte ich mir», murmelte die Frau.

«Wahrscheinlich ein Herzinfarkt», erklärte Soneri.

Die Frau sah ihm zum ersten Mal direkt in die Augen, und in ihrem Blick lagen Misstrauen wie auch Entrüstung.

«Ein Herzinfarkt?», murmelte sie.

«In welcher Beziehung standen Sie zu ihm?»

«Ich habe es Ihnen doch bereits gesagt: Ich bin eine Freundin.»

«Wer hat Sie benachrichtigt?»

«Spielt das eine Rolle? Die Nachricht kam jedenfalls zu spät. Ist seine Mutter im Leichenschauhaus?»

«Ich habe keine Ahnung», antwortete Soneri und betrachtete die Frau, ihre feinen Gesichtszüge, die geschmackvolle Kleidung und vor allem die blauen, kämpferischen Augen.

«Soll ich Sie fahren?»

«Wenn es Ihnen nichts ausmacht? Ich möchte nach Hause.»

«Wollen Sie ihn gar nicht sehen?»

«Nein, lieber nicht. Ich würde nur seiner Mutter begegnen ...»

«Und die hat Ihre Beziehung nicht gebilligt», schloss der Commissario.

Die Frau fuhr zu ihm herum, beruhigte sich aber sofort wieder.

«Ist das so offensichtlich? Sie dachte, ich sei hinter seinem Geld her. Dabei lauerten in Wirklichkeit ganz andere Gefahren auf ihn», bemerkte sie geheimnisvoll.

«Wurde er bedroht?»

Die Frau antwortete nicht gleich darauf. Sie erklärte ihm den Weg, und er sah aus dem Fenster.

«Es lief nicht besonders gut in der Firma. Ständig gab es Streit zwischen ihm und seinem Partner.»

«Weswegen?»

«Serafino hatte als Buchhalter bei der Elvethia angefangen und ist dann langsam aufgestiegen. Das haben sie nicht ertragen.»

Sie bogen in eine vornehme Straße ein, in der Häuser mit nur wenigen Stockwerken und Gärten standen.

«Lassen Sie mich an der Ecke raus, hier ist es.»

Soneri hielt an.

«Sie haben mir Ihren Namen nicht gesagt.»

«Lora. Lora Recanati.»

Er sah, wie sie sich mit raschen Schritten auf dem Bürgersteig entfernte, und schloss daraus, dass sie sich in einiger Entfernung hatte absetzen lassen. Er sollte offenbar nicht sehen, in welchem Haus sie wohnte. Vielleicht sollten aber auch die Nachbarn nicht mitbekommen, wer sie nach Hause brachte.

3

Er machte Juvara in der Bar vor dem Polizeipräsidium ausfindig. Mit verhaltenem Abscheu musterte Soneri dessen alkoholfreies Getränk und setzte sich zu ihm.

«Und?»

Soneri zögerte mit der Antwort, er wusste nicht, was er sagen sollte.

«Sieht nach einem Infarkt aus.»

«Soll heißen?»

Der Commissario machte eine vage Handbewegung.

«Irgendetwas an der Geschichte gefällt mir nicht, aber ich weiß nicht genau, was.»

Der Kellner brachte den Nusslikör, und Soneri schnupperte zunächst einmal ausgiebig daran. Er wurde ziemlich schläfrig, während Juvara hartnäckig weitersprach: «Auf den ersten Blick sind es immer nur vage Vermutungen, aber dann wird mit einem Schlag alles klar.»

Soneri hörte ihm nicht zu, weil er an ein bestimmtes Detail denken musste. Immer wieder fiel sein Blick auf die junge Frau an dem Ecktisch, neben dem großen Lampenschirm: Auch sie hatte ein Herpes unter der Nase, wie Palmieri. Und auf einmal erinnerte er sich an das Baumwollfädchen an den Lippen des Toten. Das war es, was seine Neugier geweckt hatte. War es möglich, dass es dort hängen geblieben war, ohne dass der Mann es bemerkt hatte?

Nachdenklich sah er zu der jungen Frau hinüber, die unablässig an ihrer Lippe herumspielte.

Dann stand der Commissario auf und ging zum Telefon. Er nahm den Hörer ab, legte ihn gleich wieder auf und sah auf die Uhr: Es war ein Uhr vorbei.

«Wen wollten Sie anrufen?», fragte Juvara. «Um diese Uhrzeit ist doch außer uns nur die diensthabende Streife im Einsatz.»

«Die Spurensicherung. Ich habe da so eine Idee.»

Im gleichen Moment sah Soneri, wie ein Polizeibeamter die Straße überquerte und auf die Bar zukam, und ein paar Sekunden später stand er vor ihm.

«Commissario, der Untersuchungsrichter rief mich gerade an. Er lässt Ihnen ausrichten, dass die Mutter des Toten ganz aufgelöst ist und unbedingt mit der Polizei sprechen will.»

Dann, nach einer verlegenen Pause: «Er sagt, Sie würden ihm einen persönlichen Gefallen tun, wenn ...»

Weiter kam er nicht, da Soneri sich bereits zum Gehen wandte.

«Soll ich Sie begleiten?», fragte Juvara.

«Nein, das ist nicht nötig. Ich kann die alte Dame schon alleine trösten.»

In der Via Giotto, am Stadtrand, ging er die Treppe eines einfachen, heruntergekommenen Mietshauses hinauf. Im ersten Stock wurde er bereits erwartet, eine alte Frau stand im Hausflur. Sie hatte schneeweißes Haar, das im Nacken zu einem Knoten gebunden war. Genauso hatte sie vielleicht auch auf ihren Sohn gewartet, dachte er, und als er den Schmerz in ihrem Gesicht sah, tat sie ihm ein bisschen leid.

Die Wohnungseinrichtung ähnelte der im *Minerva* sehr.

In allen Zimmern standen schwere, altmodische Möbel, an den Wänden hingen Tapeten mit bourbonischen Lilien, an der Decke falscher Stuck und Messingleuchter, deren geschliffenes Glas schon längst blind geworden war. Soneri nahm im Wohnzimmer Platz, die Kuckucksuhr ihm gegenüber zeigte zehn vor zwei an. Die Alte trat so entschlossen auf ihn zu, als stünde ihr ein Ringkampf bevor.

«Serafino war kerngesund, nie hatte er gesundheitliche Probleme. Sie verstehen, was ich damit sagen will?»

Soneri nickte. Er war nicht ganz bei der Sache, da die Dinge um ihn herum seine Aufmerksamkeit in Anspruch nahmen. Überall lagen Häkeldeckchen und handgearbeitete Stickereien verteilt. Besonders faszinierte ihn eine Ballerina aus Porzellan, die auf der Anrichte stand.

Einen Augenblick später lag vor seiner Nase ein Stapel von fachärztlichen Befunden, Röntgenbildern, Elektrokardiogrammen und Untersuchungsergebnissen, die die Frau schweigend aus einer Schublade hervorgeholt hatte.

«Lesen Sie das, lesen Sie es alles», forderte sie ihn auf.

Mit einer Handbewegung lehnte der Commissario das ab: «Glauben Sie tatsächlich, dass Ihr Sohn ermordet wurde?»

Statt einer Antwort erfolgte ein Kopfnicken.

«Aber von wem denn?»

«Er war mit einer Frau zusammen, die es einzig und allein darauf angelegt hatte, sich von ihm aushalten zu lassen.»

«Meinen Sie Lora Recanati?»

«Ja, genau die meine ich. Seit mein Sohn Teilhaber der Papierfabrik wurde, hatte sie es auf ihn abgesehen.»

«Wenn sie sich aushalten lassen wollte, hätte sie ihn wohl kaum getötet.»

«Sie hatte sich bereits ihre Wohnung und etliche Aktien überschreiben lassen: Das reicht durchaus für ein sorgloses Leben.»

«Und warum hätte sie darauf verzichten sollen, ihm noch mehr Geld abzuknöpfen?»

Die Alte machte eine verächtliche Kopfbewegung: «Frauen wie sie sind flatterhaft. Vielleicht hatte sie ja genug von ihm, oder sie hatte einen anderen.»

«Das scheint mir noch lange kein hinreichender Grund, um jemanden umzubringen.»

Sie bedachte ihn mit einem missbilligenden Blick, dann begann sie zu weinen. Tränen gegenüber fühlte Soneri sich immer völlig hilflos. «Wir werden den Fall untersuchen», versprach er, nahm sie bei den Schultern und schob sie in einen Sessel.

Sie schien sich zu beruhigen.

«Wissen Sie, dass Lora Recanatis erster Mann ermordet wurde?»

«Wann?»

«Vor vier Jahren, der Mörder wurde nie gefasst. Ich bin keine alte Frau, die den Verstand verloren hat, das müssen Sie mir glauben.»

Soneri kramte vergeblich in seinem Gedächtnis.

«Er hieß Ronco, die Leiche fand man in seinem Wagen auf der Autobahn.»

Jetzt erinnerte er sich. Es war in einer Nachbargemeinde passiert, weshalb sein Büro damals nur am Rande an den Ermittlungen beteiligt gewesen war.

Die Alte beobachtete Soneri mit fieberhaft glänzenden Augen, sie war davon überzeugt, ins Schwarze getroffen zu haben:

«Wissen Sie, was die Untersuchungen ergeben haben?

Das Opfer muss den Schützen gut gekannt haben: Es gab keine Anzeichen für einen Kampf.»

Der Commissario wunderte sich, dass die Alte so gut informiert war.

Er sah sich noch einmal um. Diese Möbel mussten vom gleichen Hersteller stammen, der auch das Kino beliefert hatte.

«Ich weiß, es ist alter Kram», sagte die Frau, die Soneris Blick zur Kenntnis genommen hatte. «Diese Wohnung sieht noch genauso aus wie beim Tode meines Mannes. Serafino wollte, dass alles an seinem Platz bleibt, selbst der Nippes. Nichts sollte sich verändern, so konnte er sich die Anwesenheit seines Vaters leichter vorstellen. Ich sehe ihn zwar nicht, aber er ist da, sagte er immer, weil seine Sachen da sind.»

Leise begann sie wieder zu weinen. Sie musste sich unendlich einsam fühlen.

«Wohnte Serafino noch bei Ihnen?»

«Ja. Er kam jeden Mittag zum Essen. Ich habe auch seine Wäsche gemacht.»

«Und Lora Recanati lebte allein in der Wohnung, die er ihr gekauft hatte?»

«Ja, und er wäre auch nie zu ihr gezogen. Er hatte mir geschworen, dass er nach meinem Tod hier wohnen bleiben würde.»

«Übernachtete er immer hier?»

«Fast immer. Nur ganz selten kam er nicht nach Hause.»

«Nun, vielleicht nehmen Sie jetzt ein Beruhigungsmittel und ruhen sich aus?», schlug Soneri vor, so sanft, wie es ihm möglich war.

Stolz schüttelte die Frau den Kopf, ließ sich dann aber

doch am Arm des Commissarios in ihr Schlafzimmer führen. Sie setzte sich aufs Bett, kreuzte die Hände vor der Brust und sah ihn dankbar an.

«Ziehen Sie die Tür hinter sich zu, wenn Sie gehen.»

4

Als er wach wurde, beschäftigten ihn sofort wieder die gleichen Gedanken wie vor dem Einschlafen. Die Geschichte ließ ihn nicht mehr los. Das *Minerva*, der Tote, die Alte, all die Anschuldigungen und Verdächtigungen hatten Soneri in eine Unruhe versetzt, die er sich selbst nicht erklären konnte. Bis ihm die Spurensicherung wieder einfiel.

Nanetti antwortete ihm mit belegter Stimme: «Dir kommt da etwas komisch vor, ja? Ich finde es überhaupt nicht komisch, deswegen meine kostbare Zeit zu verschwenden. Als ob ich sonst nichts zu tun hätte!»

Nanetti protestierte, aber am Ende würde er sich geschlagen geben.

«Wir müssen der Sache sowieso nachgehen. Die Mutter besteht auf einer Untersuchung, und der Richter hat zugestimmt», beschwichtigte Soneri.

Am anderen Ende der Leitung wurde es still, dann hörte man ein Seufzen: «Also gut, worum geht es.»

«Ich glaube einfach nicht so recht daran, dass es ein Herzinfarkt war.»

«Aber das wird sich doch bei der Autopsie herausstellen!»

«Die ist erst für morgen angesetzt. Vielleicht könnten wir ja schon heute mehr herausfinden.»

«Was soll ich tun?», fragte Nanetti resigniert.

«Der Tote hat ein Lippenherpes, und daran hängt ein kleines Baumwollfädchen. Nimm es ab und sag mir Bescheid, sobald du es untersucht hast. Aber sprich im Leichenschauhaus mit niemandem darüber», schärfte ihm der Commissario ein, «tu so, als sei es eine Formalität im Zusammenhang mit der Autopsie.»

Im Präsidium brachte Soneri nicht allzu viel zustande. Er saß in seinem Büro am Ende des Flurs, die Tür hatte er offen gelassen. So wussten seine Mitarbeiter, dass sie mit den Akten und Unterlagen hereinkommen durften. Unterschriften, Sichtvermerke, Genehmigungen: Soneri erledigte alles mit ungewohntem Gleichmut. Die Sekretärinnen konnten kaum glauben, dass sie ein- und ausgehen konnten, ohne lange warten oder die Papiere erst Juvara zeigen zu müssen. Soneri hatte beschlossen, den Vormittag damit zu verbringen, den angestauten Papierkram abzuarbeiten. Er musste ja sowieso erst einmal Nanettis Rückmeldung abwarten.

Gegen elf rief Soneri ihn an: «Na, schon was Neues?»

«Wir arbeiten noch daran.»

Im Flur ging ein übel zugerichteter Mann in Handschellen zwischen zwei Beamten vorbei. Begleitet wurden sie von Juvara, der den kopfschüttelnden Commissario fragend ansah. Dann rief der Polizeipräsident an, um ihn darüber aufzuklären, wie er zu den neuesten Anweisungen des Ministeriums bezüglich der Polizeistreifen stand. Soneri kaute auf seiner kalten Zigarre herum und gab in regelmäßigen Abständen ein zustimmendes Brummen von sich. Als er den Hörer auflegte, sah er, wie Nanetti mit seinem hinkenden Gang über den Hof kam. Kurz darauf erschien er in der Tür, in der Hand hielt er ein paar Blätter.

Soneri holte aus einem Schränkchen hinter dem Schreibtisch eine Flasche Portwein und stellte zwei Gläser hin.

«Du hast eben immer was Gutes da», sagte Nanetti und nippte an dem Wein.

«Und du hast immer noch einen guten Riecher», fügte er dann hinzu und beobachtete, wie Soneri an seinem Glas roch.

«Willst du mir damit sagen, dass ...»

«Die Baumwolle enthielt Chloroform. Und das nicht zu knapp. Damit hätte man ein Pferd einschläfern können.» Soneri verspürte eine so tiefe Genugtuung, dass er sich ein wenig schämte.

«Ich vermute aber eine andere Todesursache», fuhr Nanetti fort. «Ist der Leichnam genau untersucht worden?»

«Ach was», erwiderte der Commissario und hob den Hörer ab.

«Können Sie mich bitte mit Doktor Bianchedi verbinden?» Er legte eine Hand auf die Muschel und flüsterte Nanetti zu: «Ich rufe den Richter an, um das Ganze ein wenig zu beschleunigen.»

«Guten Tag, ich rufe in Sachen Palmieri an, ich denke, wir sollten die Autopsie schon heute durchführen. Warum? Nun, ich habe die Spurensicherung um ein paar Untersuchungen gebeten, und wie sich herausstellte, ist der Mann mit Chloroform betäubt worden. Da kann man schwerlich von einem natürlichen Tod ausgehen, meinen Sie nicht auch? Die Todesursache? Nun, die kenne ich nicht. Genau das würde ich ja gerne herausfinden. Wir können die Leiche also sofort untersuchen? Ich danke Ihnen.»

«Der Richter muss erst noch geboren werden, der keine blöden Fragen stellt», schnaubte Soneri und griff nach seinem Dufflecoat.

In den roten Alfa des Commissarios konnte Nanetti wegen seines Hüftleidens nur mühsam einsteigen. Sie fuhren zum Krankenhausgelände, an dessen hinterem Ende sich die Gerichtsmedizin befand.

Dass in dem niedrigen Gebäude der Tod zu Hause war, leuchtete sofort ein: eine Art kalkweiße Garage ohne Fenster, in der Neonlicht herrschte. Nanetti war diese Umgebung offenbar gewöhnt und bewegte sich darin ganz unbefangen. Sie passierten einige Metalltüren, bis sie schließlich in den großen Kühlraum kamen.

Dort lag Palmieri unter einem grünen Laken auf einem Obduktionstisch. Ein Assistent reichte ihnen Handschuhe und blieb abwartend am Kopfende stehen. Nanetti untersuchte die Leiche Zentimeter um Zentimeter. Besonders eingehend studierte er Kopf und Hals, er untersuchte den Bereich hinter den Ohren, fuhr mit dem Finger über die Kehle und zog die Haare Strähne für Strähne auseinander. Dann drehte er den Körper mit Hilfe der beiden anderen Männer um. Bei der weiteren Untersuchung achtete er besonders auf den Achselbereich. Unter dem rechten Schulterblatt hatte der Mann ein schwarzes, erhabenes Muttermal.

«Nichts zu finden», sagte Nanetti und richtete sich auf. «Keine Schussverletzung oder Schnittwunde.»

«Also wurde er entweder erstickt oder vergiftet», folgerte Soneri, auch wenn er sich nur schwer vorstellen konnte, wie.

«Das können wir jetzt nicht feststellen», sagte Nanetti und zog sich die Latexhandschuhe aus. «Wir müssen die Autopsie abwarten.»

Der Assistent deckte die Leiche wieder zu, und Soneri machte sich auf den Weg nach draußen, wo er Juvara anrief.

«Was hat der Richter gesagt?»

«Dass die Untersuchung unmöglich heute durchgeführt werden kann, weil der Amtsarzt irgendwo außerhalb einen Vortrag hält.»

Soneri konnte seine Wut nur schwer zurückhalten. Hier war ein Mord passiert, und nun sollten sie warten, bis der werte Herr seinen Vortrag beendet hatte.

«Reg dich nicht auf», erriet Nanetti seine Gedanken, «das ist keiner von den Fällen, wo Eile geboten ist. Hier ist vielmehr Geduld gefragt.»

Soneri schwieg dazu, dachte aber das Gleiche. Im Alfa hatte er wieder den süßlichen Blumengeruch aus dem *Minerva* in der Nase. Also zündete er sich eine Zigarre an und öffnete das Fenster einen Spaltbreit. «Wir könnten im *Milord* einkehren», schlug Soneri vor, wohl wissend, dass Nanetti das nur selten ablehnte.

Und tatsächlich sah der andere ihn lächelnd an: «Die erste gute Idee des Tages.»

Als Vorspeise wählten sie Parmaschinken, dazu Malvasia. Soneri hielt die Scheiben in die Höhe wie Hostien: Sie mussten fest sein, dann waren sie gut abgehangen. Während er jede Scheibe einzeln prüfte, langte Nanetti, der auf solche Finessen keinen Wert legte, bereits kräftig zu.

Dann brachte Alceste ihnen zwei Teller mit dampfenden Gnocchi mit Tomatensoße und geriebenem Parmesan sowie zwei Gläser Bonarda.

«Wie auch immer er umgebracht wurde, muss das Spuren hinterlassen haben», sagte Nanetti, dem inmitten all dieser Köstlichkeiten der Tote wieder einfiel.

«Ganz meine Meinung.»

«Dabei scheint er nicht mal einen Kratzer abbekommen zu haben.»

«Ja, wenn dieses Fädchen nicht gewesen wäre ...», sinnierte der Commissario.

«Hättest du das Ganze als Infarkt zu den Akten gelegt?»

«Gut möglich.»

Sie waren beide satt, doch im *Milord* verzichteten sie nie auf das Finale: Kaffee und Verdauungsschnaps.

«Da steht dir ganz schön was bevor. Ziemlich vertrackter Fall, scheint mir», sagte Nanetti, stellte die Tasse ab und erhob sich mühsam.

Der Commissario blieb noch ein paar Minuten sitzen. Das Essen hatte ihn in leichte Hochstimmung versetzt. Als er in sein Auto stieg und zur Papierfabrik fuhr, wusste er nicht genau, was er dort eigentlich wollte. Er war einfach nur neugierig.

Als er auf das Gelände einbog, fand er sich auf einem schmalen Weg wieder, zu dessen Seiten sich riesige Ballen von Papier türmten, dann kam er an einer Halle vorbei, in der zahlreiche Arbeiter ein- und ausgingen. Schließlich entdeckte er einen alten Landsitz. Auf dem Rasen vor dem eleganten Gebäude stand der Schriftzug Elvethia, daneben das Logo: Blätter, die sich zu einem Fächer öffneten.

Er wurde in einen Salon mit Kamin, Bildern in vergoldeten Rahmen und üppigen Vorhängen geführt. Nach einigen Minuten erschien ein Mann mit breitem Gesicht, ausgeprägten Wangenknochen und großen, wässrigen blauen Augen im Türrahmen, Manfred Stork, einer der Geschäftsführer. Soneri folgte ihm in den Nebenraum. Den kleinen hageren Mann, der dort mit ernster Miene hinter seinem Schreibtisch saß, hätte er beinahe übersehen. «Mein Vater Franz», stellte Stork ihn vor.

Stork senior nickte, ohne eine Miene zu verziehen: Er

hatte die gleichen blauen Augen wie sein Sohn, doch sein Blick war durchdringender.

«Seit wann arbeitete Palmieri hier?»

«Seit ungefähr zwanzig Jahren», antwortete Stork und drehte sich Bestätigung heischend zu seinem Vater um.

«War er Teilhaber geworden?»

«Er besaß fast die Hälfte der Aktien, vorher habe ich das Unternehmen alleine geleitet.»

«Aber Sie sind im Besitz der Mehrheit geblieben, als Palmieri an Ihre Seite trat?»

«Nicht ganz», erklärte Stork. «Die Anzahl unserer Anteile war zwar identisch, aber eine Bank besaß weitere Anteile. Bei Unstimmigkeiten schlichtete oder entschied diese.»

«Gab es denn welche?»

«Nicht mehr als in anderen Aktiengesellschaften auch. Bei gleichberechtigten Anteilseignern ist es Aufgabe der Bank, Lösungen für eventuelle Problemfälle zu finden.»

Stork klang um Nachdruck bemüht, wirkte aber zugleich abwesend. Sein Blick streifte durch den Raum, und von Zeit zu Zeit blitzte in seinen Augen etwas Unbestimmtes auf. Sie verrieten, dass er nicht bei der Sache war.

«Woran ist er denn gestorben?», fragte Stork mit aufgesetzter Anteilnahme.

«Wir wissen es nicht», erwiderte der Commissario geheimnisvoll.

Eine Weile schwiegen sie. Vater und Sohn wirkten kalt und abweisend.

«Haben Sie sich die Aufgaben in der Firma geteilt?»

«Er war der bevollmächtigte Verwalter.»

«Aber Sie haben nicht miteinander gesprochen?»

«Wer hat Ihnen denn das erzählt?», fragte Stork affektiert. «Wir sprachen über alles Notwendige. Wenn's um

Geschäft geht, sind schließlich weder freundschaftliche Gefühle noch angenehme Unterhaltungen Pflicht.»

«Warum haben Sie ihm eigentlich die Hälfte der Firma verkauft?»

Wieder herrschte Schweigen. Manfred Stork zwang sich zu einem Lächeln. Der Alte aber hob langsam seinen Stock und richtete ihn mit herrischer Miene gegen den Commissario. «Was hat das alles mit dem Tod von Palmieri zu tun?», fragte er drohend, und es war nicht zu überhören, dass er einen starken deutschen Akzent hatte.

Hastig senkte Manfred Stork den Stock, offenbar war er nervös: «Wir haben nicht direkt an Palmieri verkauft. Die Bank hat ihm Aktien abgetreten. Unter bestimmten Umständen, wenn Firmen sich verschulden und einen Kredit aufnehmen müssen, werden Garantien verlangt. Und da Palmieri das Vertrauen der Bank besaß ...»

Der alte Stork stand auf, wandte Soneri den Rücken zu und ging ohne ein Wort hinaus.

«Sie müssen ihn entschuldigen, er ist achtzig, und diese Firma ist sein Lebenswerk.»

«Es muss ein Schlag für ihn gewesen sein, sie teilen zu müssen.»

«Er hat nie resigniert.»

«Was werden Sie jetzt mit der Firma machen?»

«Wir werden weitermachen», sagte Manfred Stork.

«Wussten Sie von der Leidenschaft Ihres Partners für Kriminalfilme?»

«Ja, er machte oft früher Schluss, um ins Kino oder in den Club zu gehen, er ging dann so gegen sieben.»

«Und an den anderen Tagen arbeitete er länger?»

«Ja, sicher.»

«Und Sie?»

«Ich bin nicht oft hier.»

Vom Vorplatz hörte man eine Sirene und die Arbeiter, die Feierabend machten.

«Ich muss los», sagte der Commissario, «entschuldigen Sie mich bei Ihrem Vater.»

«Commissario ...»

Soneri drehte sich noch einmal um.

«Ist Palmieri nun an einem Herzinfarkt gestorben, oder wurde er ermordet?»

«Was glauben Sie?», fragte der Commissario und ging hinaus, ohne eine Antwort abzuwarten.

5

Auf dem Rückweg fuhr er durch das Viertel, in dem er Lora Recanati abgesetzt hatte. An der Ecke, an der sie sich verabschiedet hatten, hielt er an, um zu Fuß die Straße entlangzugehen, in der die Frau verschwunden war. Lange lief er an einer Mauer entlang, die von einer Lorbeerhecke überragt wurde. Dahinter waren vornehme Häuser zu sehen, weitläufige, kiesbedeckte Innenhöfe, Gipsskulpturen und ausgedehnte Rasenflächen in immergrünen Gärten. Er studierte die Klingelschilder, ohne einen Hinweis zu finden. Auf der Straße waren nur alte Leute unterwegs, die ihre Hunde ausführten.

«Juvara, schau mal im Computer nach, wo Lora Recanati wohnt.»

Licht und Schatten wechselten sich ab, während er unter den Bäumen weiterlief. Teure Autos fuhren durch schmiedeeiserne Gartentore, die für einige Sekunden den Blick auf einen Carport oder eine Garage freigaben. Wieder wählte er Juvaras Nummer.

«Sie ist in der Via Vanzetti 15 gemeldet.»

«In welchem Stadtteil ist das?»

«Im Westen, auf der anderen Seite der Bahnlinie.»

Ein völlig anderes Stadtviertel. Mit großen Schritten lief er zum Auto zurück. Die Via Vanzetti war eine Sackgasse. Eine Straße mit Geschäften und Werkstätten am äußersten Stadtrand, wo das flache Land begann. Die Nummer 15 war das letzte Gebäude vor den Feldern. Es gab sechs Klingeln. Rechts oben das Schild, das er suchte: Ronco-Recanati. Er klingelte, aber niemand machte auf. Die Pforte stand offen, und jemand hatte die Fußmatte zwischen die Haustürflügel geklemmt. Er ging hinein und stieg die Treppe hinauf: drei spärlich beleuchtete Stockwerke, auf den Treppenabsätzen Obstkisten und Wäsche zum Trocknen.

Noch zweimal klingelte er vergeblich. Auf dem Weg nach unten sah er einen Schatten heraufkommen. Erst als sie vor ihm stand, erkannte er Lora Recanati wieder.

Sie zeigte sich überrascht und erstaunt.

«Suchen Sie mich?»

«Ich dachte, Sie wohnen im Zentrum.»

«Gestern Abend habe ich Sie angelogen. Ich wollte Sie ... wie sagt man doch gleich», fügte sie mit einem verschmitzten Lächeln hinzu, «auf eine falsche Fährte locken. Ich hatte Lust, ein Stück zu Fuß zu gehen», schloss sie, ohne sich um Soneris Reaktion zu kümmern.

«Wohnten Sie schon hier, bevor Sie Palmieri kannten?»

«Ja, mit meinem Mann, zur Miete. Serafino hat die Wohnung dann gekauft.»

Er folgte ihr. Drinnen war alles sehr hell. Stehlampen warfen ein strahlendes Licht auf die weißen Wände, an denen Reproduktionen bekannter Gemälde hingen. Lora hatte einen guten Geschmack, vermutlich aber nicht das Geld, ihn umzusetzen.

«Was machte Ihr Mann beruflich?»

«Er verkaufte Heizungen.»

«Der Mord wurde nie aufgeklärt?»

«Nein. Und jetzt ... Können Sie sich das vorstellen? Zum

zweiten Mal. Ich bin nicht gerade eine vom Glück verfolgte Frau.»

Soneri sah sie an. Sie war schön. Der Typ Frau, die mit sanfter Bestimmtheit jedem Mann den Kopf verdrehen könnte.

«Wie lange waren Sie schon zusammen?»

«Seit drei Jahren», seufzte Lora.

«Sie haben ihn kennengelernt, als er noch bei der Elvethia angestellt war?»

«Ja. Ich war nicht auf sein Geld aus, obwohl er schon damals recht vermögend war. Sein Vater hatte ihm Grundstücke und Immobilien hinterlassen. Vor drei Jahren hat die Bank die Hälfte der Aktien abgegeben, und er hat fast sein ganzes Geld darin investiert. Zuerst sträubte er sich dagegen, denn er musste das gesamte Familienerbe verkaufen, auch den Hof und das Haus, in dem sie gewohnt hatten, die Erinnerungen ... Serafino fühlte sich deswegen so schuldig, dass er aus seiner Stadtwohnung eine Art Museum machte, um nicht auch noch dort die Spuren seines Vaters zu tilgen.»

Die Frau stand auf, öffnete eine Schublade und holte eine Schachtel hervor. Mit flinken Fingern blätterte sie einen Stapel Fotos durch und reichte ihm einen Schnappschuss, der Palmieri auf einer Tenne zeigte, hinter ihm sah man ein großes Haus mit einem Heuboden über dem Stall.

«Er ist immer ein Bauer geblieben», meinte sie.

«Aber als Geschäftsmann machte er sich auch nicht schlecht ...»

«Die Sache mit der Elvethia ist ihm zufällig in den Schoß gefallen. Dieser Manfred ist ein Gauner, er hat nichts als Frauen und Glücksspiel im Kopf. Eine Zeitlang hat ihn sein Vater im Zaum gehalten, aber dann musste er wiederholt zahlen, um Skandale zu vermeiden. Schließlich waren sie so verschuldet, dass die Bank eingriff. Serafino war die einzige Person, mit der die Gläubiger verhandeln konnten, und als sie ihm die Aktien verkauft haben, bestanden sie darauf, dass er sie in der Firma vertritt. Und von da an war er der Chef, weil sein Anteil, zusammen mit dem der Bank, über das Schicksal der Papierfabrik entschied.»

«Und die Storks?»

«Manfred hasste ihn, der Alte sprach kein Wort mit ihm. Einmal sind sie sogar handgreiflich geworden. Zum Glück war Serafino robust.»

«Drohungen?»

«Auch. Aber dieser Manfred ist so dämlich, dass er nie ... er hätte andere darum bitten müssen.»

Lora bedeckte ihr Gesicht mit den Händen und strich sich über die Wangen, als würde sie sich waschen.

«Glauben Sie wirklich, dass Serafino ermordet wurde?»

«Ja», war alles, was sie darauf antwortete. Sie warf ihm einen Blick zu, der jeden Zweifel ausschloss.

«Und glauben Sie, dass Manfred Stork ...»

«Ich weiß es nicht.» Sie schaute an Soneri vorbei, auf die Wand, an der, wie der Commissario bemerkt hatte, der Druck eines Cézanne hing: «Wissen Sie, dass Serafino sich eine Pistole gekauft hatte?»

«Wann?»

«Vor fünf oder sechs Monaten. Er sagte mir, dass er in Gefahr sei.»

«Hat er auch mit anderen darüber gesprochen?»

«Ich glaube nicht.»

Soneri stand auf, und sie verabschiedeten sich. Eine Viertelstunde später parkte er in der Altstadt.

Zu Fuß ging er in die Via Saffi. Wie gern hätte er jetzt

einen Abendspaziergang durch Parma im Nebel gemacht, entlang der in strohgelben Schattierungen gestrichenen Patrizierhäuser. Stattdessen trat er durch einen Toreingang. Im Innenhof befand sich ein beleuchtetes Portal mit Glastüren, an der Seite ein Messingschild: «Club der Cineasten».

Er fand sich in einer Art Gruft wieder. Im Halbdunkel brannten zwei Wandlampen mit schwachen Birnen und warfen rötliches Licht an die Wände. In der Mitte des Raumes saßen Seite an Seite zwei Männer in Sesseln vor einem Kaminfeuer. Auch als die Tür mit einem lauten Geräusch zufiel, kehrten sie ihm weiter den Rücken zu, unterbrachen aber schlagartig ihre Unterhaltung. Stumm saßen sie da, als warteten sie auf einen Befehl.

«Ich bin Commissario Soneri.»

Schweigen. Dann drehte sich einer der beiden langsam zu ihm um. Die Flammen warfen Muster auf sein Gesicht, als wollten sie chinesische Schattenspiele darauf zeichnen.

«Gehen Sie dort lang.»

Hätte er die Gesichter der beiden beschreiben müssen, er hätte es nicht gekonnt, dachte Soneri und betrat einen großen, hellerleuchteten Raum mit einem Billardtisch in der Ecke und einem riesigen Bücherregal an der rechten Wand. Links hingen eindrucksvolle Aufnahmen aus berühmten Kriminalfilmen, ein Reliquienschrein für Cineasten: Er erkannte Elliot Gould als Philip Marlowe in *Der Tod kennt keine Wiederkehr*, Glenn Ford in *Heißes Eisen* und Basil Rathbone in der Rolle des Sherlock Holmes und Gino Cervi als Maigret.

Von einem Sofa aus nahmen ihn misstrauisch drei Männer in Augenschein, ein weiterer, hinter dem Bartresen, musterte ihn wie einen Versicherungsvertreter. Er sah merkwürdig aus, mit seinem runden, glänzenden Schädel, seiner ebenfalls runden Brille und dem eigenartigen Schnauzbart.

«Wen suchen Sie?»

Der wenig freundliche Tonfall ärgerte Soneri.

«Ich bin wegen des Todes von Palmieri hier.»

Einer der Männer, er trug einen karierten Anzug und eine tiefrote Fliege, erhob sich und forderte ihn mit einer Geste auf, am Tisch Platz zu nehmen.

«Ich bin Santini, der Präsident.»

Als der Commissario sich setzte, hatte er endlich Gelegenheit, sich die anderen beiden Männer anzusehen: ein kleiner Kerl mit Spitzbart, der aussah wie ein Notar, neben ihm ein alter Herr mit schlohweißem Bürstenschnitt, der zu seiner grauen Weste eine Silberkette trug. Sie wirkten wie Statisten, die die Kulisse ein wenig beleben sollten.

«Wurde schon bestätigt, dass die Todesursache ein Herzinfarkt war?»

«Das wird erst die Autopsie ergeben», antwortete Soneri.

«Es muss passiert sein, nachdem wir schon hinausgegangen waren», murmelte Santini, als spräche er zu sich selbst. «Ich habe mich nach dem Film noch von ihm verabschiedet.»

«Er lebte also noch, als Sie hinausgingen?»

«Ja, natürlich. Wir haben uns für heute Abend hier verabredet.»

«Haben Sie im Hinausgehen gesehen, ob er da noch immer an seinem Platz saß?»

«Soweit ich mich erinnere, war er noch nicht aufgestanden, sondern steckte etwas in seine Brieftasche zurück.»

«Wie viele Leute waren im Kino?»

«Mehr als hundert sind es nie. Außer den achtzig Clubmitgliedern kommen immer noch ein paar andere Filmfans.»

«Kannten viele im Club Palmieri?»

«Alle. Er war einer der Gründer.»

«Ist Ihnen irgendetwas an seinem Verhalten sonderbar vorgekommen?»

«Nein. Er blieb oft für sich. Manchmal war er ganz umgänglich, dann wieder sehr zurückhaltend.»

Der Commissario spürte die Blicke der anderen Männer auf sich lasten.

«Dann muss er also den Infarkt bekommen haben, als Sie alle bereits hinausgegangen waren.»

«So muss es gewesen sein», bekräftigte Santini.

Soneri überlegte, wie viel Zeit vergangen sein mochte zwischen dem Moment, als die letzten Zuschauer gegangen waren, bis zu dem, als Marcelli seinen Kontrollgang antrat. Fünf Minuten? Vielleicht sogar weniger.

In diesem Augenblick kamen zwei Männer herein, in denen Soneri die beiden aus der Eingangshalle vermutete, auch wenn er es nicht sicher hätte bezeugen können. Der größere von ihnen wirkte ein wenig unbeholfen und hatte lange graue Haare, die ihm bis in den Nacken reichten, der kleinere hatte eine Narbe über dem rechten Auge. Sofort standen zwei andere auf und gingen hinaus in den Kaminraum.

Santini sah, wie der Commissario das neugierig beobachtete, und erklärte:

«Denken Sie sich nichts bei all dem Kommen und Gehen: Es ist ein Spiel. Wir veranstalten das zweimal pro Woche: Einer von uns denkt sich einen Fall aus, wählt aus den Mitgliedern die Darsteller aus und führt ihn dann auf.

Die anderen müssen ihn lösen und den Schuldigen finden. Wir sind gerade bei den Verhören.»

«Was denken Sie über Palmieris Tod?», fragte Soneri unvermittelt.

Santini antwortete nicht sofort.

«Möchten Sie mal unseren schottischen Whisky probieren?»

Soneri nahm das Angebot an, dann sah er den Präsidenten wieder eindringlich an.

«Ich weiß, worauf Sie hinauswollen. Ich schließe einen plötzlichen und zufälligen Tod nicht aus, jeder gute Ermittler muss das in Betracht ziehen. Seltsam daran ist nur, dass er genau in dem kurzen Zeitraum eingetreten ist, als niemand im Saal war.»

Sein oberlehrerhafter Ton ging Soneri auf die Nerven.

Santini trank einen Schluck und widmete seine Aufmerksamkeit demonstrativ dem Geschmack des Whiskys.

«War Palmieri gut im Lösen von Fällen?»

«Ausgezeichnet. Und was er sich ausdachte, war praktisch unlösbar.» Nach einer Pause fügte Santini hinzu: «Wenn es sich hier um ein Verbrechen handelt, ist es sicher bei weitem der schwierigste Palmieri-Fall.»

«Meinen Sie?»

«Nun, da kommt einiges zusammen: keine Zeugen, kaum Spuren, ein ungewöhnlicher Ort und Zweifel bezüglich der Todesursache.»

Die anderen beobachteten den Commissario weiterhin aufmerksam, ohne ein Wort zu sagen.

«Haben Sie sich mal mit einem ähnlichen Fall beschäftigt?», fragte Santini.

«Nein, ich muss zugeben, dass der hier ziemlich ungewöhnlich ist.»

«Finden Sie?»

«Wir hatten eine ganze Reihe in dieser Art», schaltete sich plötzlich der Weißhaarige ein, der sich wie die anderen bis zu diesem Moment in Schweigen gehüllt hatte.

«Vor einem Monat erst hatten wir die Geschichte mit dem Erhängten, der vorgetäuschte Selbstmord, weißt du noch?», sagte er an Santini gewandt. «Und dann der Fall mit dem ertrunkenen Mädchen ...»

Vor lauter Ungeduld machte Soneri eine unbesonnene Bewegung, wobei er gegen den Tisch stieß und ein Glas umwarf. Er hatte genug von diesen Möchtegern-Detektiven, die noch nie einen echten Toten gesehen hatten. Wenn sie wenigstens einmal mit einem echten Mord in Berührung gekommen wären. Wenn sie wüssten, was es bedeutete, den Geruch des Todes tagelang nicht mehr loszuwerden, selbst nachts im Bett nicht. So wie er momentan ständig den Geruch verfaulter Blumen in der Nase hatte, manchmal so stark und süßlich, dass ihm schlecht wurde.

«Commissario», begann Santini wieder, «möchten Sie wissen, wie diese Fälle ausgegangen sind? Es wurden keine Schuldigen gefunden. Bei uns gilt die Regel, dass, wenn niemand die Lösung findet, der Fall archiviert wird. Wer ihn sich ausgedacht hat und seine Geheimnisse kennt, hütet ihn als perfektes Verbrechen.»

Der Mann mit dem Spitzbart seufzte vernehmbar.

«Zum Glück», sagte Soneri, «bekommt es ein Mörder immer mit unvorhergesehenen Dingen zu tun.»

Der Whisky war ausgezeichnet, im Eichenholz herrlich bernsteinfarben gereift.

«Sie werden es nicht glauben, aber wir befassen uns auch mit echten Fällen. Unser Archiv kann es durchaus mit denen der Kriminologen aufnehmen, und manchmal fragen uns sogar Richter um Rat. Über erfundene Verbrechen nachzudenken fördert das Verständnis echter. Wir können uns sehr wohl in die Rolle von Kriminalbeamten und Polizisten hineinversetzen.»

Bei genauerer Betrachtung hatte Santini Ähnlichkeit mit einem Clown. Es fehlten nur ein paar Kleinigkeiten: eine rote Nase, ein Strohhut auf dem Kopf und ein Paar übergroße Schuhe.

Soneri schüttete den letzten Schluck Whisky hinunter, lehnte mit einer Handbewegung einen zweiten ab und stand auf.

«Commissario, Sie haben uns noch nicht verraten, was Sie von dem Ganzen halten.»

«Ich glaube, dass es Mord war», antwortete Soneri. «Genau wie bei Ronco. Zwei Tote und eine doppelte Witwe.»

«Verdächtigen Sie Lora Recanati?»

«Ich verdächtige sogar Hobbydetektive. Das ist mein Beruf.»

6

Die Ärzte arbeiteten bereits seit zwei Stunden. Soneri hatte es im Flur der Gerichtsmedizin nicht länger als zwanzig Minuten ausgehalten, dann war er hinausgegangen, um im Garten des Krankenhauses spazieren zu gehen. Nach einer halben Stunde hatte es so fein zu regnen begonnen, als wäre dem Nebel die Last zu viel geworden. Nun saß Soneri in der Bar gegenüber der Kapelle. Von hier aus konnte er die Allee, die Gartenanlage und das niedrige Gebäude überblicken, in dem Palmieri obduziert wurde.

Die Minuten verstrichen nur langsam. Auf dem kleinen Tisch lagen zerknitterte Zeitungen mit großen schwarzen Schlagzeilen, darunter ein fleckiges Tischtuch voller Krümel. Soneri war unruhig und zündete immer wieder nervös seine Zigarre an. Er beobachtete das Kommen und Gehen der Krankenschwestern und der Patienten, unter deren Mänteln Schlafanzüge hervorlugten.

Er bestellte ein Glas Weißwein, trank es aber nur zur Hälfte: Es war der schlechte Aufguss eines Sauvignon. Schließlich gewann seine Ungeduld die Oberhand, und er stand auf. Genau in diesem Moment traten Nanetti und der Gerichtsmediziner auf die Straße.

Der Commissario beeilte sich, die beiden abzufangen. Als der Arzt ihn bemerkte, warf er ihm einen verdrossenen, aber resignierten Blick zu.

«Strychnin», seufzte er. «Wir müssen noch das Ergebnis der Gewebeanalyse abwarten, aber ich kann Ihnen bereits jetzt sagen, dass es da keinen Zweifel gibt.»

«Wie wurde es verabreicht?»

«Ich weiß es nicht», meinte der Arzt. «Auszuschließen ist, dass er es geschluckt hat, da es im Magen keine Spuren gibt. Wenn man davon ausgeht, dass der Mann betäubt war, war es eine intramuskulöse oder intravenöse Injektion. Es gab hinreichend Spuren von Chloroform in der Luftröhre und in den Bronchien.»

«Zeitpunkt des Todes?»

«Zwischen dreiundzwanzig Uhr und dreiundzwanzig Uhr dreißig, nicht später», antwortete er bestimmt.

«Gibt es andere Arten, einen Menschen mit Strychnin umzubringen?», fragte Soneri.

Der Arzt lächelte:

«Solche Dinge sollten Sie wissen», bemerkte er dann und fügte ironisch hinzu: «Vielleicht hat er ja ein Zäpfchen bekommen.»

Der Commissario lachte nicht, sondern sah ihm ernst in die Augen. Der Arzt wich seinem Blick aus und ging seitlich um ihn herum. Als er etwa zehn Schritte entfernt war, sagte er, ohne sich umzudrehen: «Wir machen um drei weiter.»

Auf Nanettis Schultern hatten sich feine Wassertröpfchen gesammelt, die wie ein Spinngewebe bis zum Bart liefen: «Der ist aber auf den Geschmack gekommen, ich habe noch nie bei einer so langen Autopsie assistiert.»

«Ist es möglich, dass er die Einstichstelle nicht gefunden hat?», schnaubte Soneri zynisch und verächtlich.

«Sieht so aus. Das Strychnin muss mit einer Substanz vermischt worden sein, die eine so schnelle Aufnahme bewirkt, dass es im Gewebe keine Spuren hinterlässt», erklärte Nanetti.

«Trotzdem muss es eine Einstichstelle geben.»

«Bis jetzt haben wir keine gefunden. Heute Nachmittag nehmen wir den Körper noch einmal unter die Lupe», kündigte Nanetti an.

Soneri hatte nicht einmal Hunger. Der ständige Gedanke an Palmieri und Nanettis nüchterner Bericht von den Einzelheiten der Autopsie hatten ihm den Appetit verdorben. Nicht, weil es ihn ekelte, sondern weil es ihn so sehr beschäftigte. Er stellte sich vor, wie Palmieri im *Minerva* saß und gerade in dem Katalog blättern wollte, den er unter dem Sitz gefunden hatte. Wie sich dann, nachdem der Saal sich geleert hatte, der Mörder näherte, ihm einen Lappen auf den Mund drückte, ihn betäubte und ihm das Strychnin injizierte. Konnte es so gewesen sein?

Über all das dachte er noch immer nach, während er in einer Bar schließlich doch ein Schinkensandwich aß. Hatte Palmieri denn überhaupt nichts bemerkt? Konnte er nicht mehr rechtzeitig reagieren? Oder hatte er keine Angst vor dem Mörder, weil er ihn kannte?

«Neuigkeiten, Chef?», fragte Juvara am Telefon.

«Mit Strychnin vergiftet.»

«Ziemlich ungewöhnlich.»

«An dieser Geschichte ist so einiges ungewöhnlich.»

«Und was sagt die Geliebte dazu?»

«Sie lügt nach Strich und Faden, wenn auch ganz ausgezeichnet.»

«Die Anwältin Cornelio hat versucht, Sie zu erreichen», teilte Juvara ihm mit.

«Weshalb?»

«Sie sagte, sie vertritt Palmieris Mutter.»

Die Alte traute ihm also nicht und hetzte ihm eine Wölfin wie die Cornelio auf den Pelz. Das gefiel ihm überhaupt nicht, das bedeutete nur Scherereien.

«Lass Lora beschatten. Ich will wissen, wo sie hingeht und was sie macht. Ich bin heute Abend im Büro.»

Er ging zurück zur Gerichtsmedizin. Wieder begann der gleiche feine Regen zu fallen wie am späten Vormittag. Als er das flache Gebäude sehen konnte, nahm er eine Abkürzung entlang der Lagerräume. Hinter einer Hecke tauchte die Anwältin Cornelio wie aus einem Hinterhalt auf.

«Ich habe leider gar keine Rosen dabei», bemerkte Soneri ironisch.

«Dafür hast du keine Waffe gezogen, das ist auch schon sehr nett», erwiderte sie.

«Du vertrittst die alte Dame, wie ich höre.»

«Du hast also deinen Geheimdienst schon mobilisiert.»

Soneri blieb neben ihr stehen. «Im Moment haben wir noch nicht viel. Wir wissen nur, dass Palmieri mit Strychnin umgebracht wurde, das ist bisher alles.»

«Immerhin etwas. Meine Mandantin hatte also recht mit der Annahme, dass da etwas faul ist.»

«Anscheinend nehmen alle an, dass Palmieri ermordet wurde. Seltsam, nicht wahr? Vielleicht lebte er gefährlich. Oder er wurde ständig bedroht.»

«Was kannst du mir sonst noch erzählen?»

«Nichts, Ermittlungsgeheimnis», sagte Soneri im Leierton eines Grundschullehrers.

«Spiel nicht das Ekel», raunte sie, mit plötzlich verführerischer Stimme, und kam näher.

Der Commissario beobachtete sie nachdenklich. Sie war keine Schönheit, aber sie hatte sehr kluge Augen. Und sie war von einer unwiderstehlichen Hartnäckigkeit.

«Wir müssen erst noch die Autopsie abschließen. Bis jetzt haben wir den Einstich der tödlichen Injektion nicht gefunden.»

«Gibt es denn keine Hämatome?»

«Nein, es sieht so aus, als hätten sie das Gift mit einer Substanz vermischt, die bewirkt, dass es schneller absorbiert wird.»

Sie wirkte zufrieden. Jedenfalls warf sie Soneri eine Kusshand zu, bevor sie ging. Schweigend sah er ihr nach, dann sagte er: «Heute Abend weiß ich mehr.»

Aber sie schien diese versteckte Einladung nicht zu registrieren.

In der vergangenen Viertelstunde hatte der Arzt noch immer nichts gefunden. Als Nanetti herauskam, schüttelte er den Kopf: «Wir haben unter den Nägeln gesucht, in den Nasenlöchern, sogar auf dem Penis ... Nichts!»

Genauer ging es nicht. Soneri stand auf und lief quer durch den Raum zum Telefon. Er wählte Juvaras Nummer, aber der hob nicht ab. Er legte wieder auf und wählte die Nummer der Telefonzentrale.

Der Beamte legte ihn in die Warteschleife. Der Commissario ließ den Blick schweifen: Genau den gleichen weißen Fliesenboden mit schwarzen Rauten gab es auch in der Kantine des Präsidiums. Ein Insekt lief, unschlüssig die Richtung wechselnd, durch den Raum.

Während er auf seine Verbindung mit Juvara wartete, ertönte aus der Muschel weiterhin der Bolero von Ravel. Von Zeit zu Zeit schaltete sich der Mann aus der Zentrale dazwischen, um ihn zu bitten, noch etwas Geduld zu haben.

In der Zwischenzeit beobachtete der Commissario das Insekt. Irgendwann sah er es nicht mehr, es musste auf einer der Rauten sein. Nach ein paar Sekunden erschien es erneut auf dem weißen Marmor, nur um wieder auf einer dunklen Raute zu verschwinden. Ein ständiges Hin und Her. Es wirkte beinahe betrunken.

«Hallo, Chef.»

«Wo warst du?»

«Am Telefon auf der anderen Leitung. Einer meiner Männer hat sich an Lora gehängt. Er ist ihr bis ins Zentrum gefolgt, konnte aber nicht herausfinden, ob sie ein bestimmtes Ziel hat. Momentan sieht sie sich die Schaufensterauslagen an.»

Wieder hatte er das Insekt aus den Augen verloren.

«Müsste sie denn um diese Zeit nicht bei der Arbeit sein?», fragte Soneri und suchte den Boden weiter mit den Augen ab.

«Sie muss sich frei genommen haben, um elf Uhr hat sie das Büro verlassen.»

Jetzt überquerte das Insekt ein weißes Feld: Es sah aus wie ein Mönch im Schnee.

«Behaltet sie im Auge», wies ihn der Commissario zerstreut an und legte auf.

Wieder versuchte er, das Insekt auf dem Fußboden ausfindig zu machen: Es hatte sich erneut auf eine Raute geflüchtet. Es schien eine Vorliebe für Schwarz zu haben, seine Ausflüge auf die weißen Felder beschränkte es auf ein Minimum. Es tarnte sich geradezu strategisch, lief von einer Raute zur anderen und benutzte dabei die Punkte, an denen sich die Spitzen berührten.

Ein Geräusch von jenseits der Wand unterbrach ihn in seinen Beobachtungen. Es hörte sich an, als sei ein chirurgisches Instrument auf den Boden gefallen. Da dachte er an Palmieris Körper auf der Liege der Gerichtsmedizin, an den erschlafften Bauch, den kreidebleichen Rücken und das Muttermal von der Größe eines Geldstücks direkt unter dem Schulterblatt. Und wenn sie die Nadel genau dort eingestochen hatten?

Er sprang auf. Der Pförtner der Gerichtsmedizin legte die Zeitung auf den Tisch und nahm die Brille ab.

«Rufen Sie bitte Nanetti.»

Als der in der Tür erschien, sagte Soneri mit sicherer Stimme: «Der Einstich ist im Muttermal.»

Dann, ohne weiter abzuwarten, verließ er die Gerichtsmedizin, als hätte er mit einem Schlag alles verstanden.

7

Soneri versuchte sich den Ablauf der Ereignisse im *Minerva* vorzustellen. Wie nach dem Abspann die Lichter angehen und die Zuschauer hinauseilen. Wie Palmieri auf seinem Platz sitzen bleibt, während der Saal sich leert. Inzwischen macht sich Beppe am Projektor zu schaffen und beginnt, den Film zurückzuspulen. Er ist der Einzige, der etwas bemerken könnte: Wirft er durch das Kabinenfenster einen Blick in den Saal? Achtet er auf den Mann in der achten Stuhlreihe? Der letzte Zuschauer verlässt den Saal, und bis Sante Marcelli ihn betritt, vergehen nur wenige Minuten. In diesem kurzen Zeitraum handelt der Mörder. Oder die Mörderin? Könnte es sich um eine Frau handeln? Die Person nähert sich, vielleicht von der dahinterliegenden Stuhlreihe und drückt Palmieri den Lappen auf Mund und Nase, binnen weniger Sekunden ist er bewusstlos. Schließlich die tödliche Spritze, die durch Jacke und Hemd direkt in das Muttermal eindringt wie in den Mittelpunkt einer Zielscheibe.

Auch dieses Detail ließ den Commissario an eine Frau denken. Wer sonst könnte Palmieris Körper so gut kennen? Mit wem sollte er so vertraut gewesen sein? Seiner Geliebten? Seinem Arzt? Die Nadel war fast waagerecht in die Wirbelsäule eingedrungen, der Mörder hatte demnach gestanden und die Spritze wie ein Messer gehalten.

Der Ablauf schien also klar. Doch weshalb war Palmieri sitzen geblieben? Und woher war der Mörder gekommen? Wenn es stimmte, was seine Freunde aus dem Club gesagt hatten, war Palmieri als Einziger im Saal geblieben. Wenn man einmal ausschloss, dass der Mörder durch das Foyer gekommen war, blieben nur die Notausgänge.

Das Telefon klingelte: «Commissario, sagten Sie nicht, dass Sie heute Abend mehr wüssten?»

Er erkannte die raue Stimme der Anwältin Cornelio.

«Ich weiß mehr, aber viel ist es nicht.»

«Was hast du herausgefunden?»

«Ich kann darüber nicht am Telefon sprechen.»

«Es ist schon eine ganze Weile her, dass du noch wusstest, was sich gehört, und mich zum Essen ausgeführt hast.»

«Heute Abend kann ich nicht.»

«Die Rache zurückgewiesener Frauen kann furchtbar sein, das solltest du bedenken.»

«Du kennst mich, du weißt, dass ich lieber abends arbeite.»

«Das hast du treffend gesagt: Du arbeitest lieber.»

Während er noch nach einer Antwort suchte, hörte der Commissario, wie der Hörer aufgelegt wurde. Was ihn ein wenig nachdenklich zurückließ.

Juvara wartete noch ein wenig ab, bevor er sich räusperte, um sich bemerkbar zu machen.

«Und, was gibt's zu Lora?», fragte der Commissario, wieder gefasst und gewohnt kurz angebunden.

«Nichts Besonderes, sie war beim Friseur, hat ein paar Einkäufe gemacht und ist dann nach Hause gegangen. Die Frau hat offenbar viel Zeit und geht gerne in der Stadt bummeln. Ich habe nicht den Eindruck, dass Arbeit ihre größte Sorge ist.»

«Sie bezieht eine Rente. Und wer weiß, was in Palmieris Testament steht.»

Das *Minerva* machte noch genau den gleichen schäbigen Eindruck wie beim letzten Mal. Soneri überquerte die Piazza und warf vom Eingang aus einen Blick hinein. Sante Marcelli döste auf dem Sofa im Foyer, während seine Frau an der Kasse in ihr Kreuzworträtsel vertieft war. Er kletterte über einige Eisenständer, an denen ältere, verrostete Fahrräder angeschlossen waren. An der rechten Seite ging das Kino auf eine schlechtbeleuchtete Seitenstraße hinaus, deren Bürgersteig voller Pfützen war. Von oben hörte man das Summen des Projektors, und in den Öffnungen in der Wand, in denen Tauben nisteten, blitzte immer wieder Licht auf.

Es gab drei Notausgänge. Soneri überprüfte die Türen mit Hilfe seiner kleinen Taschenlampe; sie waren von innen verschlossen. Selbst mit größter Anstrengung wären sie nur schwer aufzubrechen gewesen. Er machte einen großen Schritt über eine riesige Pfütze hinweg und stand nun mitten auf der Straße, deren Pflaster von einer Reihe winziger Lampen beleuchtet wurde. Immer wieder trieben Nebelschwaden durch die Straße und umhüllten die kahlen Zweige der Bäume. Die Stadt tauchte auf und verschwand wieder.

Dem Commissario gefiel diese Stimmung im dunstigen Halbdunkel, in dem das leise Ticken des Projektors zu hören war. Bei genauerem Hinhören schien da noch ein anderes Geräusch zu sein, wie Schritte auf Kies. Außer ihm war da noch jemand. Das kaum wahrnehmbare Geräusch kam aus einem Garten auf der anderen Straßenseite, der durch einen massiven spitzen Zaun und durch dichte Vegetation abgeschirmt war. Als er darauf zuging, konnte er die Fassade eines Hauses im Stil einer Berghütte mit sichtbaren Holzbalken erkennen.

Er machte die Taschenlampe an. Der Lichtkegel fiel auf den dunklen Umriss von Zwergmagnolien, ein kleines Becken ohne Wasser und einen mit Steinplatten belegten Weg. Er folgte ihm mit der Lampe, bis das Licht auf ein Paar ausgetretene Schuhe ohne Schnürsenkel fiel. Ein Mann im Trainingsanzug stand stocksteif im Dunkel. Soneri bewegte die Taschenlampe langsam nach oben, als wollte er mit dem Licht den riesigen Körper des Mannes abtasten, doch auch als er das Gesicht erreichte, reagierte dieser nicht, sondern starrte ausdruckslos vor sich hin wie eine Kröte, die im seichten Wasser vom Licht überrascht worden war. Auf dem Kopf trug er eine Art Matrosenmütze, und sein Gesicht wirkte streng, ja fast furchteinflößend.

Der Commissario winkte ihm, näher zu kommen, doch der Mann reagierte noch immer nicht: Er starrte ihn weiter an, dann setzte er sich langsam in Bewegung. Er ging in den hinteren Teil des Gartens, kam aber kurz darauf zurück. Er bewegte sich bedächtig, gemessenen Schrittes, wie ein Priester bei einer Prozession: Nun ging er an Soneri vorbei und verschwand auf der anderen Seite, dann tauchte er abermals auf. Offenbar nahm er immer denselben Weg, und das vielleicht seit Stunden.

Erneut machte Soneri ihm ein Zeichen, aber erst beim dritten Mal verließ der Mann seinen Weg und kam an den Zaun. Aus der Nähe gab es keinen Zweifel mehr daran, dass er verrückt war. Seine Augen waren auffällig starr und sein Gesicht beängstigend verzerrt.

«Laufen Sie jede Nacht hier herum?», fragte Soneri.

Der Mann blickte ihn an und runzelte leicht die Stirn,

blieb aber stumm. Feierlich legte er den Zeigefinger an die Lippen, als wollte er den Commissario warnen. Er sah sich nach allen Seiten um, als fürchte er, dass sich jemand zwischen den Sträuchern versteckt haben könnte, dann beschrieb er mit einer ausladenden Bewegung beider Hände einen Kreis. Soneri nickte, um ihn zu beruhigen, und der Mann zwinkerte ihm zu. Der Commissario machte mit dem Zeige- und Mittelfinger eine Bewegung, die einen laufenden Mann darstellen sollte, und drehte dann die Hände, um die andauernde Wiederholung auszudrücken.

Der Mann beobachtete ihn und nickte langsam. Dann setzte er sich unvermittelt wieder in Bewegung, als habe ihn jemand gerufen. Und der Commissario verstand, dass er ihn nicht aufhalten durfte.

Er betrat das Kino. Marcelli wirkte müde und schläfrig. Seine Frau schob ihre Brille auf die Nase und blickte ihn durch die Scheibe des Kassenhäuschens an.

«Haben Sie Zeit für ein paar Fragen?»

Marcelli warf einen Blick auf den Kontrollmonitor, dann auf die Uhr an der Wand: «Eine Viertelstunde.»

Wieder gingen sie in das sonderbare Esszimmer.

«Palmieri ist ermordet worden.»

Marcelli erstarrte. Eine weiße Haarsträhne fiel ihm in die Stirn und über die Augen.

«Wie?»

«Eine Injektion mit Strychnin.»

Der Mann wollte eine weitere Frage stellen, doch der Commissario ließ ihm keine Zeit dazu: «Wie viele Minuten sind vergangen, nachdem die letzten Besucher gegangen waren und Sie den Saal betraten?»

«Vielleicht fünf.»

«War dort sicher niemand außer Palmieri?»

«Ich mache diesen Rundgang ja, um genau das zu kontrollieren.»

«Wie viele Zuschauer waren da?»

«Dreiundachtzig: Zweiundsechzig Clubmitglieder und einundzwanzig weitere Zuschauer. Das weiß ich genau, weil wir auch den Mitgliedern eine Karte geben, nachdem wir ihren Ausweis gelocht haben.»

«Um zu überprüfen, wer von ihnen da war, müssten wir also die Ausweise kontrollieren?»

«Nun ja, an viele der Anwesenden erinnere ich mich.»

Soneri schwieg nachdenklich.

«Ein Mord in einem Kino, in dem Kriminalfilme gezeigt werden. Finden Sie das nicht eigenartig?», fragte er.

«Doch, ziemlich eigenartig. Mögen Sie Krimis?»

«Echte Fälle interessieren mich mehr. In meinem Beruf erscheint einem jede Fiktion banal.»

«Ich finde es schade, wenn das Kino unterschätzt wird, man kann immer etwas davon lernen. Zum Beispiel von dem Film, der an dem Abend gezeigt wurde.»

«Sie haben mir erzählt, dass ihn niemand kannte.»

«Das stimmt, nicht einmal ich. Übrigens verstehe ich, trotz meines Berufes, nicht viel vom Kino. Aber ...»

«Sie meinen, es wäre nützlich, wenn ich mir den Film ansehen würde?»

«Ja.»

«Und warum?»

«Ich weiß nicht, ist nur so eine Idee. Aber Sie sind schließlich der Ermittler in dieser Geschichte. Allerdings ist es schon ein seltsamer Zufall.»

«Was für ein Zufall?»

«Wie Fiktion und Realität sich ähneln, wir sprachen gerade darüber. Commissario, ich möchte Ihre Überlegungen wirklich nicht durch irgendwelche Hirngespinste in eine falsche Richtung lenken, aber Mittwochabend war ich zweimal im Kinosaal, während der Film lief, einmal in der Mitte des ersten Teils und einmal zu Beginn des zweiten. Das erste Mal sah man einen Mann, der verhört wurde, das zweite Mal eine Mordszene.»

Marcelli schwieg ein paar Sekunden und dachte nach.

«Nicht ungewöhnlich für einen Krimi, scheint mir», stellte Soneri fest.

Der andere lächelte: «Das ist richtig, bis auf die merkwürdige Ähnlichkeit, von der ich sprach. Dem Mann auf der Leinwand wurde tödliches Gift injiziert. Und jetzt kommen Sie und erzählen mir, dass Palmieri ...»

Soneri fuhr hoch.

«Ich will den Film sehen.»

«Leider haben wir die Rollen schon zurückgeschickt, es ist die einzige Kopie, die in Umlauf ist.»

«Können Sie ihn wieder bestellen?»

«Ja, sicher. Sofern er nicht schon von jemand anderem reserviert wurde.»

«Ich werde den Richter darum bitten, ihn zu kaufen», sagte der unruhig gewordene Commissario. «Haben Sie etwas dagegen, wenn ich zu Beppe hinaufgehe?»

«Nein, aber ich kann Ihnen gleich sagen, dass er nicht besonders gesprächig ist.»

Marcelli begleitete ihn bis zum Fuß der Wendeltreppe, die zum Vorführraum führte. Der Commissario stieg Stück für Stück hinauf, wand sich wie in einem Drehkreisel nach oben. Beppe saß in einem sehr breiten, zerknautschten Sessel, neben ihm ein riesiger blaumetallischer Projektor. Er rauchte, während er beinahe andächtig beobachtete, wie die Maschine arbeitete.

«Er ist fast zu Ende», rief der Commissario und deutete auf die Filmrolle.

Beppe nickte, ohne ihn anzusehen, und machte seine Zigarette aus. Konzentriert ließ er seinen geschulten Blick zwischen der Öffnung, durch die man sehen konnte, wie der Film sich drehte, zu einer kleinen Kontrollleuchte an der Maschine hin- und herwandern. So vergingen einige Minuten in ohrenbetäubendem Rattern. Dann trat Beppe nach vorn, beugte sich zu dem kleinen Kabinenfenster hinunter und kontrollierte, ob auf der großen Leinwand im Saal bereits der Abspann lief. Dem Commissario fiel auf, dass Beppe offenbar auch die Beleuchtung regelte, denn im Kino ging das Licht an, bevor der Projektor anfing, den ausgefädelten Film mit flatterndem Ende weiterzudrehen.

«Guter Film?», fragte Soneri.

«Keine Ahnung», erwiderte der Mann widerwillig. «Ich verstehe nichts davon», fügte er nach einer Weile hinzu, während er den Film zum Rückspulen einfädelte.

Soneri sah sich den seltsamen Sessel ein wenig genauer an. Die dunklen Stellen auf dem Stoff verrieten Beppes übliche Sitzposition, mit dem Rücken zur Wand, vor dem Kabinenfenster, durch das er den Saal beobachten konnte. Unter dem Fenster, auf der kleinen Holzbalustrade, war der Abdruck der Stelle zu sehen, an der er sich mit dem Ellbogen aufstützte.

«Können Sie von hier aus den ganzen Saal überblicken?»

«Außer die ersten sieben Reihen direkt beim Eingang.»

«Wo ist die achte Reihe?»

«Zählen Sie von der Leinwand aus, dann finden Sie sie.»

«Von hier aus kann man sie sehr gut sehen.»

«Ja und?»

«Palmieri ist in der achten Reihe ermordet worden, und Sie sind der Einzige, der etwas gesehen haben könnte.»

Beppe zeigte keinerlei Reaktion. Dann sagte er eisig: «Ich sehe nie, was im Saal los ist. Während der Vorführung ist es dunkel, und außer der Leinwand sehe ich nichts. Und früher oder später habe ich dann sowieso immer etwas an der Maschine zu tun.»

«Kannten Sie ihn?»

«Ich kenne keinen der Kinogänger, wie Sie sehen, bin ich immer hier oben.»

Beppes Haltung wirkte stur und feindselig, er drehte sich kein einziges Mal um, um Soneri anzusehen.

Er machte sich weiterhin an dem Projektor zu schaffen und überprüfte, ob alles funktionierte. Hin und wieder betätigte er Hebel und Knöpfe, ohne ersichtlichen Grund, als wollte er sie nur mal ausprobieren. Seine Bewegungen waren flink und routiniert, man erahnte eine Art Dankbarkeit der Maschine gegenüber, die ihn zu ihrem unverzichtbaren Begleiter gemacht hatte.

«Wenn die Vorführung zu Ende ist, spulen Sie dann den Film sofort zurück, oder warten Sie ein paar Minuten? Schauen Sie nie in den Saal, weil Sie neugierig sind, wie viele Leute da sind?»

«Ich spule sofort zurück. Je schneller man am Abend fertig ist, desto besser.»

Dann stieg der Mann auf eine Stufe, öffnete die Tür des Projektors und holte den zurückgespulten Film heraus. Bevor er wieder zumachte, schaute er sich das Innere aufmerksam an und wischte es mit einem Lappen sauber.

«Es ist Zeit zu gehen», sagte Beppe. «Ich muss die Filmdose hinunterbringen, und hier darf sich niemand aufhalten.»

Während Beppe noch die Kabine abschloss, ging Soneri schon einmal nach unten.

Im Foyer standen noch vereinzelt Leute in Grüppchen und unterhielten sich, die Kasse war geschlossen, und Marcelli inspizierte wie jeden Abend den Saal.

«Ich komme wieder», sagte Soneri, «ich möchte Ihnen noch ein paar Fragen stellen.»

«Wie Sie wollen», erwiderte Beppe, «aber ich habe nichts mehr zu sagen.»

Als der Commissario auf den Ausgang zuging, roch er wieder den durchdringenden Gestank verfaulter Blumen.

8

Im Club der Cineasten glomm das Feuer im Kamin nur noch schwach, aber im Saal hielten sich noch ein paar Leute auf. Soneri ging auf Santini zu, bis dieser ihn bemerkte.

«Keine Verhöre heute Abend?»

«Wir sind schon fertig, Commissario. Ein einfacher Fall.»

Am Schachtisch saßen sich zwei der Männer vom letzten Mal gegenüber, von einigen Zuschauern umringt, die sie schweigend beobachteten.

Santini trug ein weißes Hemd, goldene Manschettenknöpfe, eine leuchtend blaue Weste und die obligatorische Fliege, diesmal in Gelb.

Sie setzten sich hin. «Gibt es Neuigkeiten von Palmieri?»

«Er wurde mit Strychnin umgebracht.»

Santini zuckte zusammen, als müsse er einen Schluckauf unterdrücken. Er griff nach der Cognacflasche und goss sich einen Schluck ein. Dann füllte er ein zweites Glas für Soneri.

«Wie haben sie es gemacht?»

«Durch eine Injektion. Kommt Ihnen das nicht bekannt vor?»

«Doch, in dem Film ...»

«Ich habe den Eindruck, dass jemand von Ihnen mir da weiterhelfen könnte.»

«Wir alle würden gerne wissen, wer das getan hat», gab Santini mit Nachdruck zurück und fügte hinzu: «Mir scheint, Sie haben noch nicht allzu viel herausgefunden.»

«Da haben Sie in der Tat recht, ich tappe im Dunkeln. Alles, was ich sagen kann, ist, dass es einen Toten gibt, an dem ein Mord verübt wurde, wie er nur wenige Minuten zuvor genauso auf der Leinwand geschah.»

«Und was beweist das?»

«Nichts. Nur dass die Tat genauestens vorbereitet war. Vielleicht war dem Mörder die Handlung be...»

«Niemand von uns hatte diesen Film vor Mittwochabend gesehen», unterbrach ihn Santini schroff.

«Der Mörder schon. Ich glaube nicht an Zufälle.»

Sie tranken den Cognac. Hinter ihnen hörte man nur das leise, abwechselnde Rascheln der Schachspieler, die unruhig auf ihren Stühlen hin- und herrutschten. Weiter entfernt Billardstöße und die leisen, abgehackten Sätze einer Unterhaltung.

«War Palmieri beliebt?»

«Sie wollen unbedingt hier fündig werden, oder?»

«Nehmen Sie einmal an, jemand würde an einem Ihrer Abende einen ähnlichen Fall vorstellen. Würden Sie nicht die gleichen Fragen stellen?»

«Vielleicht. Aber Palmieri hatte hier keine Feinde.»

Die Schachpartie musste zu Ende sein, drei der Männer gingen an ihnen vorbei zum Tresen. Dort bediente sie der seltsame Kellner mit dem runden Gesicht und dem eigenartigen Schnauzbart, der aussah wie eine große Klammer, die unter der Nase befestigt war.

«Glauben Sie mir», nahm Santini den Faden wieder auf,

«wenn Sie nach einem Motiv suchen, so werden Sie es hier nicht finden. Mörder mögen keine Denkspiele, sondern sind Männer der Tat. So wie Sie. Sie haben mir doch gesagt, dass Sie Verbrechen in Filmen oder in Kriminalromanen nicht ernst nehmen.»

«Jedenfalls solange sie nicht als Vorbild für reale Morde dienen.»

«Das kommt durchaus vor. Genau aus diesem Grund habe ich Ihnen ja geraten, öfter mal ins Kino zu gehen.»

«Ich werde mir die nächste Vorstellung ansehen.»

Santini schwenkte das Kristallglas in der Hand, sodass der Cognac gleichmäßig durch das gewölbte Glas schwappte. «Commissario, denken Sie nicht eher, dass die Storks etwas mit der Sache zu tun haben?»

«Das schließe ich keineswegs aus.»

«Palmieri wurde von Manfred bedroht. Manchmal rief er sogar hier an.»

«Ich weiß, aber er ist ein Versager. Und am fraglichen Abend war er nicht im Kino. Im Moment wäre ich schon zufrieden, wenn ich wüsste, wie der Mörder vorgegangen ist. Wo hatte er sich versteckt, wenn außer Palmieri niemand im Saal geblieben ist?»

«Ein schwieriger Fall, das sagte ich ja bereits.»

Soneri kippte seinen Cognac hinunter und stand auf. Es waren kaum noch Leute im Club, und im Hinausgehen sah er, dass das Feuer im Kamin jetzt ganz erloschen war.

Im Auto fand er den Katalog des Antiquariats, den Palmieri bei sich gehabt hatte. Er legte ihn gut sichtbar neben sich auf den Sitz, um ihn nicht zu vergessen. Dann steckte er den Schlüssel ins Zündschloss und bemerkte einen Zettel, den jemand an den Außenspiegel gesteckt hatte. Er kurbelte das Fenster herunter und zog ihn heraus.

«Lora ist etwas Schlimmes zugestoßen, ruf mich an. Angela.»

Er stieg aus, ging zur nächsten Telefonzelle und wählte ihre Nummer.

«Nie bist du zur richtigen Zeit am richtigen Ort, das ist schlecht für einen Polizisten.»

«Was ist passiert?», fragte Soneri barsch.

«Ich lege jetzt auf. Dann kannst du nochmal so anrufen, wie es sich gehört», sagte die Anwältin. Noch bevor er den Mund aufmachen konnte, hörte er das Klicken.

Er hätte dem Apparat am liebsten einen Fausthieb versetzt, merkte dann aber, dass ein Passant ihn beobachtete. Stattdessen warf er Geld nach und wählte die Nummer des Präsidiums.

«Alles ruhig?»

Der Beamte in der Einsatzzentrale bejahte, doch Soneri bohrte weiter.

«Gar keine Meldungen?»

«Doch, eine aus der Via Giucciardini: Jemand hat Schüsse gehört, aber die Streife hat nichts gefunden. Vielleicht waren es Knallfrösche.»

Er musste die liebe Avvocatessa Cornelio also noch einmal anrufen.

«Ciao», sagte er, als es in der Leitung klickte.

«So ist es gut, Commissario.»

«Darf ich dich fragen, was mit Lora passiert ist?»

«Pass auf, dass ich nicht wieder auflege.»

Soneri schwieg und kaute auf seiner Toscano herum.

«Oder interessiert es dich zu erfahren, dass auf sie geschossen wurde?»

«Wann?»

«Heute Abend.»

Warum wusste man im Präsidium nichts davon?

«Und wo ist sie jetzt?»

«Nun, vermutlich zu Hause, sie hat nichts abbekommen. Der Attentäter muss ziemlich ungeschickt sein.»

Vermutlich die Knallfrösche aus der Via Giucciardini.

«Hast du Zeit? Ich hole dich ab.»

«Es müssen also erst Schüsse fallen, bis du dich mal in Bewegung setzt.»

Die Schießerei hatte ganz in der Nähe der Stelle stattgefunden, wo er Lora abgesetzt hatte, auch das *Minerva* war nicht allzu weit. Soneri schritt die eine Straße zu beiden Seiten ab und suchte nach Spuren der Schüsse. An einem großen Baum war in ungefähr zwei Metern Höhe eine Schramme in der Rinde zu erkennen. Er holte sein Auto und stieg auf die Motorhaube, um sie besser sehen zu können: Im Holz steckte tatsächlich eine Kugel. Er suchte die Umgebung ab. An der Gartenmauer eines Grundstücks wies eine Delle auf eine zweite Kugel hin, und Angela entdeckte eine dritte Einschussstelle im Putz. Einen Meter weiter war ein Kellerfenster offensichtlich erst vor kurzem zersplittert. Die beiden letzten Schüsse mussten sehr tief abgefeuert worden sein.

«Du hast recht», sagte der Commissario, «der Schütze war wirklich ziemlich ungeschickt.»

«Vielleicht hat er aus einem Autofenster geschossen», vermutete Angela.

Soneri stellte sich die Szenerie vor. Der erste Schuss ging sehr weit nach oben, wie es bei Anfängern oft der Fall ist. Daraufhin hatte sich der Schütze bemüht, die nächsten Male tiefer zu zielen, aber seine ungeübten Schüsse waren ringsum im Gelände eingeschlagen.

Er rief noch einmal im Präsidium an und beschwerte

sich verärgert beim Chef der Polizeistreife. Dann rief er Nanetti wegen der Spurensicherung an.

«Und wohin fahren wir jetzt?», fragte Angela, als Soneri wieder ins Auto stieg.

«Lora suchen.»

Es war elf, die Schüsse waren zwei Stunden zuvor abgegeben worden.

«Dahin komme ich ganz bestimmt nicht mit», erwiderte Angela spitz.

«Ich bleibe nur kurz. Du kannst im Wagen warten, wenn du willst.»

Schnell hatten sie das Zentrum hinter sich gelassen und fuhren durch verlassene, trostlose Straßen. Die Via Vanzetti wurde immer düsterer, je näher man den Feldern kam, und die Straßenlaternen kämpften vergeblich gegen die überwältigende Dunkelheit an.

«Ich gehe hinauf, du wartest hier auf mich», sagte der Commissario. Bevor er ausstieg, warf er noch einen Blick auf Angela. Ihr Schweigen kam ihm verdächtig vor.

Auch diesmal reagierte niemand auf sein Klingeln. Jemand anders ließ ihn herein, der elektrische Türöffner ertönte, und der Commissario ging nach oben. Auch sein Klopfen an der Wohnungstür blieb erfolglos, also lauschte er mit einem Ohr an der Tür, aber es war nichts zu hören. Schließlich ging er wieder nach unten, lief um das Haus herum und blickte vom Hof aus nach oben. Im dritten Stock waren mehrere Fenster erleuchtet, und eines davon musste zu Loras Wohnung gehören.

Er ging zurück zur Straße, wo er bemerkte, dass sein Auto verschwunden war. Samt Angela. Er lief die Via Vanzetti entlang und wich dem Unkraut aus, das seitlich der Bürgersteige wucherte. Nach fünf Minuten sah er in der

Dunkelheit die Scheinwerfer eines Autos aufleuchten. Ein kleiner PKW, am Steuer saß eine junge Frau und neben ihr eine weitere weibliche Person, die er für Lora hielt, auch wenn er sie nur schemenhaft erkennen konnte.

Er ging weiter bis zu der Straße, die ins Zentrum führte. Als er gerade ein Taxi rufen wollte, sah er seinen roten Alfa.

Angela hielt neben ihm und kurbelte das Fenster herunter: «Hey, Süßer, bist du teuer?»

Soneri antwortete nicht, sondern öffnete die Beifahrertür.

«Man lässt sein Auto nicht unbewacht und auch noch den Schlüssel stecken. Das ist eine der ersten Lektionen, die man auf der Polizeischule lernt.»

«Vor allem wenn man mit Schwachsinnigen unterwegs ist», brummte Soneri.

«Genau aus diesem Grund treffe ich Vorsichtsmaßnahmen», gab Angela zurück und sah ihn verschmitzt an.

«Wie hast du eigentlich von der Schießerei erfahren?»

«Von einem Anwalt. Wusstest du, dass Lora einen hat?»

«Nein. Aus welchem Grund?»

«Es heißt, dass Palmieri ihr ein weiteres Aktienpaket vererbt hat. Außerdem ist sie bereits Aktionärin der Papierfabrik und muss ihre Ansprüche wahren. Bisher hatte sich Palmiere um alles gekümmert.»

«Wer ist ihr Anwalt?»

«De Angelis, dem werd ich's zeigen.»

Während sie das sagte, betätigte sie die Schaltung wie einen Knüppel.

«Wenn du so weitermachst, machst du sie kaputt.»

«Ich weiß schon, was ich tue», sagte Angela und warf ihm ein schelmisches Lächeln zu. «Wusstest du, dass Lora auch etwas mit dem jungen Stork hatte? Sie arbeitete in der Fabrik und sah sehr gut aus. Sie behauptete, dass dieses Schwein sie gezwungen und sie deshalb gekündigt hätte. Jetzt ist der Zeitpunkt der Rache gekommen: sozusagen vom Fließband in die Chefetage.»

Soneri dachte an Stork senior, einen Mann alter Schule mit einem missratenen Sohn und einer Firma, in der die Untergebenen nach und nach in die Führungspositionen aufgestiegen waren.

Angela raste durch den Nebel. Noch einmal ließ Soneri sie in die Gegend fahren, in der die Schießerei stattgefunden hatte und in der Lora sich hatte absetzen lassen.

Er versuchte, sich in ihre Lage hineinzuversetzen. Was machte sie am späten Abend alleine am anderen Ende der Stadt?

Angela hielt an. In der Ferne sah man zwei Fahrzeuge der Spurensicherung an den Ort der Schießerei fahren. Plötzlich fühlte er den Lauf einer Pistole an seinem Bauch. Er sah nach unten und erkannte seine Beretta, in Angelas Händen.

«Leg sie weg, sie ist geladen.»

«Das weiß ich, ich bin ja nicht blöd.»

«Lass den Unsinn, so was geht meistens schlecht aus.»

«Das liegt ganz bei dir. Kurble den Sitz nach hinten.»

«Man kann uns sehen.»

«Das ist ja gerade das Aufregende.»

Als der Sitz unten war, reichte Angela dem liegenden Commissario die Pistole mit dem Lauf nach unten. Sie sah ihn zufrieden lächelnd an, bevor sie zu ihm kletterte. Als Soneri ihren Körper auf sich spürte, kümmerte es ihn nicht mehr sonderlich, was draußen vor sich ging. Doch nach einer Weile rollte sich Angela plötzlich auf die Seite.

«Lass uns hier abhauen, diese Blechkiste ist einfach zu unbequem. Du fährst.»

Kaum hatte er am Steuer Platz genommen, richtete sie erneut die Pistole auf ihn: «Los, wir fahren zu dir, Commissario.»

9

Er bog in eine schmale asphaltierte Straße ein, deren Ränder von Unkraut überwuchert wurden. Sie verlief auf dem Saum eines kleinen Deiches wie durch tiefer gelegenes Vorland. An den Seiten standen Baracken aus Holz und Blech, Schuppen und alte Autos ohne Nummernschilder. Er war an dem Haus vorbeigefahren, ohne es zu bemerken. Da die Hausnummer fehlte, war er weitergefahren, bis die Straße in einen Kiesweg überging, der in einen Wendeplatz mündete.

Costamagna war ein untersetzter, korpulenter Mann ohne Hals, dessen dichter schwarzer Bart sein Gesicht nahezu vollständig bedeckte. Irgendwie sah er aus wie ein dickes Wildschwein. Mit Genugtuung betrachtete er Soneris Zigarre, als sähe er darin ein Zeichen der Vertrautheit, dann bat er ihn einzutreten.

Die Kücheneinrichtung beschränkte sich auf eine Anrichte, ein Regal, einen massiven Holztisch und einen billigen Ofen in der Mitte des Raums. Die Fenster waren klein, und der Commissario dachte, dass man sie so schneller schließen konnte, falls der Fluss über die Ufer trat.

«Ich empfange sonst nie Besuch hier» war das Erste, was Costamagna von sich gab. «Das mag ich nicht. Ich habe mein Geschäft, dort können sich die Leute mit mir treffen.»

«Es handelt sich um einen Sonderfall», sagte Soneri.

«Ja, sicher», brummte der Alte. «Was kann ich Ihnen anbieten? Macht nicht viel her hier, aber ich kann Ihnen versichern, dass ich ein großer Feinschmecker bin.»

«Lassen Sie nur, es geht auch ohne.»

«Ich habe Formaggio di Fossa, Salato aus dem Friaul oder einen Bruzzu d'Alpeggio.»

Der Mann zählte die Käsesorten mit einem Ausdruck des Triumphs auf, als wüsste er, dass der Commissario nicht widerstehen konnte. Und tatsächlich, beim Bruzzu, einem feinen Hüttenkäse, hatte er sich ergeben. Als Zugabe zog Costamagna noch einen Morlacco-Käse aus dem Regal und stellte schließlich eine Flasche trockenen Malvasia zwischen sich und Soneri. Er knallte sie so heftig auf den Tisch, als wollte er ein Messer hineinstoßen.

Sie aßen, ohne große Umstände zu machen, und schnitten sich dicke Scheiben von dem Brot ab, das sie hin- und herreichten. Der Käse, der Malvasia und die rustikale Atmosphäre begeisterten den Commissario so sehr, dass er sich viel umgänglicher zeigte als üblich.

«War Palmieri schon lange Ihr Kunde?»

«Seit vielen Jahren.»

«Was kaufte er?»

«Alles Mögliche. Er liebte antiquarische Dinge, weil sie ihn an seinen Vater erinnerten, den er sehr vermisste. Ich habe etliches für ihn aufgestöbert.»

«Erinnern Sie sich daran?», fragte der Commissario und zeigte ihm den Katalog.

«Sicher, das ist meiner.»

«Wann haben Sie ihm den gegeben?»

«Das muss vor vier Monaten gewesen sein, als ich ihn drucken ließ.»

«Danach haben Sie Palmieri nicht mehr gesehen?»

«Doch, er war noch zweimal da.»

«Hat er etwas gekauft?»

«Nein, seltsamerweise nicht. Aber er suchte nach einem ganz bestimmten Band über das nordeuropäische Kino. Nur hatte ich ihn schon an jemand anderen verkauft. Der Mann hat sehr gut bezahlt und wirkte, als würde er ihn dringend brauchen.»

«Erinnern Sie sich an seinen Namen?»

«Nein, ich frage doch nicht jeden nach seinem Namen, der was bei mir kauft.»

«Könnten Sie ihn beschreiben?»

Costamagna fuhr sich mit den Fingern durch den dichten Bart und hörte auf zu kauen. «Es war keiner meiner Stammkunden. Ich erinnere mich nur an seinen Schnauzbart. Ein langer Schnauzbart, dessen Enden nach unten gebogen waren.»

«Wie eine große Klammer?»

«Mehr oder weniger», bestätigte Costamagna und schob sich ein großes Stück Morlacco in den Mund. «Aber er war nicht allein», fügte er hinzu.

Soneri machte mit der Zigarre eine fragende Bewegung.

«Es war eine Frau bei ihm, eine Blondine, die hinten im Laden stand und sich meine Sammlung von Single-Schallplatten ansah.»

«Haben Sie Ihr Gesicht gesehen?»

«Nein, ich hatte den Eindruck, dass sie ganz bewusst nicht auffallen wollte. Als sie gegangen sind, hat er sie untergehakt.»

Costamagna stand auf, öffnete die Ofenklappe und warf ein Stück Holz hinein. Die Atmosphäre in diesem Haus gefiel Soneri immer besser. Sie erinnerte an gute Osterien auf dem Land.

«Was war das für ein Band?»

«Ein Einzelstück. Eine italienische Ausgabe ist nie gedruckt worden. Mein Exemplar war englisch und enthielt ein vollständiges Verzeichnis aller Filme, die bis zu den fünfziger Jahren in Nordeuropa herausgekommen waren.»

«Auch die Kriminalfilme?»

«Sicher. Dort sind Filme aufgeführt, die heute gar nicht mehr zu finden sind und in den neuesten Werken nicht einmal mehr genannt werden: Eine echte Kostbarkeit für einen Kinofan.»

«Und Palmieri wusste davon?»

«Ja, obwohl ich ihn nicht in meinen Katalog aufgenommen hatte. Er war untröstlich, als er erfuhr, dass ich ihn bereits verkauft hatte.»

«Also hätte er ihn gekauft.»

«Da bin ich mir ganz sicher. Ich hätte eine Auktion veranstalten können. Man kann nie so genau sagen, wie viel ein Gegenstand wert ist. Etwas, das völlig unbedeutend erscheint, kann einen unschätzbaren Wert haben.»

«Haben sich noch andere nach diesem Werk erkundigt?»

«Mindestens fünf.»

«Erinnern Sie sich, wie sie aussahen?»

«Sie haben mich angerufen.»

Der Salato aus dem Friaul war erstklassig. Eine Weile aßen die beiden schweigend, während draußen, die Straße verlief auf der Höhe der Fenster, einige LKWs vorbeifuhren.

Satt und zufrieden sah Costamagna von seinem Teller

auf und betrachtete den Commissario: «Wissen Sie, was die im Club der Cineasten für Spiele veranstalten?»

«Ja, so was wie Räuber und Gendarm.»

«Finden Sie nicht, dass sie sich aufführen wie Kinder? Männer, die tagsüber ganz seriös und gewissenhaft ihren Berufen nachgehen, verwandeln sich abends in Detektive oder Mörder. Oder in Kriminalautoren.»

«Ein bisschen seltsam vielleicht, aber im Grunde auch nicht viel anders als Karten spielen.»

«Nun ja, einige füllt diese Leidenschaft ganz und gar aus. Santini, zum Beispiel. Er war Anwalt, aber er hat fast alle seine Mandanten verloren. Er wollte nur noch solche vertreten, die in richtige Verbrechen verwickelt waren oder über die in den Zeitungen berichtet wurde. Sie verstehen ... in einer kleinen und ruhigen Stadt wie Parma kann man nicht ausschließlich von so etwas leben. Hier gibt es weniger als zehn Verbrechen im Jahr und jede Menge Strafverteidiger, die um jeden Knochen streiten.»

Der Commissario war überrascht, wie genau Costamagna über die Kriminalität in der Stadt Bescheid wusste.

«Kennen Sie noch andere Clubmitglieder?»

«Ein paar, aber eher vom Sehen. Mit Santini hatte ich viel zu tun, weil er sich irgendwann in den Kopf gesetzt hatte, im Club ein Archiv über die Verbrechen der letzten Jahrzehnte anzulegen. Ich habe ihm viel Material liefern können, weil ich häufig mit Lagerbeständen zu tun habe.»

«Hat er Sie bezahlt?»

«Anfangs schon, aber dann immer unregelmäßiger.»

«Denken Sie, dass er mit seinem eigenen Geld zahlte?»

«Ich glaube schon.»

«Santini macht auf mich einen sehr selbstsicheren Eindruck. Wie einer, der daran gewöhnt ist, andere wie Untergebene zu behandeln.»

«So ist das bei allen, die reich geboren werden», sagte Costamagna verächtlich. Er hatte Tabak und Papier hervorgeholt und drehte sich nun mit seinen dicken Fingern eine Zigarette.

«Wissen Sie, dass er eine Villa auf den Hügeln besitzt? Ein Familienerbe.»

«Das wusste ich nicht. Schön?»

«Neoklassizistisch. Sein Großvater hat sie gekauft. Santini würde gerne ein Theater daraus machen. Noch eines seiner hochtrabenden Projekte.»

«Nun, Verbrechen inszenieren sie ja bereits.»

«Im Theater könnten sie auch vor Publikum aufführen: In seiner Villa gibt es eine kleine Bühne, auf der sie ihre Geschichten schon jetzt vorspielen.»

«Ich war bei den Verhören im Club dabei.»

«In der Villa führen sie auf, was den Verhören vorausgeht. Jeden Sonntag treffen sie sich dort und inszenieren das Verbrechen, das sich abwechselnd einer von ihnen ausdenkt. Wenn der Fall nicht sofort gelöst werden kann, setzen sie die Verhöre im Club fort.»

Costamagna zündete die Zigarette an, die sofort fast bis zur Hälfte herunterbrannte: Einen Moment lang verschwand sein Gesicht hinter einer Wolke aus weißem Rauch.

«Hätten Sie Lust auf ein paar Testaroli?»

«Nach ligurischer Art?»

«Natürlich», sagte Costamagna, als wäre das ganz selbstverständlich. Dann nahm er das Tuch von einer Schüssel, in der der fertige Teig schon bereitstand.

Danach öffnete er die Anrichte und holte Tonformen

heraus, in die er in Scheiben den frischen Teig füllte. Als er damit fertig war, stapelte er sie aufeinander und stellte sie auf den Herd.

Sofort verbreitete sich im Raum ein Duft, der bei Soneri Kindheitserinnerungen wachrief. Schweigend beobachtete der Commissario Costamagnas routiniertes Hantieren.

Fünf Minuten später legte Costamagna die pfannkuchenförmigen Testaroli auf einen großen Teller.

«Warten Sie noch ein paar Minuten, dann schmecken sie besser.»

Dann verschwand er im Nebenraum und kam mit einem Teller zurück.

«Schinken», verkündete er, «vierundzwanzig Monate gelagerter Culaccia.»

Soneri nahm einige Scheiben davon und wickelte sie um ein Testarolo.

«Palmieri war genial im Erfinden von Kriminalgeschichten», knüpfte Costamagna wieder an ihr Gespräch an.

«Das sagte mir auch Santini.»

«Seine Fälle waren kaum zu lösen.»

«Stimmt es, dass es eine Art Rangliste gab, wer die meisten perfekten Verbrechen erfand?»

«Ich habe davon gehört. Alle hielten Palmieri für den Besten.»

«Kennen Sie den Mann, der im Club der Cineasten hinterm Tresen steht?»

«Ja, ich habe ihn ein paar Mal gesehen. Auffälliger Typ, mit diesem Schnauzbart ... Ich verstehe, worauf Sie hinauswollen: Nein, er ist nicht identisch mit dem Käufer des Katalogs, auch wenn er genau den gleichen hat.»

«Eigenartig», sagte Soneri. «Es gibt sicher nicht viele, die ihn so tragen.»

Der letzte Bissen Testarolo verschwand im Mund des Commissario. Costamagna verteilte den restlichen Malvasia gleichmäßig auf ihre Gläser.

«Der Mann mit dem Katalog kommt Ihnen verdächtig vor, stimmt's?», fragte der Antiquar, als er Soneris nachdenkliche Miene bemerkte.

«Ja, schon. Aber ich weiß nicht, weshalb, ist nur so ein Gefühl.»

«Auch mir kam er in seiner ganzen Art irgendwie gekünstelt vor. Meine Kunden wissen, wie man sich in einem Geschäft wie meinem verhält. Ich meine, sie kennen sich aus, mustern alles genau, stellen Fragen, und aus ihrem Verhalten kann man auf ihre Vorlieben schließen ...»

Costamagna unterbrach sich, weil draußen ein Lastwagen vorbeifuhr, der das Haus erzittern ließ.

«Was war mit ihm?», drängte der Commissario.

«Der kam mit so einer verlegenen Miene herein, als schäme er sich. Wie einer, der in eine Apotheke geht, um Präservative zu kaufen.»

«Und die Frau? Diese Blondine? Kennen Sie Lora Recanati?»

«Ja, ja, Palmieri hat sie mir vorgestellt. Nein, das war sie nicht. Auch wenn ich sie nicht besonders genau angeschaut habe, die, die in meinem Laden war, schien jünger zu sein, und auch blonder.»

Mit einer seiner üblichen ruckartigen Bewegungen stand Soneri auf, zündete sich eine Zigarre an und reichte Costamagna die Hand. Dieser erwiderte seinen Gruß, auch wenn ihn diese unvermittelte Art, sich zu verabschieden, verblüffte.

«Ich danke Ihnen für alles», sagte Soneri, wobei klar war, dass er in erster Linie auf das Essen anspielte.

«Besuchen Sie mich wieder», antwortete der Mann an der Tür, «in einigen Tagen bekomme ich Almkäse aus Bettelmar und Schafskäse, Caciotta aus Urbino.»

«Sie können sicher sein, dass die mir nicht durch die Lappen gehen!», erwiderte Soneri und merkte erst eine Minute später, dass er in den typischen Polizeijargon verfallen war. Aber da hatte er schon nicht mehr das Essen im Kopf, sondern war bereits wieder voll und ganz mit seinem Fall beschäftigt.

10

Lora rauchte in kurzen, nervösen Zügen. Sie hatte den Kopf auf die Rückenlehne gelegt, aber der Rest ihres Körpers wirkte angespannt, beinahe verkrampft. Sie begrüßte den Commissario mit einem sehr verhaltenen traurigen Lächeln.

«Haben Sie jemanden erkannt?», fragte Soneri.

«Ich hatte gerade mal Zeit, mich auf den Boden zu werfen und die Arme über den Kopf zu reißen», erwiderte sie.

Er stellte sich diese Geste vor: So wie es Kinder machen, um sich vor Ohrfeigen zu schützen.

«Haben Sie vielleicht sehen können, wie viele es waren?»

«Nein, ich habe nur die Schüsse gehört. Ich dachte, jetzt ist es aus. Ich habe die Sekunden gezählt, und bei jedem Schuss sagte ich mir: Das ist der letzte. Alles, was ich erkennen konnte, war ein Auto, das davonfuhr. Es war blau, möglicherweise ein Rover.»

In diesem Augenblick kam Nanetti herein und setzte sich schweigend neben die Frau. Instinktiv wandte der Commissario seinen Blick von Lora ab und schaute seinen Kollegen an.

«Sie haben sechs Schüsse abgegeben», sagte dieser, «vermutlich aus dem Fenster eines fahrenden Wagens. Die Einschläge befinden sich alle in einer Linie, über eine Distanz von etwa zwanzig Metern verteilt.»

«Wurden Sie jemals bedroht?»

«Nein», antwortete Lora, die vor Anspannung zitterte.

«Die Waffe», berichtete Nanetti weiter, «war allem Anschein nach alt und nicht besonders gut gepflegt. Die Projektile haben normales Kaliber, 7,65, aber die Mäntel sind stark zerkratzt.»

«Alte Waffe, schlechter Schütze ...», murmelte Soneri und bearbeitete seine Toscano mit den Eckzähnen. «Sieht so aus, als hätte da ein Betrunkener ein Silvesterfeuerwerk veranstalten wollen.»

Nanetti grinste, und Lora sah ihn verärgert an: «Es war dunkel, ich ging zu Fuß und habe hinter mir ein langsam fahrendes Auto gehört. Beim ersten Schuss bin ich vor Schreck stehen geblieben. Ich sah, dass die Rinde eines Baumes vor mir splitterte, als wäre sie von innen explodiert, und da habe ich mich hinter dem Stamm auf die Erde geworfen. Wieder hörte ich Schüsse, dann blieb es ruhig. Ich habe kurz gewartet, bevor ich mich umsah, und da war dieser Wagen, der davonfuhr.»

Der Commissario sagte nichts. Nanetti hingegen wollte noch etwas hinzufügen: «Der Schuss, der Ihnen am nächsten kam, schlug eineinhalb Meter entfernt ein.»

Eine Schießerei, die so eigenartig war, dass Soneri die naheliegendste Frage beinahe zu stellen vergaß. Was wollte sie in dieser Straße, in der er sie am Abend des Verbrechens abgesetzt hatte?

«Ich sagte Ihnen doch bereits, dass dort eine Freundin von mir wohnt», antwortete Lora.

«Wer ist es?»

«Hören Sie, ich möchte sie nicht in die Sache hineinziehen: Sie hat nichts mit dieser Geschichte zu tun, und ich möchte ihr keinen Ärger machen.»

Der Commissario zuckte mit den Achseln. «Was für Ärger denn? Man hat auf Sie geschossen, und Sie machen sich Sorgen darum, ob Sie Ihrer Freundin Umstände machen?»

«Sie heißt Rosa Funo und wohnt in der Via Giucciardini 16. Reicht Ihnen das?»

«Besuchen Sie sie oft?»

«Wir sind eng befreundet, und wenn ich in der Innenstadt bin, treffen wir uns.»

Nach einigen Minuten hielt die Stenographin dem Commissario Loras Aussage vor die Nase. Soneri ging sie Wort für Wort durch und korrigierte von Zeit zu Zeit pedantisch einen Tippfehler. Dann reichte er Lora das Protokoll zum Unterschreiben.

«Wo werden Sie heute Nacht schlafen?», fragte der Commissario.

Lora sah ihn verächtlich an. Jedenfalls bis er hinzufügte, dass es um die Überwachung ginge.

«Zu Hause», sagte die Frau. «Ich hoffe, Sie lassen mich dort hinbringen.»

Als Nanetti und Soneri schließlich allein waren, sahen sie einander an und bekundeten stumm, wie perplex sie waren. Dann stieß der Commissario ein sehr lautes «Na ja!» hervor. Daraufhin erhob sich sein Kollege und hinkte schweigend hinaus. Einige Sekunden später stand auch Soneri auf. Er hatte nichts Bestimmtes vor, er wollte einfach durch die Altstadt spazieren, die zu dieser Zeit, wo alle beim Abendessen saßen, menschenleer war. In Parma gab es weniger als zehn Verbrechen im Jahr, es war eine ruhige Stadt. Aber diese wenigen Verbrechen, die waren überlegt, kompliziert. Wie die Welt, in der sie geschahen. Wieder fiel ihm das *Minerva* ein, die heruntergekommene Einrichtung, der Geruch der verfaulten Blumen und Palmieris zusammengesackter Leichnam auf dem Sitz. Er dachte darüber nach, dass sich die Schwierigkeit der Fälle immer umgekehrt proportional zur Größe der Umgebung verhielt, in der sie heranreiften. Wenn er an das Verbrechen im Kino dachte, fiel ihm niemand ein, den er sich als Mörder vorstellen konnte. Marcelli? Weshalb? Beppe? Er hätte nicht die Zeit dazu gehabt. Lora? Sie war an jenem Abend nicht dort. Stork junior? Ein Versager. Wer also konnte es gewesen sein?

Die Schaufenster in der Innenstadt waren noch beleuchtet, einige Geschäfte noch geöffnet. Er kaufte Zigarren, und während er aufs Wechselgeld wartete, fiel sein Blick auf die Leuchtschrift der Bank. Die Bank von Palmieri und der Elvethia. Am Eingang musste er dem Wächter seinen Ausweis zeigen. Um einen guten Eindruck zu machen, ließ der Mann keine der umständlichen Sicherheitsmaßnahmen aus. Dann führte er ihn zu einem Aufzug, der in den zweiten Stock fuhr und sich dann zu einem Flur hin öffnete, in dem Besen und geleerte Papierkörbe standen. Ganz hinten stand eine Tür halb offen, hinter der noch jemand arbeitete.

Er war überrascht, sich dem Mann mit der Narbe über dem rechten Auge gegenüberzusehen, den er im Club der Cineasten gesehen hatte. Sie verständigten sich mit einem kurzen Blickwechsel darüber, dass keinem von ihnen diese Begegnung entfallen war.

Der Mann streckte ihm die Hand hin: «Ich heiße Vescovi.»

«Sollte ich in Ihnen eher einen Kollegen sehen oder den Bankbeamten?», brach Soneri das Eis.

«Als Detektiv bin ich nicht besonders gut, mit Konten komme ich wesentlich besser zurecht.»

«Führen Sie das der Elvethia?»

«Nicht wirklich. Die Bilanz machen die Verantwortlichen in der Firma, wir haben nur eine Minoritätsbeteiligung.»

«Von fünf Prozent, richtig?»

«Sie sind gut informiert.»

«Das andere Aktienpaket ist je zur Hälfte zwischen Palmieri und den Storks aufgeteilt?»

«Genau. Wir schlichten – oder entscheiden.»

«Bei Unstimmigkeiten haben Sie aber fast immer Palmieri unterstützt.»

«Wir hatten großes Vertrauen zu ihm. Die anderen dagegen ... Sie müssten die Situation im Hause Stork kennen, um es zu verstehen.»

«Ich weiß, dieser Manfred verschleudert das gesamte Vermögen der Familie.»

«Dann wissen Sie ja schon alles.»

«Wann haben Sie die Aufsicht über das Unternehmen übernommen?»

«Vor vier Jahren. Uns war klar geworden, dass wir das Geld von diesen Schuldnern nicht zurückbekommen würden.»

«Wie reagierten die Storks darauf?»

«Manfred und sein Vater kamen her. Der Alte brach in Tränen aus, als er von unserer Entscheidung erfuhr. Und dann ging er mit dem Stock auf seinen Sohn los. Eine schreckliche Szene.»

«Und was tat Manfred?»

«Ich glaube, er hat sich mit Kokain und Tabletten um den Verstand gebracht. Er verbringt seine Nächte in Clubs und einschlägigen Lokalen, in denen die Frauen käuflich sind.»

«An wen wird Palmieris Anteil jetzt gehen?»

«Das weiß ich nicht. Ich weiß nicht einmal, ob es ein Testament gibt. Wenn nicht, geht alles an seine Mutter.»

«Wie lief das Unternehmen in letzter Zeit?»

«Gut. Palmieri war ein ausgezeichneter Geschäftsmann. Er hatte die Bilanzen ausgeglichen und die Produktion wieder voll aufgenommen. Die Auftragslage war zufriedenstellend, und wir wollten damit beginnen, das Kapital zu erhöhen.»

«Frisches Geld ...»

«Ja, es war nötig, nach Jahren des Stillstands in neue Maschinen und Ausrüstung zu investieren.»

«Wäre die Verteilung der Aktien dabei unverändert geblieben?»

«Sicher nicht», antwortete Vescovi. «Die Storks hätten sich nicht beteiligen können, ihr Anteil hätte sich verringert.»

«Auf wie viel?»

«Wenn das ursprüngliche Konzept verwirklicht worden wäre, auf zwanzig Prozent.»

«Also um mehr als die Hälfte.»

Vescovi nickte bestätigend und schwieg. Er sah Soneri durchdringend an, so als würden seine Augen ihm eine stumme Botschaft übermitteln wollen.

«Im Grunde waren Sie dabei, sie auszuschalten», sagte Soneri impulsiv. Aber kaum standen seine Worte im Raum, wurde ihm klar, dass er sie unüberlegt geäußert hatte. Vescovi gehörte zu den Menschen, bei denen man nie zu viel sagen durfte, sonst blockierten sie wie ein Flipperautomat.

«Das Unternehmen brauchte Investitionen, andernfalls wäre es nicht mehr konkurrenzfähig gewesen», erwiderte

Vescovi lediglich, und Soneri verstand, dass es keinen Sinn hatte, weiter zu insistieren.

«Ich dachte immer, jemand, der mit Geld umgeht, ist auch ein guter Detektiv: Denn in beiden Fällen muss man ein guter Stratege sein», fuhr der Commissario fort.

«Wie gesagt, ich bin in Ermittlungsfragen nicht besonders gut. Aber vielleicht kann ich ja auch gar nicht so besonders gut mit Geld umgehen. Ich denke allerdings, dass das zwei ganz verschiedene Dinge sind.»

«Glauben Sie?»

«Wer mit Geld zu tun hat, hat nur ein Ziel: Gewinne zu machen. Daher sind seine Handlungen vorhersehbar, berechenbar. Bei einem Verbrechen dagegen gibt es die unterschiedlichsten Beweggründe, manchmal gar kein erkennbares Motiv. Das sind die wirklich schwierigen Fälle.»

«Es gibt fast immer ein Motiv», sagte Soneri.

«Das stimmt, fast immer. Aber die Gründe für ein Verbrechen sind nicht notwendigerweise in einer Verbindung zwischen dem Opfer und dem Mörder zu finden. Nehmen Sie zum Beispiel einen Verrückten, der seine Wahl nach dem Zufallsprinzip trifft. Ich denke, je unlösbarer und somit perfekter ein Verbrechen scheint, desto undurchsichtiger ist das Motiv. Wenn alles ganz logisch und folgerichtig wäre, wie in der Finanzwelt, wäre es einfacher. Mit anderen Worten, ich glaube, dass die beste Eigenschaft eines Detektivs seine Vorstellungskraft ist. Vielleicht bin ich aus diesem Grund nicht so besonders gut ...»

Soneri hatte zugehört und dabei auf seiner Toscano herumgekaut. Mehr als das Gesagte hatte ihn der Tonfall verblüfft. Vescovi sprach, als müsse er sich eher an die Worte erinnern, als über sie nachdenken. Als hätte er sie lange vorbereitet und auswendig gelernt.

«Palmieri konnte gut mit Geld umgehen, sich aber auch Verbrechen ausdenken, die unlösbar waren», wandte der Commissario ein.

«Oh, er war wirklich gut, unübertroffen. Seine Geschichten erschienen zunächst so einfach, dass sogar wir uns täuschen ließen, obwohl wir uns ständig mit verzwickten Kriminalgeschichten beschäftigten.»

«Und nun hat er sich täuschen lassen ...», unterbrach ihn Soneri.

«Ich verstehe es nicht. Er ging jedem Risiko aus dem Weg und berechnete im Vorfeld alles ganz genau.»

Im Flur hörte man einen Staubsauger, der mehrmals gegen die Tür schlug.

«Entschuldigen Sie mich, aber ich muss jetzt wirklich gehen», sagte Vescovi, «ich bin zum Essen verabredet.»

«Keine Nachforschungen heute Abend?», fragte Soneri.

«Leider wurde der Fall, an dem ich gearbeitet habe, bereits von anderen gelöst. Jetzt warte ich, bis Santini uns am Sonntag einen neuen vorstellt.»

Der Commissario ging nach unten und betrat eine Telefonzelle.

«Ich führ dich zum Essen aus und anschließend ins Kino», sagte er ohne Begrüßung.

«Du hast die Liebenswürdigkeit eines Baggers. Du kannst eine Frau nicht behandeln wie einen Zuchthäusler. Man sagt: Hast du Lust, zum Essen auszugehen? Und ein Konditional wäre auch nicht schlecht: Hättest du Lust ...»

«Hast du Hunger oder nicht?»

«Ich komme nur mit, weil ich heute das Mittagessen ausgelassen habe, Bulle», knurrte Angela. «Und wenn du bezahlst.»

«Ich sehe, dass du endlich zum entscheidenden Punkt kommst. Aber ich bin einverstanden.»

«Sieh zu, dass du vorzeigbar bist. Fahr zu Hause vorbei und mach dich fein, ich möchte mich nicht blamieren.»

«Und du komm nicht bewaffnet, man kann das Halfter unter der Jacke sehen.»

«Ich bin nie bewaffnet. Wenn ich eine Waffe brauche, nehme ich die eines anderen.»

Sie saßen im *Milord*. Es gab Parmesanflan in Steinpilzsoße für Soneri, Tagliolini mit Rogen, Sardellen und schwarzen Oliven für Angela. Dann bestellte der Commissario eine Portion Lammkoteletts mit Myrte.

«In welchen Film führst du mich?»

«Ich weiß nicht, ein Krimi ...»

«Du weißt es nicht? Du gehst mit einer Frau aus und wählst den Film aufs Geratewohl aus?»

«Wir gehen ins *Minerva*.»

«Schon verstanden, du benutzt mich also als Alibi. Der Commissario verbringt einen beschaulichen Abend in weiblicher Gesellschaft. Und das alles, damit es nicht weiter auffällt, wenn du heimlich Nachforschungen anstellst.»

«Ich versuche eben, das Nützliche mit dem Angenehmen zu verbinden. Und außerdem könntest du mir helfen ...»

Es gelang Soneri nicht, den Satz zu beenden, weil Angela Cornelio sich mit advokatenhafter Theatralik erhob und voller Entrüstung umgehend auf den Ausgang zusteuerte. Bevor er aufstand, lauschte der Commissario noch kurz dem Klackern ihrer Absätze auf dem Pflaster. Als er wenig später nach draußen lief, war Angela bereits in einer der umliegenden Straßen verschwunden. Da beschloss auch der Commissario zu gehen. Später fand er unter dem

Scheibenwischer seines Autos einen Zettel: «Der Trick war nicht gerade originell. Denk dir was Besseres aus. Selbst ein Polizist wie du könnte doch einmal im Lauf seiner Karriere einen intelligenten Einfall haben. Der hier war jedenfalls zum Scheitern verurteilt.»

11

Die Vorstellung würde in etwa zwanzig Minuten beginnen, Zeit genug, um das Stück Ricottakuchen zu essen, der ihn in Alcestes Dessertvitrine unwiderstehlich angezogen hatte. Das Foyer war leer, Marcelli musste noch hinten sein. Nur seine Frau stand im Kassenhäuschen über die Wechselgeldschublade gebeugt und sortierte Münzen. Der Commissario ging ein wenig umher und blieb schließlich im Gang vor dem Automaten mit den Süßigkeiten stehen. Der köstliche Nachtisch in seinem Magen verleitete ihn dazu, die Taste mit den Brioches zu drücken.

Wenig später saß er auf dem Sofa im Foyer und spürte, dass er beobachtet wurde. Marcellis Frau betrachtete ihn über ihre Brillengläser hinweg, und als er aufblickte, grüßte sie ihn, ohne zu lächeln.

«Haben Sie nichts zu Abend gegessen?», fragte ihn jemand.

Als er sich umdrehte, sah er, dass Marcelli vor ihm stand. Offenbar war er aus dem eigenartigen Esszimmer gekommen, und wieder nahm Soneri den Geruch verfaulter Blumen wahr, der wohl von dort rühren musste.

«So gut wie nichts», erwiderte Soneri. Mit einem Mal verschmolz der süßliche Geruch der Blumen mit dem der Brioche zu einer unangenehmen Mischung. Der Commissario verschloss die Plastikhülle und warf die Brioche in den Papierkorb.

«Ich verstehe das», sagte Marcelli mitfühlend, «an manchen Tagen kriegt man einfach nichts runter.»

Erst jetzt blickte Soneri zur Anzeigentafel hoch.

Heute Abend wurde *Fahr zur Hölle, Liebling* von Dick Richards gezeigt, mit Robert Mitchum in der Rolle des Marlowe. Soneri liebte Chandlers melancholischen Privatdetektiv und freute sich, dass Mitchum ihn spielte: Genauso hatte er ihn sich immer vorgestellt, und er war sein liebster Marlowe-Darsteller. Humphrey Bogart hatte ihn in der Rolle nie wirklich überzeugt: zu hager. Außerdem konnte er nicht lächeln.

Unter den ersten Zuschauern, die eintrafen, erkannte er einige Mitglieder des Clubs der Cineasten. Mehrheitlich handelte es sich um Männer in den Sechzigern, einige kamen mit ihren Frauen, andere allein. Marcelli riss die Karten ab, und während Soneri das alles beobachtete, musterte er aufmerksam ihre Gesichter. Neben ihn hatte sich ein Paar gesetzt, das sich stritt, weil sie lieber einen ‹entspannenden› Film gesehen hätte.

Der Commissario stellte sich vor, wie sich Beppe derweil oben im Vorführraum zu schaffen machte und emsig wie eine Arbeitsbiene um die Maschine herumschwirrte. Beobachtete er von da oben das Geschehen im Saal oder nicht?

Es war nun fast so weit. Soneri ging auf das Kassenhäuschen zu, doch Marcelli zog ihn sanft am Unterarm zur Seite. «Sie wollen doch wohl nicht bezahlen? Also das geht nun wirklich zu weit!»

Und während er das sagte, schob er ihn auf die andere Seite des dicken Samtvorhangs vor der Eingangstür. Marcelli führte ihn in eine der mittleren Reihen, und Soneri setzte sich folgsam hin. Der Mann hatte ihm den idealen Platz ausgesucht, doch sobald die Lichter ausgingen, stand Soneri auf und ging auf die linke Seite des Saals hinüber, an der sich die Notausgänge befanden.

Man hörte das Surren der Maschine, und farbiges Licht fiel wie ein Prisma auf die Leinwand. Wegen des blendenden Lichtscheins konnte man das kleine Fenster, hinter dem Beppe saß, nicht erkennen.

Soneri nutzte die hellsten Szenen, um sich ein paar Mal nach dem Eingang umzudrehen, aber Marcelli musste im Foyer geblieben sein. Erst zehn Minuten später sah er ihn, er lief durch den Mittelgang, der den Zuschauerraum in zwei Hälften teilte. Er hatte den Eindruck, dass Marcelli nach ihm Ausschau hielt, aber der Commissario rührte sich nicht. Wie bereits beim ersten Mal, so fand er auch jetzt wieder, dass dieser Saal etwas Einmaliges hatte. Vielleicht war es diese Kinoatmosphäre früherer Zeiten, vielleicht das Altmodische der Einrichtung und der goldbraunen Wandtäfelung. Vielleicht war es sogar der Geruch nach verfaulten Blumen, der sich mit dem nach altem Staub mischte und ihn an das Polizeipräsidium in jenen Jahren erinnerte, als er dort als Assistent angefangen hatte.

Genau in dem Moment, als Marlowe nach einem fürchterlichen Schlag bewusstlos wurde, wurde der Commissario von unbezwingbarer Unruhe erfasst. Vergeudete er seine Zeit? Er konnte nicht mehr nachvollziehen, aus welchem Grund er beschlossen hatte, sich diese Vorstellung anzusehen. Aber irgendetwas hatte ihn hierher geführt und hielt ihn jetzt fest. Das wurde ihm jedes Mal bewusst, wenn er Anstalten machte zu gehen. Sobald er sich aus seinem Sitz erhob, stieg die Gewissheit in ihm auf, etwas zu verpassen. Was das sein könnte, war ihm ein Rätsel.

Er sah sich im Halbdunkel des Saales um, sein Blick wanderte über die Köpfe in den Sitzreihen, die so unregelmäßig angeordnet waren wie durcheinandergewirbelte Billardkugeln nach dem ersten Stoß.

Er zählte nach: Er saß in der achten Reihe von vorn. Ihm fiel ein, dass Palmieri genau in dieser Reihe, auf der Seite der Notausgänge, tot aufgefunden worden war. Also zählte er auch die Plätze ab und stellte fest, dass ihn der Zufall oder sein Unterbewusstsein dazu veranlasst hatte, sich exakt auf den Platz des Toten zu setzen.

Die Erkenntnis verwirrte ihn. Sehr seltsam, dachte er, während seine Augen sich wieder dem Geschehen auf der Leinwand zuwandten. Mittlerweile war dort die schöne und hartherzige Charlotte Rampling in der Rolle der männermordenden Velma zu sehen. Angela hätte das gut gefallen. Die Kopie musste schon oft gespielt worden sein, obwohl der Film gar nicht so alt war. Zweimal hüpfte das Bild, als das Gesicht der Schauspielerin in Großaufnahme erschien.

Während der Pause standen nur wenige Zuschauer auf. Soneri ging den Flur in Richtung Ausgang entlang bis zu den Toiletten. In einer brummte ein alter Mann vor sich hin, während er in das Loch des Stehklos pinkelte. Es herrschte ein unerträglicher Gestank nach Urin, und es gab nur ein kleines Fenster ganz oben, um den Raum zu belüften. Offenbar war es stets geöffnet, aber ein Gitter verhinderte, dass jemand es als Einstieg benutzen konnte.

Als er auf seinen Platz zurückkehrte, gingen die Lichter bereits aus. Wieder eine Großaufnahme von Velma, und wieder hüpfte das Bild, diesmal fast unmerklich. Der Commissario verspürte große Lust zu rauchen, weshalb er sich die kalte Zigarre zwischen die Lippen steckte, um den Duft zu riechen. Als die Leinwand besonders dunkel war, verließ er seinen Platz, um den engen, schanzenartigen Korridor zu inspizieren, der zu den Notausgängen führte. Er wählte die mittlere der drei Türen und drückte die Klinke herunter, ohne Resultat. Dann versuchte er es mit dem Ausgang, der den vorderen Sitzreihen am nächsten lag, aber auch dieser war abgeschlossen. Also ging er nach hinten, zum letzten Ausgang, dessen Tür schließlich nachgab. Feuchte Luft strömte ihm entgegen wie aus einem Topf mit kochendem Wasser. Jetzt kam die zweite Probe: Er wollte wissen, ob die Tür zuschnappte, wenn man sie nur anlehnte. Vorsichtig bewegte er die beiden Flügel aufeinander zu, drückte gegen die Feder und zog dann langsam die Finger zurück, die er zwischen den Türrahmen und die Tür gelegt hatte. Sie fiel nicht zu.

Die einzige Möglichkeit war also diese: Jemand hatte die Tür des Notausgangs geöffnet. Vielleicht war er vor dem Ende des Films hinausgegangen und hatte die Tür angelehnt. Am Ende der Vorführung hatte der Mörder diesen Eingang benutzt, und in den wenigen Minuten, die vergingen, nachdem der letzte Zuschauer gegangen war und bevor Marcelli hereinkam, hatte er Palmieri getötet. Oder dieselbe Person war, kurz bevor der Film zu Ende war, hinausgegangen und dann durch die gleiche Tür wieder hereingekommen. Blieb zu klären, warum Palmieri auf seinem Platz in der achten Reihe sitzen geblieben war.

Nach einem Blick in den Garten, durch den der Riese allabendlich spazierte, ging der Commissario wieder hinein. Nun hatte er den Faden verloren. Auf der Leinwand war jetzt eine Spielhölle auf einem Schiff zu sehen, in der Marlowe die Frau eines bekannten Politikers treffen sollte, die mit Edelsteinen handelte. Der Film steuerte dem Ende zu und hüpfte nicht mehr. Soneri wünschte sich nur noch, dass all die Leute schnell verschwanden. Er wollte nachempfinden, wie es Palmieri auf seinem Platz gegangen war.

Endlich findet Marlowe heraus, dass sich hinter Helen in Wirklichkeit Velma verbirgt, und die Lichter gehen an. Der Commissario lehnt sich entspannt zurück, während um ihn herum die aufbrechenden Leute Unruhe verbreiten. Er zählt die Minuten: Seit die Lichter angegangen sind, sind bereits zwei vergangen. Er erinnert sich daran, dass Marcelli gesagt hat: «Im Winter brauchen die Leute länger, weil sie erst noch ihre Mäntel und Schals anziehen müssen.»

Und tatsächlich, nach fünf Minuten ist der Saal immer noch fast voll. Ein paar Leute sind im Gang stehen geblieben und unterhalten sich, andere zögern, als könnten sie sich nicht damit abfinden, dass der Film zu Ende ist. Soneri sieht sich um, steht auf, tut so, als mache er sich fertig, doch dann setzt er sich wieder hin. Erst nach zwölf Minuten ist der Saal nahezu leer, bis auf einen alten Herrn mit einem Stock, der sich auf der Soneri gegenüberliegenden Seite an der Wand entlangschleppt. Und auch das streitende Paar ist noch da, es wühlt in einer Tasche herum: Sie hat etwas verloren und beschuldigt ihren Mann, es verlegt zu haben.

Schließlich gehen auch sie, und der Commissario ist nun wirklich allein. Er beginnt zu messen, wie viel Zeit dem Mörder zur Verfügung gestanden haben könnte. Auch wenn er die Szene nur nachspielt, ist Soneri unbehaglich zumute. Das liegt an seiner Vorstellungskraft. Als er sich umdreht, um zum Vorführraum hinaufzuschauen, hat er den Eindruck, in der kleinen Fensteröffnung den

Kopf von Beppe zu sehen, der noch zu tun hat. Nach drei Minuten ist Marcelli noch immer nicht hereingekommen. Reicht das aus, um einen Mann zu überrumpeln? Die Zeit, so kommt es ihm vor, vergeht unendlich langsam. Auf der Leinwand erscheinen seltsame Schnörkel, offenbar hat Beppe kurz die Lampe der Maschine eingeschaltet, um das Objektiv des Projektors zu überprüfen. Die Stille in dem schallgedämpften Raum ist überwältigend. Nicht das leiseste Geräusch, eigentlich müsste man sogar das Rascheln der Holzwürmer hören können, die die Wandvertäfelung zerfressen.

Daher gefriert Soneri das Blut in den Adern, als er einen stechenden Schmerz unterhalb des rechten Schulterblattes fühlt. Ein entsetzlicher Stich, der ihm einen Moment lang den Atem stocken lässt. Er erschrickt so sehr, dass er nicht einmal den Mut hat, sich umzudrehen. Instinktiv wirft er sich nach vorne, um sich dem Angriff zu entziehen. Eine Sekunde später findet er sich auf dem Boden zwischen der achten und siebten Reihe wieder. Von oben sieht ihn eine Frau mit einem Ausdruck amüsierter Boshaftigkeit im Gesicht an.

«Du hast Glück, dass ich um diese Uhrzeit kein Strychnin mehr bekommen konnte.»

Er hätte es sich denken können. Angela.

«Einer deiner bescheuerten Scherze.»

«Du solltest mir lieber danken, schließlich habe ich dir Gelegenheit gegeben, die Gefühle des Opfers ganz genau nachzuempfinden.»

Soneri sah auf die Uhr: Sieben Minuten, und Marcelli hatte sich noch immer nicht blicken lassen.

«Wie bist du reingekommen? Hat Marcelli dich gesehen?»

«Der würde es nicht einmal merken, wenn hier eine Giraffe durchmarschiert.»

Der Commissario massierte sich die Stelle, an der sie ihn so schmerzhaft gekniffen hatte.

«Wo du schon einmal dabei warst, hättest du dich doch auch gleich als Anästhesistin versuchen können. Gab's kein Chloroform mehr?»

«Du bist so schon abwesend genug. Du hast ja nicht einmal bemerkt, dass ich mich hinter den Sitzen versteckt hatte.»

Damit hatte sie recht, was Soneri alarmierte.

Es brachte ihn sogar ziemlich durcheinander, jedenfalls bis Marcelli hereinkam. Unwillkürlich sah der Commissario auf die Uhr: Zehn Minuten waren vergangen, seit der letzte Besucher den Saal verlassen hatte.

«Was gefunden?», fragte der Mann, als er Soneris staubige Hose bemerkte.

Doch der antwortete nicht auf die Frage. Er dachte darüber nach, dass zehn Minuten lang genug waren, um einen Mord zu begehen.

Stattdessen stellte er Angela vor. Dann sah er hinauf zum Vorführraum, aus dem nun ein schwächeres Licht drang.

«Wir haben nur den Tathergang rekonstruiert», erläuterte Angela mit einem gewissen Sarkasmus.

«Je länger ich darüber nachdenke, umso unglaublicher kommt es mir vor», sagte Marcelli.

Auf dem Weg zum Ausgang lief der Commissario schweigend vor ihnen her. Nachdem sie sich von Marcelli verabschiedet hatte, musste Angela fast hinter Soneri herrennen.

«Hör mal, ich bin nicht der Typ Frau, der Männern

hinterherläuft», knurrte sie, als sie auf dem kleinen Platz waren.

«Das stimmt, du überfällst sie hinterrücks.» Und bevor sie darauf etwas erwidern konnte, hielt er ihr plötzlich den Mund zu. «Warte einen Moment auf mich, rühr dich nicht von der Stelle.»

Sie sah ihn in einer Seitenstraße verschwinden. Dort warf Soneri einen Blick nach oben, wo im Kino noch Licht brannte, dann trat er an den Zaun. Durch die Zweige hindurch konnte er in der Dunkelheit niemanden entdecken. Außer den Umrissen einer Schubkarre und einiger Geräte, die gegen die Mauer gelehnt waren, war nichts zu sehen. Aber etwas ließ ihn vermuten, dass der Riese da war, vielleicht stand er unter einem der Bäume, unbeweglich wie ein Gecko. Also wartete er.

Nach ein paar langen Minuten vernahm er ein ersticktes Geräusch, so etwas wie einen unterdrückten Hustenanfall. Dann hörte er, wie sich jemand näherte. Genau wie beim ersten Mal trug der Mann einen Trainingsanzug.

Trotz seiner Körpergröße bewegte er sich lautlos, man hörte nur das Geräusch der Zweige, die unter seinen Füßen zerbrachen. Er blieb vor ihm stehen, sein Blick wirkte so unbestimmt wie der eines Blinden. Der Commissario sagte kein Wort und rührte sich nicht. Es kam ihm vor, als könnte er beim geringsten Laut oder bei der kleinsten Bewegung davonlaufen wie ein scheues Wild. Es war der Riese, der sich als Erster bewegte: Als ein Luftzug die tiefhängenden Zweige erfasste, drehte er sich zur Seite, betrachtete das Laub und rückte die Kappe auf seinem Kopf zurecht.

Daraufhin holte Soneri eine Packung Pfefferminzbonbons hervor. Der Mann reagierte nicht. Der Commissario nahm eine Zigarre aus der Schachtel, schnitt sie in der Mitte durch und steckte sich eine Hälfte davon in den Mund. Da machte der Mann ein Zeichen, eine schüchterne Geste mit dem Zeigefinger. Der Commissario ging langsam näher an den Zaun heran und reichte ihm die andere Hälfte.

Der andere nahm sie behutsam entgegen und drehte sie so vorsichtig zwischen den Fingerkuppen, als könnte er sich daran verbrennen. Dann steckte er sie mit einer gekonnten Bewegung in den Mund und befeuchtete sie. Soneri zündete ein Streichholz an und näherte sich erneut dem Zaun, bis der andere sich nach vorne beugte und das Gesicht vorstreckte, damit er ihm Feuer geben konnte.

Die ersten Züge taten sie gleichzeitig, und der zwischen ihnen aufsteigende Rauch ließ die Umrisse ihrer Gesichter verschwimmen und bildete eine Wolke. Da deutete der Commissario mit dem Kopf in Richtung der Notausgänge des *Minerva*. Der Mann machte eine langsame Bewegung mit dem Kopf und lächelte. Dann begann er wieder, mit traumwandlerischer Ruhe den Garten zu durchschreiten.

12

Er würde nicht mehr einschlafen können. Mit einer entschlossenen Bewegung schlug er die Bettdecke beiseite und lief durch die dunkle Wohnung.

So war es immer, wenn er im Bett sitzend aufwachte. Sein Körper nahm im Schlaf die Bewegungen des Erwachens vorweg, wie von einem tieferen Willen befohlen. Der gleiche Wille ließ ihn, sobald er die Augen geöffnet hatte, im trüben Licht der Wohnung mit sicheren Bewegungen seinen Tag beginnen. Er hasste es, Licht anzumachen, bevor es dämmerte, die zwielichtige Stimmung der endenden Nacht gefiel ihm.

Der Alfa kam in der im Schlaf liegenden Stadt schnell voran. Das *Schiller* suchte hinter einer kleinen Erhebung Schutz. Der flache Bau, breit und gelb, erinnerte an eine Polenta, die gerade auf dem Brett ausgekippt worden war. Auf dem von Zwergzypressen gesäumten Parkplatz standen wenige teure Autos. Innen ein heruntergekommener Empfangsraum mit viel Stoff und rotem Samt, ein Saal mit zehn Tischen und Sofas entlang der Wände, von denen Türen zu den Séparées abgingen.

Der Abend hatte seinen Höhepunkt bereits überschritten. Ein schwarzes Mädchen umschlang einen Plüschgorilla und sang dümmliche Lieder, während an den unaufgeräumten Tischen voller leerer Gläser und Flaschen müde aussehende Herren mit gelockerten Krawatten saßen und sie gleichgültig beobachteten. Der Commissario setzte sich auf eines der Sofas, ohne dass jemand von ihm Notiz nahm. Er betrachtete die Kunden, die im Lichtschein dicker Kerzen an den Tischen saßen: Männerpaare, ein paar sich feilbietende Damen und ein paar einsame Besucher, so isoliert wie Solisten.

Ein ziemlich finsteres Publikum. Einige brachen angeheitert in sporadisches Gelächter aus, das nicht sehr überzeugend klang. Andere wirkten wie hypnotisiert von der kitschigen Musik, die das Lokal einhüllte. Manfred Stork saß rechts von der kleinen Bühne. Sein rotbraunes Haar sah zerzaust aus, als käme er gerade aus einem der Séparées. Seine großen blauen Augen wirkten abwesend, als sei er völlig apathisch, und sein Mund drückte jene unversöhnliche Verdorbenheit aus, die dem Commissario schon bei ihrer ersten Begegnung aufgefallen war.

Manfred saß mit zwei Männern zusammen, die trotz ihrer eleganten Kleidung ziemlich vulgär wirkten. Plötzlich wurde Soneri von einer Parfümwolke umhüllt, während sich hinter ihm eine Hand sanft direkt unter seinen Nacken legte.

«Spendierst du mir was zu trinken?»

Eine junge Frau mit orientalischen Zügen und einem untadeligen professionellen Lächeln stand neben ihm.

«Möchtest du Wein?»

«Sehr gern.»

«Also dann, such dir einen aus.»

«Champagner.»

Soneri konnte seine Enttäuschung nicht verbergen, und sie merkte es.

«Ich kann auch etwas Billigeres trinken», sagte sie so

treuherzig, dass sich die Laune des Commissarios sofort wieder besserte.

«Es geht nicht um den Preis. Man wählt keinen Wein aus, ohne das Jahr dazu zu sagen. Das ist, als würde man ein Auto kaufen, ohne das Modell anzugeben.»

Die junge Frau schien ein wenig beschämt. Nachdem er den Kellner zunächst vergeblich nach fünf verschiedenen Sorten gefragt hatte, die nicht auf der Karte standen, bestellte Soneri einen alten Grappa.

«Du bist wohl ein Kenner», schnurrte die Dame kokett.

Das Vorhersehbare an dieser Frau, an allem, was sie sagte und tat, war entwaffnend, aber Soneri betrachtete es als Spiel zu erraten, was sie als Nächstes tun würde, womit er sie allerdings durcheinanderbrachte.

«Na, setzen Sie sich denn nicht auf meinen Schoß?»

Da sie bereits dabei war, genau das zu tun, hielt sie nun in der Bewegung inne, und einen Moment lang war der Commissario, der ihre gutgewachsenen Beine und ihre spitzen Brüste betrachtete, fast ein wenig enttäuscht.

«Ich möchte nichts weiter, als etwas trinken und mich ein bisschen unterhalten, ist das in Ordnung?»

Sie nickte erleichtert.

«Wie heißt du?»

«Cleopatra.»

«Ich meine deinen richtigen Namen.»

Sie sah ihn verlegen an, und erst als er ihr versicherte, dass es nicht wichtig sei, entschloss sie sich zu antworten: «Marita.»

«Kennst du die anderen Besucher?»

«Viele von ihnen», antwortete die Frau, während sie sich jedoch besorgt umsah.

«Weißt du, normalerweise unterhält man sich hier nicht

einfach so … Die meisten kommen wegen anderer Sachen her …»

«Schon verstanden», lachte Soneri, «komm her.» Er umfasste ihr Handgelenk und zog sie zu sich heran.

Es war seltsam, dass Marita sich auf den Knien des Commissarios wesentlich wohler fühlte. Er dachte kurz an Angela: Wenn sie in diesem Moment hereingekommen wäre, wäre sie imstande gewesen, das Lokal in Brand zu setzen.

«Kennst du den Typen dort drüben?», fragte der Commissario und zeigte auf Manfred.

«Ja, er kommt fast jeden Abend», sagte die Frau, die ihm in der Zwischenzeit einen Arm um den Hals gelegt hatte.

Zu Stork und seinen Begleitern hatte sich ein vierter Mann gesellt, ein Draufgängertyp. Auf dem Tisch tauchten Spielkarten auf.

«Spielen die oft?»

«Fast immer», erwiderte Marita, die immer verlegener wurde.

Nun streichelte der Commissario ihre Beine bis zu den Schenkeln, und ihre Anspannung schien ein wenig nachzulassen. Er fand die Situation geschmacklos, zugleich amüsierte sie ihn. Bei seinen Fragen versteifte Marita sich, aber sobald er sie betätschelte, entspannte sie sich wieder.

Aber genau diese routinierte Normalität nahm den Zärtlichkeiten jegliche Erotik. Er fühlte sich eher an die Handgriffe eines Masseurs erinnert.

«Mit wem spielt er sonst noch?»

«Immer nur mit denen, sie sind eine feste Gruppe.»

«Wer sind sie?»

«Ich kenne sie nicht», sagte die Frau immer unschlüssiger. «Wir fragen die Gäste nie nach ihren Namen.»

Soneri begriff, dass es keinen Sinn hatte, ihr weitere

Fragen zu stellen. Eine andere Frau, die auf die Gruppe von Stork zuging, zog seine Aufmerksamkeit auf sich. Sie nahm den Stapel mit den Karten, stieg auf den Tisch, und mit einer tänzerischen Bewegung kauerte sie sich auf die Fersen und nahm die Pose einer Statue ein. Es schien ein zu fortgeschrittener Stunde gängiges Spiel zu sein. Jedes Mal, wenn sie einem Spieler die Karten gab, beugte sie sich kokett zu ihm vor, und aus dem Gemurmel erhob sich immer wieder müdes Gelächter. Der Commissario betrachtete die vier am Tisch: Ihre Gesichter waren gezeichnet von der langen Nacht und dem Alkohol.

Irgendwann im Laufe des Spiels wurde die Frau auf den Rücken gelegt. Daraufhin begannen die Männer, die Karten auf ihrem Bauch abzulegen, wobei sie sie jedes Mal leicht streichelten. «Full house!», brüllte ein bärtiger Typ, der mit dem Rücken zu Soneri saß.

Die übrigen, Stork eingeschlossen, warfen das Blatt, das sie noch in den Händen hielten, auf den Bauch der Frau, die unbeweglich dalag wie ein erlegtes Tier. Im nächsten Moment packte der Typ mit dem Bart sie an den Schultern und nahm sie auf die Arme. Dann ging er wankend auf die Treppe zu, die zu den Zimmern im Obergeschoss führte, und kämpfte mit der Last, um nicht aus dem Gleichgewicht zu geraten.

«Diesmal geht die Rechnung auf dein Konto», brüllte er ordinär zu Manfred hinüber, während die Sängerin die Bühne verließ und ihr Plüschtier hinter sich herzog. Stork hörte plötzlich auf zu lachen, und seine Laune verdüsterte sich, wie das bei Betrunkenen häufig passiert.

«Spielen sie dieses Spiel oft?», fragte der Commissario Marita, die von seinem Knie heruntergerutscht war und sich neben ihn gesetzt hatte.

«Immer.»

«Das ist sicher ganz schön teuer ...»

«Sie sind unsere besten Kunden und lassen viel Geld hier. Deswegen drückt der Chef auch manchmal ein Auge zu, wenn sie sich danebenbenehmen», teilte sie ihm mit.

Soneri sah, dass es vier Uhr war, die Nacht würde erst in ein paar Stunden enden. Als er seinen Blick wieder auf Storks Tisch richtete, stellte er fest, dass dieser ihn bemerkt hatte und ihn grinsend beobachtete, das Gesicht verächtlich verzogen. Als der Commissario seinen Blick erwiderte, stand Stork mühsam auf und kam quer durch den Saal schwankend auf ihn zu. Sein Hemd war voller Weinflecken, seine Krawatte steckte in einer der Jackentaschen.

«Auch zu Gast in der Hölle?», spottete Manfred, und in dem Blick, den er auf Marita warf, erkannte der Commissario eine lüsterne Aufforderung.

«Sie bezeichnen das als Hölle?», erwiderte Soneri mit ebenfalls demonstrativem Blick auf die Frau und die Getränke auf dem Tisch.

«Manchmal ...», antwortete Manfred, mit einem Mal düster. Doch er unterbrach sich, offenbar, um die bösen Gedanken zu verscheuchen. «Entschuldigen Sie, aber um diese Uhrzeit bin ich immer etwas betrunken.»

«Die Morgendämmerung ist für niemanden so grausam wie für Schuldner und für die, die Gewissensbisse haben», stellte der Commissario unbarmherzig fest.

Manfred brach in ein gezwungenes, fast hysterisches Lachen aus.

Soneri fiel auf, dass sein lachendes Gesicht an eine schmerzverzerrte Grimasse erinnerte.

«Sie wollen also sagen, dass bei mir sowohl das eine als auch das andere zutrifft ...»

Der Commissario sagte dazu nichts. Er schwieg auch, als Marita aufstand, um zu gehen.

«Wissen Sie, wie oft ich mit der schon im Bett war?», fragte Manfred, nun wieder mit gewohnter Häme.

«Ich kann es mir vorstellen, aber es interessiert mich nicht», sagte Soneri kurz angebunden.

«Warum sind Sie hier?»

«Auch für jemanden mit ausgeprägter Vorstellungskraft ist die Realität sehr aufschlussreich.»

«Was haben Sie denn festgestellt?»

«Dass Sie viel Geld ausgeben.»

«Ich weiß, ich bin dabei, mich zu ruinieren», sagte Stork finster. «Das heißt, ich habe mich schon ruiniert. Aber Palmieri ist es noch schlechter ergangen, es hat ihm nichts genützt, mich zu verraten.»

«Er hat nur eine Gelegenheit ergriffen, die Sie selbst ihm geboten haben. Sie wollen jetzt doch wohl nicht den Moralapostel spielen?»

Manfred Stork lachte mit offenem Mund und riss die Augen so weit auf, als würden sie ihm gleich aus dem Kopf fallen.

«Sie glauben doch nicht, dass ein Sünder nicht auch ein großer Moralist sein kann. Palmieri und ich, wir waren grundverschieden. Er ist arm geboren, ich reich. Mit einer perfiden Hartnäckigkeit setzte er alles daran aufzusteigen, ich dagegen war auf ein Vermögen gebettet, das unantastbar schien. Es gibt nichts, was so einen Menschen aufhalten kann», sagte er und rückte an den Commissario heran, als wolle er ihm ein Geheimnis anvertrauen. «Wissen Sie, ich spürte, dass mein Vater ihn bewunderte, auch wenn er keine Gelegenheit ausließ, ihn zu demütigen. Aber nach jedem Rückschlag stand Palmieri wieder auf und begann von vorn. Je mehr mein Vater versuchte, ihn kleinzuhalten, desto höher stieg er auf und desto mehr Bewunderung schlug ihm entgegen. Bei mir war es genau das Gegenteil. Mein Vater lobte mich, doch hinter den Kulissen war er überzeugt, dass ich nichts taugte. Letzten Endes», schloss Manfred seufzend, «bin ich hier gelandet und kaufe mir, solange ich kann, ein paar Stunden, in denen ich die Welt vergessen kann, während er ... Ich denke, ich kann behaupten, dass ich mehr vom Leben abbekommen habe: Immerhin gab es da etwas zu vergeuden.»

«Wie lange wird das noch so weitergehen können?», fragte Soneri mit prüfendem Blick durch das Lokal.

Stork erschrak, als hätte man ihm ein Messer an die Kehle gelegt.

«Ich habe mir angewöhnt, nicht mehr daran zu denken, was morgen passieren könnte. Das Leben ist eine Abfolge von Momenten. Jeder Moment vergeht, und zwar endgültig, um einem neuen Platz zu machen.»

«Irgendwann werden Sie dabei ein böses Erwachen erleben.»

«Darüber mache ich mir Gedanken, wenn es so weit ist», erwiderte Manfred mit irritierendem Fatalismus.

«Und Lora ist für Sie gestorben?»

«Darüber will ich nicht sprechen», sagte er wütend. «Das bringt nur Unglück und macht mir schlechte Laune.»

«Wie lange waren Sie zusammen?», insistierte der Commissario.

Stork sank in sich zusammen.

«Viel zu lang. Irgendwann wurde ihr klar, dass ich nicht der Richtige für sie bin.»

«Als Sie und Ihr Vater verkauft haben?»

«Ganz genau. Ich sehe, Sie haben verstanden, wie sie

denkt. Es steht mir nicht zu, so etwas zu sagen, aber in dieser Geschichte gibt es Leute, die noch verwerflicher sind als ich.»

«Hassen Sie sie?»

Stork lachte schadenfroh: «Manchmal schon. Wenn man am Abgrund steht, kann man sich das erlauben. Ich nehme ja nicht einmal mehr auf mich selbst Rücksicht, soll ich es da anderen gegenüber tun?»

Das Lokal leerte sich. Auf den Tischen stand noch immer dreckiges Geschirr vom Abendessen, auf den Sofas saßen noch einige erschöpfte Nachtschwärmer herum, mit dem deprimierend trostlosen Ausdruck der letzten Gäste, wenn das Fest zu Ende ist.

«Sie sind gegangen, ohne sich von mir zu verabschieden», fuhr Manfred etwas betrübt fort, als er sah, dass seine Mitspieler nicht mehr da waren. «Dabei habe ich viel getan, um sie bei Laune zu halten. Vielleicht war ich zu großzügig und habe mir ihre Undankbarkeit verdient.»

«Es ist noch nicht zu spät, um Ihr Leben zu ändern», stellte der Commissario fest.

«Aus irgendeinem Grund kommen Pechvögel nicht von der Ursache ihres Unglücks los. Sie machen zwanghaft immer wieder die gleichen Fehler. Wissen Sie, warum ich mich noch mit denen treffe? Weil sie die Einzigen sind, die mich weiterhin behandeln, als wäre ich reich. Ich weiß, diese Illusion wird bald ein Ende finden, aber ich komme einfach nicht davon los.»

«So lange, bis Sie im Zuge der Kapitalerhöhung von der Führung des Unternehmens ausgeschlossen werden?»

«Glauben Sie, dass ich das nicht wüsste? Und glauben Sie, dass ich nicht wüsste, wie Lora sich als Boss aufspielen wird?»

«Gestern Abend wurde auf sie geschossen», teilte ihm Soneri mit.

Stork blickte ihn schweigend an. Sein Gesicht drückte einen Anflug von Verblüffung aus.

«Ist sie verletzt worden?», fragte er.

«Nein. Der Schütze wusste nicht einmal, wie man einen Revolver hält. Manfred», sagte Soneri ruhig, «ich glaube, dass Sie etwas darüber wissen. Oder sich zumindest vorstellen können, was passiert ist.»

«Ich hingegen glaube, dass Sie mich falsch einschätzen. Eine Frau wie sie macht sich viele Feinde, aber ich weiß nichts über ihren jetzigen Umgang. Ich habe ganze Whiskyfässer geleert, um sie zu vergessen.»

«Haben Sie deswegen angefangen, sich hier herumzutreiben?»

«Hier und in anderen Etablissements», lachte Manfred ordinär. «Ich gehöre zu der Sorte von Menschen, die ihr ganzes Leben einer Ordnung unterwerfen. Das kommt Ihnen seltsam vor, oder? Auf die Idee würde keiner kommen, der mich in diesem Zustand sieht. Aber wie soll jemand wie ich mit der Erkenntnis umgehen, dass die Welt ein Kartenhaus ist? Es war schon alles vorbereitet, wissen Sie? Ja, Sie haben richtig geraten, wir wollten heiraten. Doch dann ist dieser Ronco aufgetaucht ... Der wusste, wie man Erfolg bei Frauen hat. Mit seiner Gitarre, seinem Verstand und seinem Geld. Bei diesem Typ verlieren sie alle den Kopf. Lora hatte sich das allerdings sicher etwas anders vorgestellt. Eine reichte dem nicht.»

«Im Grunde also zwei vom Leben Enttäuschte. Und aus dieser Erfahrung sind Sie beide als Zyniker hervorgegangen», folgerte Soneri.

«Daran zerbrochen bin nur ich. Wenn Sie uns vergleichen, sehen Sie doch, wer von uns beiden der Verlierer ist.»

Der Commissario erwiderte nichts. Er zündete sich eine Toscano an, und sein durchdringender Blick verunsicherte Stork.

«Ich weiß, dass Sie hier sind, weil Sie mich verdächtigen. Ich bestreite nicht, dass ich das offensichtlichste Motiv habe. Ich habe Palmieri gehasst, weil in meinen Augen er derjenige war, der gegen mich intrigiert hatte, um mir die Firma wegzunehmen. Lora war mit ihm zusammen, und sie wusste über vieles Bescheid, also ... denken Sie nicht, dass das ein bisschen zu einfach ist?»

Soneri schwieg zwar weiterhin, dachte aber dasselbe.

«Denken Sie wirklich, dass die Art, wie mein Teilhaber umgebracht wurde, auf mich als Mörder schließen lässt?»

«Sie sind schließlich schon einmal aneinandergeraten ...», warf Soneri ein, obwohl er zugeben musste, dass Stork recht hatte.

«Er hat mich vor meinem Vater lächerlich gemacht.»

«Wussten Sie, dass er sich eine Pistole gekauft hatte? Das wird er nicht nur wegen einer kleinen Rauferei getan haben ...»

«Palmieri war nicht gerade mutig. Er hatte immerzu seine Kriminalfälle im Kopf und witterte überall Gefahr.»

«Wenn man bedenkt, wie es ausgegangen ist, hatte er gar nicht so unrecht. Manfred», fügte er, nun bestimmter, hinzu, «Sie verbergen immer noch etwas Wichtiges vor mir.»

«Ich habe es Ihnen doch schon gesagt: Er war besessen, hinter allem vermutete er einen Hinterhalt. Am Anfang deutete er das nur an, im Zusammenhang mit seiner Heimfahrt nach Feierabend. Oder seinem Heimweg vom Club. Eine kindische Obsession. Oder eine Art Verfolgungswahn, vielleicht hatte er zu viele Filme gesehen. Aber dann weitete sich das sogar auf die Firma aus, sobald etwas anders war als sonst, und wenn es noch so nebensächlich war, kam es ihm verdächtig vor.»

«Stand er unter Beschuss?»

«Nicht von meiner Seite aus. Wir sahen uns ja nur noch flüchtig. Und glauben Sie wirklich, dass ich ihm ausgerechnet im Büro zugesetzt hätte?»

Auch Soneri schien das nicht der geeignete Ort zu sein. Im gleichen Moment sah der Commissario den bärtigen Typen die Treppe herunterkommen. Als der Mann merkte, dass er beobachtet wurde, ging er schneller und verschwand rasch in Richtung Ausgang, wobei er Stork misstrauische Blicke zuwarf.

«Was schien ihm denn verdächtig?», fragte Soneri, während Manfred seinem beunruhigt wirkenden Mitspieler nachsah.

«Nun, er beobachtete alles, suchte nach Veränderungen oder irgendwelchen Spuren. Eines Tages hat er drei Stapel mit Papierrollen umräumen lassen, bloß weil nicht mehr herauszufinden war, wer angeordnet hatte, dass sie entlang des Weges gelegt wurden, den er jeden Abend ging. Wenn irgendetwas nicht an seinem gewohnten Platz war, durchsuchte er das Büro. Er tat das nicht vor aller Augen, er versuchte, seine Ängste zu verbergen, aber irgendwann wusste jeder Bescheid.»

Der Commissario musterte Storks Gesicht mit den tiefen Furchen. Mittlerweile waren sie allein im Lokal, und eine Kellnerin, die nach Milchkaffee roch, räumte bereits die Tische ab. Da standen sie auf.

«Ich muss gehen, ich habe einen arbeitsreichen Tag vor mir», sagte Manfred und lachte höhnisch.

13

Die Villa oberhalb der Straße wirkte sehr imposant. Die winterliche Morgensonne tauchte die Fassade mit den Sprossenfenstern und den anthrazitfarbenen Fensterläden in zartrotes Licht. Soneri parkte auf dem Kies zwischen den Bäumen und folgte dem Weg hinauf bis zu der zweiläufigen Eingangstreppe. Ein mit Fresken bemaltes Gewölbe überspannte die Halle, in der bereits zahlreiche Leute warteten und sich in kleinen Gruppen halblaut unterhielten. Soneri erkannte einige der Gesichter aus dem Kinoclub wieder: den Mann mit den langen grauen Haaren, Vescovi, mit der Narbe über dem rechten Auge, und den seltsam zappeligen Typen, der sich ständig nervös an den Spitzbart fasste.

Am Fuße der Treppe, die ins Obergeschoss führte, hatte man ein rot-weißes Plastikband gespannt, so eins wie die Polizei sie benutzte, um Neugierigen den Zugang zu verwehren. Als der Commissario darauf zuging, spürte er, wie sich eine Hand auf seinen Arm legte. «Tut mir leid», sagte eine unfreundliche Stimme und hielt ihn zurück.

Er erkannte den Barmann aus dem Club der Cineasten, dessen Schnauzbart mahnend zitterte. Soneri stand vor der Absperrung und sah forschend zur Treppe hinauf.

«Die Spurensicherung arbeitet gerade», fügte der Mann hinzu.

Im gleichen Augenblick wurde dem Commissario bewusst, dass sich viele verärgerte Blicke auf ihn richteten.

«Wenn Sie möchten», fuhr der Barmann fort, «können Sie die Dienerschaft und den Hausherrn befragen, wie es die anderen bereits getan haben.»

Er willigte ein und folgte dem Mann durch einige dunkle Räume, in denen Umrisse von Möbeln und Schatten von Vorhängen zu erkennen waren. Dann kamen sie in eine große Küche, in deren Mitte auf einem Holzofen Töpfe mit Wasser kochten. Hier verabschiedete sich der Mann mit dem Schnauzbart. «Wenn Sie fertig sind, kommen Sie wieder zu uns in die Halle.» Soneri stand drei schlichtgekleideten Leuten gegenüber. Der Jüngste, der der Butler sein musste, trug eine alte, abgewetzte Jacke, die sowohl einem Koch als auch einem Orchestermusiker gehören konnte. Die anderen beiden trugen Hauskleidung und waren eher betagt.

Der Commissario hatte das Gefühl, dass man sich einen Scherz mit ihm erlaubte, und da er nicht wusste, was er sagen sollte, beschränkte er sich darauf, die drei amüsiert und zugleich verlegen anzusehen.

«Wir haben es heute Morgen bemerkt und einen Rettungswagen gerufen, aber da war nichts mehr zu machen», begann nun der Butler, um das Eis zu brechen. Vielleicht sagte er es auch nur, weil er genau diesen Satz schon so oft hatte wiederholen müssen.

«Haben Sie irgendetwas gehört?», fragte Soneri.

«Nichts. Obwohl Romano», fuhr der Butler fort, indem er auf den sitzenden alten Mann deutete, «nicht weit vom Zimmer der Herrschaften entfernt schläft.»

Dieser legte den Zeigefinger ans Ohr, um dem Commissario zu verstehen zu geben, dass er taub war. Das alles war nur eine Inszenierung, doch so gut gemacht, dass sie mehr als echt wirkte.

«Wurden sie erwürgt?», fragte Soneri als Nächstes.

«Offenbar hat man sie vorher betäubt», wurde er informiert.

«Um wie viel Uhr sind sie zu Bett gegangen?»

«Früh. Die Herrschaften gehen nie nach zehn Uhr ins Bett.»

«Wer von Ihnen hat sie zuletzt gesehen?»

«Ich», sagte der Butler. «Ich gehe jeden Abend gegen zehn, wenn die Herrschaften schon im Bett liegen, in ihr Zimmer, um jedem ein Glas Milch zu bringen. Ich stelle sie ihnen auf ihre Nachttischchen, lösche das Licht und wünsche eine gute Nacht.»

«Bleibt die Tür offen?»

«Ja, der Sohn möchte nicht, dass sich die Eltern einschließen.»

«Und wer hat sie heute Morgen gefunden?»

«Das war ebenfalls ich», fuhr der Butler fort. «Die beiden», und dabei deutete er auf die zwei Alten, «kümmern sich nur um die Küche und den Einkauf, alles Übrige ist meine Aufgabe.»

«Wie haben Sie sie vorgefunden?»

«Sie werden es ja gleich sehen. Das Bett war völlig durcheinander, als wären Kinder darauf herumgesprungen, die Decken lagen auf dem Boden, und die Leichen sahen aus, als würden sie sich umarmen.»

«Und Sie haben bemerkt, dass sie erwürgt worden sind?»

«Am Hals waren violette Male.»

Soneri kam sich dämlich vor. Er hatte dieses Verhör reflexartig geführt, als könne er nicht anders. Die Situation schien ihm so glaubhaft ... Santini kam herein und unterbrach seinen Gedankengang. Sein Gesicht drückte eine gewisse Besorgnis aus, die Augen verrieten eine fieberhafte Erregung.

«Sie kommen spät, Commissario. Sie lassen eine wichtige Regel für einen Ermittler außer Acht.»

Soneri sah ihn nur kühl an. Der andere merkte das und wechselte das Thema: «Ich bringe Sie in das Zimmer, in dem es passiert ist.»

Sie gingen eine Dienstbotentreppe hinauf und dann durch einen langen Korridor, an dessen Ende durch eine große Glasfront Licht auf die Gewölbe fiel. Als Santini die Tür öffnete, brummte drinnen jemand: «Da kommt noch einer.»

Die Beamten der Spurensicherung waren mit tadelloser Professionalität bei der Arbeit. Pinsel, Geräte zur Beweismittelaufnahme, Fotoapparate, Beweisstückkennzeichnung: Alles entsprach genau der Prozedur, die er bei Nanetti und seinen Leuten unzählige Male beobachtet hatte. Auch die beiden Leichen auf dem Bett schienen wirklich tot zu sein, auf ihre Hälse hatte man akkurat täuschend echte Hämatome gemalt.

«Ich möchte Ihnen den Chef der Spurensicherung vorstellen», sagte Santini.

Der Commissario sah sich einem sportlich gekleideten Mann mit Geheimratsecken gegenüber.

«Was haben Sie herausgefunden?», fragte Soneri, während die beiden Darsteller der Leichen mit lobenswertem Pflichtbewusstsein weiterhin regungslos dalagen.

«Sie wurden mit einer Plastikleine erwürgt, von der Art, wie man sie zum Wäscheaufhängen verwendet», sagte der Mann.

«Todeszeitpunkt?»

«Zwischen halb zwei und zwei, auf keinen Fall später.»

Nach diesen Worten reichte ihm der Mann eine durchsichtige Plastiktüte, in der sich die bereits katalogisierte und nummerierte Leine befand.

«Wurden sie vorher betäubt?»

«Ja, man hat ihnen ein starkes Schlafmittel verabreicht, wahrscheinlich in der Milch», informierte ihn der Mann und zeigte auf die beiden halbleeren Gläser.

Er verstand nicht recht, was genau ihn an diesem Theater faszinierte, außer natürlich der Neugier, zu sehen, wie die Fälle, die den Ermittlern des Clubs der Cineasten aufgegeben wurden, entstanden. Santini war sehr überzeugend und scheute offenbar keine Kosten. Um die Verbrechen so in Szene zu setzen, brauchte er eine ganze Crew von Schauspielern. Von der Ausstattung und der Choreographie ganz zu schweigen.

«Nun, Commissario, haben Sie sich schon eine Meinung gebildet?», fragte Santini, der beobachtete, wie Soneri sich nachdenklich im Zimmer umsah.

«Waren sie die Eigentümer des Hauses? Und wer erbt?»

Der Mann begann zu lachen.

«Ich verstehe, Sie suchen nach dem Motiv. Doch ich fürchte, dass den Verbrechen, die hier begangen werden, nicht die üblichen Motive entsprechen. Nun, aber ich möchte es Ihnen auch nicht zu leicht machen. Wissen Sie, was die unten sagen?», fragte Santini. «Sie sagen, dass sich jetzt zeigen wird, wie viel die Commissarios von der Polizei taugen. Sie sehen es als eine Art Herausforderung an, verstehen Sie?»

«Ich will aber nicht bei einem Wettkampf antreten», sagte Soneri kurz angebunden, während der Chef der Spurensicherung ihm die Aufstellung der Beweismittel reichte, die man im Zimmer gefunden hatte.

Sie gingen hinaus und blieben vor der Tür stehen. Von drinnen hörte man ein Durcheinander und vielstimmiges leises Geflüster. Durch die halbgeöffnete Tür konnte der Commissario sehen, wie der Schauspieler, der das männliche Opfer mimte, durch das Zimmer lief und eine Zigarette rauchte. Soneri konnte der Neugier, jeden Winkel dieses Hauses zu erforschen, kaum widerstehen. Das Verbrechen, das hier inszeniert wurde, lieferte ihm dafür den perfekten Vorwand.

Als er mit Santini wieder nach unten gegangen war, stellte er fest, dass er jetzt von allen als Rivale angesehen wurde. Er erkannte es an ihren Blicken, in denen respektvolle Ironie lag.

«Sagen Sie ihnen, dass ich mich nicht mit dem Fall beschäftige», sagte der Commissario an Santini gewandt. «Wie gesagt, die Fiktion interessiert mich nicht.»

«Ich möchte noch einmal unterstreichen, dass das ein Fehler ist», gab der andere zurück. «Haben Sie nicht bemerkt, wie wirklichkeitsgetreu unsere Fälle bis ins letzte Detail sind?»

«Es ist nicht Nachlässigkeit, die einen Fall gekünstelt erscheinen lässt, sondern eher das Gegenteil», sagte Soneri.

«Wollen Sie damit sagen, dass Sie den Eindruck hatten, alles sei nicht echt?»

«Wie detailliert ein Verbrechen auch geplant sein mag, zwischen dem Plan und dem, was dann tatsächlich geschieht, gibt es immer eine kleine Abweichung. Und genau da muss ein guter Ermittler ansetzen. Der Mörder hat nur eine einzige Möglichkeit, seinen Plan auszuführen, und er macht immer irgendeinen Fehler. Wie bei einer Theaterpremiere: Sie ist nie die beste Aufführung. Zu viel Anspannung, zu viel Unvorhergesehenes. Sie dagegen haben bei der Fiktion die Möglichkeit, immer wieder etwas zu verbessern. Scheint Ihnen das nicht ein gewaltiger Vorteil zu sein?»

Santini musterte ihn etwas enttäuscht.

«Und bei dem Verbrechen an Palmieri haben Sie die Abweichung zwischen dem Plan des Mörders und dem, was passiert ist, schon gefunden?»

«Noch versuche ich zu verstehen, wie es überhaupt passiert ist», entgegnete der Commissario ausweichend.

«Man kann also nicht gerade behaupten, dass die Ermittlung mit Riesenschritten vorangeht», stellte Santini giftig fest.

«Nein, das kann man nicht sagen», erwiderte Soneri ein wenig verstimmt. «Der Fall hier scheint mir wesentlich klarer zu sein, zumindest was die Vorgehensweise betrifft.»

«Das stimmt. Das ist typisch für meine Fälle: Sie bieten immer einen bequemen Einstieg. Er führt allerdings in ein Labyrinth.»

«Und was war typisch für die Fälle von Palmieri?»

«Das Gegenteil. Sie erschienen von Anfang an verwickelt. Manchmal verlor man ganze Tage damit, um herauszufinden, von woher der Mörder gekommen war.»

«Erinnert Sie der Mord an Palmieri an einen solchen Fall?»

«Als hätte er ihn sich selbst ausgedacht, ganz ohne Zweifel. Haben Sie entschlüsselt, wie der Mörder an den Tatort gelangte?»

«Ich habe da so eine Ahnung», antwortete der Commissario unbestimmt.

«Nun, wenn ich Ihnen einen Rat geben darf, seien Sie

sehr aufmerksam. Die Verbrechen, die Palmieri sich ausdachte, verwirren den Ermittler so sehr, dass sie ihn oft auf eine falsche Fährte führen. Um sie zu lösen, ist es nötig, gleichzeitig verschiedenen Spuren nachzugehen.»

«Wäre es möglich, einen Blick auf die von Palmieri konstruierten Fälle zu werfen?»

«Sicher», erwiderte Santini. «Wir bewahren alle Unterlagen auf, einschließlich derjenigen, in denen die ungelösten Fälle beschrieben sind. Wenn Sie im Club vorbeikommen, kann ich sie Ihnen zeigen.»

Wieder ging er unter dem Gewölbe hindurch, wo die beiden Alten aus der Küche einen Tisch deckten, den man dort aufgestellt hatte. Durch das Fenster fiel in schrägen Streifen ein puderfarbenes Licht. Soneri sprach den alten Koch an, der einen Stapel Teller vor dem Bauch trug.

«Wie heißen die beiden Toten?», fragte er.

«Welche Toten?», fragte der andere zurück. Dann schaute er plötzlich auf, verstand und verfiel wieder in seine Rolle: «Miranda», sagte er und zwinkerte Soneri leicht zu.

Miranda? Der Name kam ihm aus irgendeinem Grund bekannt vor.

14

Miranda?»

«Ja, Miranda», erwiderte Soneri.

Schlagartig hielt Costamagna im Kauen inne. Vor ihnen lag ein Laib Pecorino di Pienza, den sie seit etwa zehn Minuten in seine Einzelteile zerlegten.

«Palmieri hing sehr an einem Fall, der so hieß.»

«Erinnern Sie sich daran?»

«Leider nicht. Er sprach mir gegenüber immer davon, als wäre es seine beste Erfindung, doch ich habe ihn nie nach Einzelheiten gefragt», erklärte Costamagna. «Wenn er in den Laden kam, unterhielten wir uns über Objekte und Kataloge. Er gab gerne Geld aus, besonders nachdem er diese ganzen Aktien gekauft hatte: Er fühlte sich sicherer. Ich meine in materieller Hinsicht.»

«Der Fall Miranda ...», murmelte der Commissario vor sich hin. «Im Club werden natürlich alle die Geschichte kennen ...»

«Ich glaube schon, auch wenn der Fall niemals gelöst wurde. Viele haben es versucht, aber es ist wenig dabei herausgekommen.»

«Erinnern Sie sich, wie lange das her ist?»

«Ein paar Jahre, vielleicht vier.»

Auf dem Tisch stand ein Brett mit Formaggio di Fossa, Vezzena, Pecorino di Capracotta und Provolone del Monaco. Die unterschiedlichen Düfte stiegen Soneri in die Nase wie Balsam.

«Wenn Palmieri ein Beispiel brauchte», fuhr Costamagna fort, «nahm er immer den Fall Miranda. Er sagte, er sei unlösbar, ein perfektes Verbrechen.»

«Und die anderen waren auch dieser Meinung?»

«Keine Ahnung. Ich habe sie nie darüber sprechen hören. Das ist seltsam, wenn ich darüber nachdenke, wurde nie auch nur ein Wort darüber verloren. Doch vielleicht steckte auch nur Neid dahinter: Palmieri war besser, und diese Geschichte machte ihn allen überlegen.»

Soneri dachte darüber nach, während er aus den kleinen Fenstern des Hauses von Costamagna sah. Auf der Deichstraße fuhren langsam Fahrräder vorbei.

«Waren Sie heute Morgen bei der Inszenierung?», fragte der andere und roch am Korken des Ortrugo-Weins, bevor er dem Commissario einschenkte.

«Nicht schlecht gemacht», sagte Soneri. «Vielleicht ein bisschen gekünstelt, aber durchaus wirkungsvoll.»

«Ich kann mir denken, dass alle da waren.»

«Sie wollten mich mit hineinziehen.»

«Sie hassen Polizisten. Wer nicht eine so ganz schlechte Meinung von ihnen hat, behauptet zumindest, dass sie inkompetent sind. Sie glauben einfach, dass sie die Besseren sind.»

«Das ist mir egal. Sie sollen ihre Geschichten unter sich lösen.»

«Und was hat Santini sich diesmal ausgedacht?»

«Ein altes Paar, das im Bett umgebracht wurde. Zuerst mit einem Schlafmittel betäubt und dann erwürgt.»

«Das ist seine Handschrift. Er inszeniert immer Verbrechen zu Hause, am liebsten im Schlafzimmer.»

«Aber diese Anspielung auf den alten Fall ... Wie erklären Sie sich das?»

Costamagna schüttelte den Kopf, wobei sein Bart über seine Brust rieb.

«Ich kann es mir nicht erklären. Vor allem nicht, weil ja weder Santini noch die anderen diese Geschichte jemals erwähnen. Aber die Stimmung im Club hat sich in letzter Zeit sehr verändert. Das merke sogar ich als Außenstehender.»

«Inwiefern verändert?»

«Als ob sie alle vor etwas Angst hätten. Selbst die langjährigsten Mitglieder begegnen sich mit Misstrauen.»

«Das wird mit Palmieris Tod zu tun haben.»

«Auch. Aber es hat schon vorher angefangen. Palmieri selbst hat ja ...»

Costamagna unterbrach sich, um den Wein mit der Langsamkeit des Kenners zu probieren. Respektvoll ließ Soneri ihn gewähren, doch dann blickte er ihn wieder erwartungsvoll an.

«Erinnern Sie sich an die Pistole?»

Der Commissario nickte.

«Ich habe nicht den Eindruck, dass er sie aus Angst vor Stork gekauft hat.»

«Und welchen anderen Grund könnte es dafür geben?»

«Das weiß ich nicht. Es kommt mir nur unwahrscheinlich vor, dass Stork der Grund gewesen sein soll. Die Streitereien mit ihm gehen schon seit mindestens zwei Jahren, und die Geschichte mit der Rauferei ist vor acht Monaten passiert. Doch Palmieri hat die Waffe später gekauft, fünf Monate bevor er ermordet wurde.»

«Wissen Sie, ob er sie immer bei sich hatte?»

«Soweit ich weiß, ja.»

«Kann ich mal telefonieren?»

«Sicher», sagte Costamagna und zeigte auf das Telefon auf einem Tischchen im Flur. Sobald der Commissario aufgestanden war, wandte er sich wieder dem Essen zu.

«Juvara? Entschuldige, wenn ich dich am Sonntag störe, aber es gibt etwas, was dringend geklärt werden müsste. Es geht um Palmieri ... die Pistole, genau. Ich muss wissen, wo sie geblieben ist. Vielleicht in seiner Wohnung. Oder bei der Alten, schau dich doch mal um ...»

Im gleichen Moment, als er zurück ins Esszimmer kam, begann eine Nebelfront jenseits des Deiches schnell aufzuziehen.

«Ich habe überhaupt nicht mehr an die Pistole gedacht», bedauerte Soneri. «Sind Sie sicher, dass er sie immer bei sich hatte?»

«Das hat er selbst mir jedenfalls erzählt.»

«Fest steht bisher nur, dass er sie nicht bei sich hatte, als er ermordet wurde.»

«Ein Zeichen dafür, dass er sich an jenem Abend vor niemandem fürchtete.»

Costamagna verschwand in einem anderen Zimmer. Als Soneri ihn gehen sah, mit seinem runden, massigen Körper und seinen kurzen, stämmigen Beinen, musste er an ein dickes, gepanzertes Insekt denken. Als er wieder zurückkam, hielt er einen randvollen, dampfenden Weidenkorb in der Hand.

«Frittierter Brotfladen», verkündete er, als er dem Commissario den Korb hinstellte. «Oder, wenn Sie wollen, Gnocco fritto, Crescentina oder ...»

«Der Name spielt keine Rolle», unterbrach ihn Soneri knapp und bediente sich.

Auf der Anrichte lag auch eine lange Wurst, eine von

denen, die sehr fett sind und lange abgehangen werden müssen. Schweigend aßen die beiden, während der Nebel sich bis zum Deich ausbreitete und nach und nach den Nachmittag verfinsterte.

Soneri genoss den vollkommenen Einklang mit Costamagna. Er konnte sich kaum eine andere Situation vorstellen, die Harmonie so gut zum Ausdruck brachte wie das gemeinsame Essen an einem Tisch, an dem man den Geschmack der Gerichte miteinander teilte. Selbst die Pausen machten sie gleichzeitig.

«Nun, Ihr Kollege wird nicht lange brauchen, bis er diese Pistole gefunden hat.»

«Wenn sie dort ist, wo wir beide denken, nicht. Ansonsten ...»

«Wo soll sie schon sein?», wunderte sich Costamagna.

«Pistolen sind nie dort, wo sie logischerweise sein sollten. Sie sind fast immer dort, wo man es nicht vermutet», sagte der Commissario.

Der andere schmunzelte hinter seinem dichten Bart.

«Und was halten Sie von Lora?»

«Eine schöne Frau, aber gefährlich. Eine von denen, die wissen, wie man mit den Waffen der Frauen umgeht. Und sie benutzen.»

«Ich weiß, sie war auch die Geliebte von Stork.»

«Sie hat ihn vollends um den Verstand gebracht. Oder zumindest hat sie ihm einen Schub in diese Richtung gegeben.»

«Jemand hat versucht, sie zu erschießen, ohne sie zu treffen. Eine ziemlich seltsame Geschichte», erzählte ihm Soneri.

«Es laufen eine Menge ungeschickter Jäger herum», bemerkte Costamagna ironisch.

«Auf der anderen Seite hat Lora das Zeug, sogar ihrem Mörder den Kopf zu verdrehen.»

Beide waren satt. Auf dem Tisch lagen nur noch wenige Käsekrümel, und die Wurst war um die Hälfte geschrumpft. Zufrieden saßen sie eine Zeitlang da und hingen ihren Gedanken nach. Soneri beobachtete, wie draußen ein Schwarm Tauben aufflog und in der riesigen Nebelwand verschwand. Schließlich stand er auf, bedankte sich bei Costamagna und äußerte sein Bedauern darüber, dass er nicht öfter bei ihm zu Tisch war.

«In einigen Tagen müsste ich Pecorino dei Sibillini und piemontesischen Toma bekommen. Wenn Sie vorbeikommen möchten ...»

«Nicht einmal ein wichtiger Beweis wäre verlockender», antwortete der Commissario, stieg in sein Auto und fuhr davon.

Als er mitten am Nachmittag im Präsidium ankam, stellte er fest, dass außer dem diensthabenden Polizisten, der die Fußballergebnisse hörte und gegen die Schläfrigkeit nach dem Essen ankämpfte, niemand da war.

«Hast du sie gefunden?»

«In der Wohnung ist sie nicht, ich habe alles durchsucht», teilte Juvara mit.

«Hat Lora dich reingelassen?»

«Ja. Sie hat mir beim Suchen geholfen. Wir haben überall nachgesehen, wo er die Pistole normalerweise aufbewahrte, aber da war nichts.»

«Und bei seiner Mutter?»

«Auch nichts.»

«Hör mal», sagte der Commissario. «Da wäre noch etwas anderes zu erledigen. Überprüf doch mal, ob unter den Gästen des *Schiller* jemand ist, der einen blauen Rover hat.

Lora behauptet, gesehen zu haben, wie so ein Auto nach den Schüssen weggefahren ist.»

«In Ordnung», sagte Juvara mit einem Anflug von Ungeduld.

Erst hinterher fiel dem Commissario wieder ein, dass Sonntag war. Im gleichen Moment klingelte das Telefon.

«Seit einer Stunde versuche ich, dich zu erreichen», rief Angela mit wenig versöhnlicher Stimme.

«Ich war bei Costamagna.»

«Hast du dich bei dem wieder vollgestopft? Von dem ganzen Käse wirst du noch ein Fass. Könnte es sein, dass du von all deinen Sinnen lediglich den Geschmackssinn benutzt?»

«Costamagna ist neben Alceste der größte Feinschmecker, den ich kenne.»

«Warum hast du Juvara zu der Alten geschickt? Sie wusste nichts von der Pistole. Jetzt fühlt sie sich von ihrem Sohn verraten, und er wird ihr keine Erklärung mehr geben können.»

«Die Waffe ist verschwunden, wir müssen sie finden. Palmieri hatte sie immer bei sich.»

«Ich habe da so eine Ahnung, wo sie sein könnte», sagte Angela.

«Wo?»

«Ich sage es dir, wenn wir ausgehen.»

«Ich komme in einer halben Stunde vorbei.»

«In Ordnung, aber freu dich nicht zu früh: Heute Abend gibt's kalorienarme Kost.»

«Wenn sie nicht in der Wohnung ist, muss der Mörder die Pistole an sich genommen haben», sinnierte Soneri, als sie schließlich beim Essen saßen.

«Oder ganz woanders», wandte Angela ein.

«Woran denkst du?»

«Ich glaube, sie ist in Palmieris Büro bei der Elvethia.»

Der Commissario überlegte kurz und kam zu der Überzeugung, dass sie nirgendwo sonst sein konnte.

15

Soneri warf eine Münze in den Apparat: «Juvara?»

«Am Apparat, Chef», erwiderte der.

«Was Neues?»

«Ich habe die Angestellten des Nachtclubs befragt. Sie sagen, dass sie auf dem Parkplatz des Lokals oft einen blauen Rover gesehen haben.»

«Hast du herausgefunden, wem er gehört?»

«Noch nicht, ich muss auf den Betreiber warten. Vor Mitternacht taucht er nie im *Schiller* auf.»

«Gute Arbeit, Juvara, geh ruhig nach Hause», sagte Soneri.

Angela erwartete ihn ungeduldig im Auto.

«Vielleicht haben wir das Auto gefunden, von dem aus auf Lora geschossen wurde.»

Sie starrte ihn an: «Glaubst du, dass, wer auch immer sich diesen Blödsinn ausgedacht hat, so dumm ist, sein eigenes Auto zu benutzen?»

«Kann schon sein. Es war dunkel, und wenn man Schüsse hört, bleibt man bestimmt nicht stehen, um sich umzusehen, woher sie kommen.»

«Wohin fahren wir eigentlich?», fragte Angela mit Blick auf die Straße, die vor ihnen lag.

«Ins Kino», antwortete der Commissario. «Aber diesmal kann ich dir sagen, in welchen Film.»

«Ich weiß es, *Frau ohne Gewissen* von Billy Wilder.»

Soneri sagte nichts und lächelte innerlich.

«Wie bist du darauf gekommen?»

«Das ist kein Kunststück: Du schleichst doch die ganze Zeit um dieses schäbige Kino herum.»

Auf dem Originalplakat aus den vierziger Jahren mit dem englischen Titel *Double indemnity* lag die blonde Barbara Stanwyck in den Armen von Fred MacMurray. Daneben hing die italienische Version. Marcelli empfing sie höflich wie immer, während seine Frau kaum von ihrem Kreuzworträtsel aufsah.

«Möchtest du dich wieder auf den Platz des Toten setzen?», fragte Angela sarkastisch.

«Das letzte Mal hat mir gereicht, danke.»

Im Saal waren die gleichen Leute wie immer. Fast alle Gesichter hatte er schon einmal gesehen. Und wieder wirkten alle so feierlich wie Messdiener vor dem Hochamt. Überhaupt ähnelte die Stimmung der in einer Sakristei. Einige der Clubmitglieder grüßten schüchtern im Vorübergehen, nur Santini blieb stehen und gab ihm die Hand.

Immer wieder drehte sich der Commissario zum Vorführraum um, wo man Beppes Schatten durch das Kabinenfenster erahnen konnte.

Einmal legte Beppe sein Gesicht an die Scheibe und sah kurz in den Zuschauerraum. Soneri bemerkte, wie er mit einem Blick das Publikum musterte und sich dann schnell wieder zurückzog.

Als die Lichter ausgingen, rückte Angela näher an Soneri heran und nahm seine Hand. Aber auch als er ihre Haare an seinem Hals spürte, rührte er sich nicht. Es war ihm unangenehm, und er erstarrte, als hätte er irgendetwas zu befürchten. Vor diesen Leuten wollte er sich nicht so privat zeigen. Es passte nicht zu seiner Rolle. Außerdem sagte ihm eine innere Stimme, dass er sich besser nicht ablenken lassen sollte. Auch wenn er nicht begriff, warum. Vielleicht lag es daran, wie die anderen immer wieder lautlos, aber aufgeregt die Köpfe zusammensteckten, nur ganz kurz, als würde eine Nachricht von einem zum anderen weitergegeben.

Ganz allmählich verstärkte sich sein Eindruck, ein Eindringling zu sein, und zwischen Angelas zärtlicher Nähe und dem Film von Wilder auf der Leinwand machte sich gereizte Unruhe breit.

Plötzlich hörte er ein leises Geräusch aus dem hinteren Zuschauerraum. Er versuchte, sich umzudrehen, was ihm trotz Angelas Umklammerung auch gelang, konnte jedoch lediglich einen Schatten ausmachen, der hinter dem Vorhang vor den Notausgängen verschwand. Jemand war in der Dunkelheit hinausgeschlüpft. Seine Laune verdüsterte sich, und ein Gefühl der Ohnmacht stieg in ihm auf, angesichts des undurchschaubaren Treibens um ihn herum.

Als er sich wieder an Angela lehnte, flüsterte sie ihm ins Ohr: «Auf der anderen Seite ist jemand hinausgegangen.»

Der Commissario saß auf glühenden Kohlen. Er hätte aufstehen wollen, draußen nachsehen, Marcelli befragen, der zumindest eine der beiden Personen beim Hinausgehen gesehen haben musste. Stattdessen sah er sich gezwungen, sitzen zu bleiben und sich einen Film anzusehen, den er bereits kannte. Er war ja sowieso nicht wegen des Films gekommen.

Dieses Mal hörte er deutlich ein Rascheln in den hinteren Reihen, und da er ahnte, was nun passieren würde, stand er auf und ging auf die Notausgänge zu. Im Schatten sah er einen Mann, dem er in den engen Korridor folgte, von dem die drei Türen zur Seitenstraße hinausführten. Ihm fiel wieder ein, dass nur eine von ihnen offen war, und zwar die, die der andere im nächsten Moment aufstieß. Als er hinausging, fiel ein wenig fahles Licht auf ihn, und der Commissario meinte den Mann mit den langen grauen Haaren zu erkennen. Er lief durch den Korridor, umklammerte den Türgriff und trat ebenfalls hinaus. Sofort umhüllte ihn der Nebel, und im gleichen Moment gingen zwei Scheinwerfer an, die ihn blendeten. Schnell fuhr das Auto weg und bog in eine Allee ein. Der Commissario konnte nicht mehr als zwei rote Flecken ausmachen, die bald vom Straßendunst verschluckt wurden.

Schlecht gelaunt ging er wieder hinein. Er hatte damit gerechnet, dass Angela ihm eine Szene machen würde, aber stattdessen zeigte sie sich ungewöhnlich geduldig. Er spürte, wie sie sich wieder an ihn schmiegte. Der Film war an dem Punkt angekommen, wo die schöne, unheilvolle Phyllis den Versicherungsagenten Walter Neff überredet, ihren Mann umzubringen, um das Geld aus seiner Lebensversicherung zu kassieren. Dieser, ein Mittelständler aus Los Angeles, der ständig von einem Ende des Landes zum anderen reiste, sah zwar grundanständig aus, machte aber keinen besonders ausgeschlafenen Eindruck: Er hatte das Gesicht des geborenen Opfers.

So endeten Ehemänner in amerikanischen Kriminalfilmen immer, wenn sie dem Leben und ihren Mitmenschen zu optimistisch entgegentraten. Während der Commissario noch darüber nachsann, hüpfte das Gesicht des Opfers auf der Leinwand kurz auf und ab. Sicher fluchte Beppe im Vorführraum über die schlechte Qualität der Filmkopie. Später zitterte das Bild noch einmal bei einer Großaufnahme des Ermordeten. Wieder wurde das Bild auf der Leinwand für ein paar Sekunden unscharf, aber dann lief der Film reibungslos und ohne weitere Störungen bis zum Ende.

Als das Licht im Saal anging, begann sich der Zuschauerraum zu leeren. Soneri und Angela blieben auf ihren Plätzen sitzen, bis niemand mehr im Kino war. Dann standen sie auf und gingen ins Foyer, wo Soneri Marcelli zur Seite nahm.

«Wer war der Mann, der in der Mitte des ersten Teils hinausgegangen ist?»

«Vescovi», antwortete Marcelli. «Er ist gegangen, weil er wieder einmal seine schrecklichen Kopfschmerzen bekommen hat. Er leidet seit Jahren unter Migräne, und unter diesen Umständen reglos dazusitzen und auf die Leinwand zu starren ist für ihn unerträglich.»

«Passiert das oft?»

«Ab und zu.»

«Gibt es sonst noch jemanden, der das Kino vor dem Ende des Films verlässt?»

«Nicht dass ich wüsste. Heute Abend habe ich nur Vescovi gesehen.» Marcelli machte eine Pause und schien nachzudenken: «Wollen Sie damit andeuten ...», sagte er. «Die Notausgänge ... Ehrlich gesagt, habe ich nicht daran gedacht.»

«Warum ist immer nur eine der Türen geöffnet?»

Der Kinobesitzer errötete leicht: «Aus Bequemlichkeit. So bin ich abends schneller fertig.»

Soneris Gesichtsausdruck wirkte nicht besonders überzeugt: «Sagen Sie mir die Wahrheit, was treiben die dort drinnen?»

Marcelli machte ihm ein Zeichen, ihm zu folgen, und

bevor er ihn in den Raum führte, in dem noch immer der süßliche Geruch in der Luft hing, sah er sich nervös um.

«Ich weiß nicht viel darüber», sagte er, als sie im Büro waren, «aber ich habe den Eindruck, dass da Vernehmungen stattfinden.»

«Hier im Kino?»

«Nun», fügte Marcelli hinzu, «viele nutzen die Gelegenheit für Befragungen, weil hier fast der ganze Club versammelt ist.»

«War das schon immer so?»

«Nein, früher war alles viel lockerer.»

«Und in letzter Zeit?»

«Ich weiß es wirklich nicht. Die Stimmung hat sich verschlechtert. Als ob ...», sagte Marcelli zögernd.

«Als ob?», drängte der Commissario.

«Als ob es verschiedene Gruppen gäbe, die sich bekämpften.»

«Hat das nach Palmieris Tod angefangen?»

«Nein, schon vorher. Ungefähr vor einem Jahr vielleicht.»

In diesem Augenblick hörte man Schritte auf der Wendeltreppe. Beppe kam mit den Filmdosen unter dem Arm herunter, die er wie immer auf den Sessel legte.

«Wie kamen Sie mit der alten Kopie zurecht?»

«Haben Sie den Film nicht gesehen?»

«Mir ist nichts Besonderes aufgefallen.»

«War ganz passabel.»

Beppe antwortete, ohne ihn dabei anzusehen, und studierte aufmerksam einige Hinweise auf der Aluminiumdose. Er wollte offenbar Gleichgültigkeit demonstrieren.

«Außer», fuhr der Commissario fort, «dass der Film zweimal gehüpft ist.»

Erst jetzt drehte sich Beppe schnell um und warf Soneri einen ungewöhnlich scharfen Blick zu. Allerdings nur für einen kurzen Augenblick.

Eine Sekunde später starrte er schon wieder auf die Filmrollen: «Wirklich?»

«Haben Sie das gar nicht bemerkt?», fragte der Commissario.

«Ich war vermutlich mit dem Projektor beschäftigt und habe die Spulen überprüft.»

Man hörte ein leises Klopfen an der Tür, und durch einen Spalt schaute Marcellis Frau herein: «Wir müssen schließen.»

Der Commissario verabschiedete sich mit einer stummen Geste und schob Angela zum Ausgang, als der Kinobesitzer noch einmal nach ihm rief. «Wenn Sie nochmal vorbeikommen, können wir in Ruhe über alles sprechen», sagte Marcelli in einem Tonfall, als wolle er Soneri besänftigen.

Sie stiegen ins Auto, aber der Commissario fuhr nicht gleich los.

«Mir gefallen Männer nicht, die zu viel grübeln», rüttelte ihn Angela auf.

«Ich dachte an diese Unruhe im Zuschauerraum», murmelte der Commissario.

«Zu dir oder zu mir?», fragte er dann noch immer etwas geistesabwesend.

«Erinnerst du dich denn an nichts mehr?» Angela sah ihn verärgert an. «Zur Elvethia», sagte sie dann streng und schwenkte einen Schlüsselbund.

«Woher hast du die?»

«Ich habe sie bei der alten Dame mitgenommen. Palmieri hatte sie bei seiner Mutter gelassen.»

«Gibt es dort einen Nachtwächter?»

«Nein, ein Sicherheitsdienst kommt alle drei Stunden vorbei, aber um diese Zeit haben sie ihre erste Runde schon gemacht.»

«Du solltest dich um eine Aufnahme in den Club der Hobbydetektive bewerben.»

«Die eine Hälfte von denen ist alt und die andere frauenfeindlich.»

«Palmieri scheint mir aber weder das eine noch das andere gewesen zu sein ...»

«Deshalb haben sie ihn ja auch eliminiert.»

«Warum erzählst du mir erst jetzt von diesen Gerüchten ...»

«Du hörst mir zu wenig zu. Meine Vermutung, was die Pistole betrifft, hast du schon wieder vergessen. Weshalb glaubst du wohl, habe ich dich sonst hierhergebracht?»

«Ich hatte an einen extravaganten Abend gedacht ...»

«Sieh lieber zu, dass du das Auto so abstellst, dass es weniger auffällt», war alles, was Angela dazu sagte, als er einen Moment später auf dem Weg hielt, der zur Elvethia führte.

Soneri parkte zwischen zwei Baumreihen am Wegesrand.

Sie stiegen aus und gingen zu Fuß weiter. Sie kletterten über einen niedrigen Zaun, und um über den beleuchteten Vorplatz zu gelangen, entschlossen sie sich, zwischen den Ballen mit dem zum Einweichen bestimmten Papier hindurchzugehen. An einer besonders dunklen Stelle drückte Angela den Commissario gegen einen dieser Ballen und schmiegte sich an seinen Körper. Er spürte, wie die Ränder von Tausenden von Blättern hinter seinem Rücken nachgaben, während Angela ihn küsste.

Dann machte sie sich brüsk wieder von ihm los: «Gehen wir, wir müssen uns beeilen. Außerdem ist es hier viel zu kalt.»

Sie probierte die Schlüssel einen nach dem anderen, bis sie endlich den richtigen fand. Als sie drinnen waren, machte der Commissario seine kleine Taschenlampe an. Die Luft war abgestanden und roch nach Papier, das gerade erst aus der Schneidemaschine gekommen war. Es gab einen kleinen Vorraum mit vielen Kleiderhaken, einer Toilette auf der linken Seite und einem großen Kruzifix gegenüber der Eingangstür. Rechts ein geräumiges Büro mit ein paar Zeichenmaschinen und ausladenden Schreibtischen. An der Rückseite zwei Türen. Auf einer stand: ‹Geschäftsführung›.

Da hier alles fehlte, was den Gedanken aufkommen lassen könnte, dass in diesem Raum gearbeitet würde, musste es sich um das Büro von Manfred Stork handeln. Der Schreibtisch war bis auf einen Aschenbecher in der Mitte vollständig leer. Im Regal dahinter einige alte Werbegeschenke, Prospekte der Elvethia, ebenfalls ziemlich alt, ein paar Comics und eine Enzyklopädie, die man wohl dort hingestellt hatte, um dem Raum etwas Charakter zu verleihen. Die einzige Dekoration war ein Luftbild der Fabrik an der Wand gegenüber der Tür.

Angela probierte einen weiteren Schlüssel und öffnete die Tür zum angrenzenden Raum. Hier herrschte ganz im Gegensatz zu nebenan die typische Unordnung eines Ortes, an dem emsig gearbeitet wurde. Es gab vier Stühle, von denen nur einer nicht als Ablage für dicke Ordner und anderen Papierkram diente. Nur eine Ecke des Schreibtischs war frei und gerade groß genug, um die Ellbogen aufzustützen und eine Notiz zu schreiben. Das Telefon schien in Papieren, Dokumenten und halbgeleerten Wasserflaschen zu versinken.

Angela zog die Schreibtischschublade auf, und das Erste, was zum Vorschein kam, war die Pistole. Soneri erkannte eine Smith & Wesson. Er wickelte ein Taschentuch um die Hand und überprüfte die Trommel, indem er sie seitlich hochklappte, doch die Waffe war nicht geladen.

«Was habe ich dir gesagt? Sie konnte nur hier sein», sagte Angela.

Soneri war verblüfft.

«Ich hätte nicht gedacht, dass Palmieri so zerstreut war», sagte er. Wieder griff er nach der Pistole und schob sie in eine Plastiktüte, die er auf dem Tisch fand, und steckte sie ein.

Bevor sie hinausgingen, achteten sie darauf, keine Spuren zu hinterlassen. Als sie im Auto saßen, fragte Angela: «Wieso hast du dich so über Palmieris Zerstreutheit gewundert?»

«Ich kann mir einfach nicht vorstellen, dass er die Pistole in der Schublade vergessen hat.»

«Commissario, ich habe keine Lust auf Rätselraten», sagte sie drohend.

«Würdest du vielleicht eine Pistole sichtbar in der obersten Schublade herumliegen lassen, ohne sie auch nur abzuschließen?»

«Ja, das ist ein bisschen seltsam», gab Angela zu.

«Außerdem soll er sie doch immer bei sich gehabt haben?» Der Commissario ließ den Motor an. «In dieser Geschichte gibt es ein bisschen zu viele zerstreute Leute, findest du nicht auch?»

16

Erst auf halber Strecke merkte Soneri, dass er schon wieder zu der Straße unterwegs war, in der Lora verschwunden war, nachdem er sie abgesetzt hatte. Er fand sich vor dem Straßenschild der Via Guinizelli wieder und klingelte schließlich an der eleganten Nummer acht.

Rosa Funo war nicht ganz so schön wie Lora, schien aber mehr Klasse zu haben. Sie war der schlanke, sehnige Typ Frau, der auch ohne große Rundungen attraktiv wirkte.

«Sie sehen gar nicht aus wie ein Ermittler», bemerkte sie lächelnd.

«So vielleicht?», erwiderte Soneri und steckte sich die kalte Zigarre zwischen die Lippen.

«Nicht einmal dann. Aber ich werde Sie trotzdem ernst nehmen.»

Rosa musste sehr vermögend sein. Soneri erfuhr, dass sie Witwe war und ihr Mann, ein ziemlich bekannter Anwalt, ihr ein beträchtliches Erbe hinterlassen hatte.

«Ich kann mir denken, dass es um Lora geht ... allerdings sind Sie da bei mir wirklich an der falschen Adresse ... Verstehen Sie mich nicht falsch, ich möchte Ihnen nicht erzählen, wie Sie Ihre Arbeit zu machen haben, aber ich an Ihrer Stelle würde mich nicht gerade an die beste Freundin der Person wenden, über die ich Nachforschungen anstelle. Ich würde jede Antwort hinterfragen.»

Soneri versuchte, seine Verärgerung nicht zu zeigen.

«Ich halte Lora in keinerlei Hinsicht für schuldig, wenn Sie das meinen. Ich möchte nur verstehen», sagte er. «Und ich werde Sie nicht nach Geheimnissen fragen, sondern will mir einen Eindruck verschaffen, das ist alles. Zum Beispiel ist Ihre Freundin doch am Abend, an dem auf sie geschossen wurde, zu Ihnen gekommen, richtig?»

«Ja, sie war sehr aufgewühlt, und ich musste ihr ein Beruhigungsmittel geben.»

«Bleibt sie oft über Nacht hier?»

«Häufig. Sie sagt, zu Hause gäbe es zu viele Erinnerungen, und außerdem hatte sie in letzter Zeit Angst.»

«Angst wovor?»

«Sie hatte schon öfter das Gefühl, verfolgt zu werden ...»

«Wann hat sie Ihnen davon erzählt?»

«Auf den Tag genau kann ich Ihnen das nicht sagen, aber es muss vor ein paar Monaten angefangen haben. Lora kam mir seitdem sehr ängstlich vor.»

«Als auf sie geschossen wurde, war sie da auf dem Weg zu Ihnen?»

«Ja, wir waren verabredet. Wir wollten uns mit anderen Freunden hier treffen.»

«Hat sie Ihnen gesagt, wer sie verfolgte?»

«Nur, dass es sich um einen recht großen Mann in einem langen dunklen Mantel handelte. Eines Abends kam sie zitternd hier an und erzählte, dass er plötzlich vor ihr gestanden hätte, in einer Nebenstraße hier in der Nähe. Aber sie konnte sich nicht an Einzelheiten seines Aussehens erinnern. Es war dunkel, und sie hatte furchtbare Angst vor ihm.»

«Kennen Sie sich schon lange?»

«O ja, seit vielen Jahren. Wir teilen die Leidenschaft für Malerei. Außerdem sind wir beide verwitwet, und aus diesem Grunde leisten wir uns Gesellschaft.»

«Kannten Sie auch Ronco?»

Rosa erstarrte und nestelte nervös eine Weile an ihrer Zigarettenschachtel herum, bis sie eine Zigarette herauszog, anscheinend weniger, weil sie rauchen, sondern vielmehr, weil sie Zeit zum Nachdenken gewinnen wollte.

«Ja, ich kannte ihn», sagte sie schließlich.

«Hat Lora Sie miteinander bekannt gemacht, oder kannten Sie ihn bereits vorher?»

«Ich kannte ihn bereits vorher. Aber ist das so wichtig?»

«Nein, ist es nicht», sagte der Commissario. «Ich würde nur gerne wissen, was für ein Typ Ronco war. Vielleicht auch», ergänzte er, «um zu verstehen, wie er ums Leben kam ...»

«Er war ein sehr intelligenter Mann», flüsterte Rosa gedankenverloren, als würde sie sich ihn vor Augen rufen.

«Soweit ich weiß, wurden die Todesumstände nie geklärt ...»

«Nein, nie. Ein ungelöster Fall. Außerdem ...», fing sie an, verstummte dann aber, und Soneri war sich sicher, dass sie etwas ziemlich Interessantes hatte sagen wollen.

«Außerdem?»

Rosa neigte den Kopf:

«Ich weiß nicht, ob ich es Ihnen sagen soll. Ich bin nicht sicher, ob Lora damit einverstanden wäre.»

«Ich verspreche Ihnen, dass es unter uns bleiben wird. Im Grunde könnte ich ja alles, was Sie mir erzählen, auch aus anderen Quellen erfahren haben.»

«Ronco war Mitglied im Club der Cineasten. Aber nicht

einmal seine besten Freunde aus dem Club haben irgendetwas herausgefunden.»

«Das sind doch alles eingebildete Spinner», entfuhr es Soneri.

«Vielleicht haben sie aber auch ... ich hatte den Eindruck, dass Roncos Tod sehr schnell verdrängt wurde», sagte Rosa. «Das Thema wurde ignoriert, und immer wenn die Sprache darauf kommt, wirken alle unerklärlich verlegen.»

«Und das kommt Ihnen eigenartig vor bei Leuten, die ständig Kriminalfälle untersuchen?»

«Ja, vor allem im Hinblick auf die Tatsache, dass Ronco mit vielen aus dem Club befreundet war.»

«Wie erklärt Lora sich das?»

«Sie spricht nicht gerne darüber, nicht einmal mit ihrer besten Freundin.»

«Seit wann war sie mit Stork zusammen?»

Rosa sah ihm eindringlich und sehr vorwurfsvoll in die Augen: «Darüber möchte ich nicht sprechen.»

«Weil Lora schon mit ihm zusammen war, als ihr Mann noch lebte?»

Sie zog eine weitere Zigarette heraus: «Wenn dem so sein sollte, haben Sie es nicht von mir gehört, ich werde Ihnen bestimmt nichts über Loras Privatleben erzählen.»

Rosa hüllte sich in abweisendes, unerschütterliches Schweigen.

Soneri stand auf und verabschiedete sich; sie erwiderte seinen Händedruck mit kühler Höflichkeit.

Zurück im Präsidium, fand er Juvara am Fenster seines Büros. Er starrte hinaus auf den Hof, wo sich ein Schwarm Tauben um ein paar Brotkrümel stritt. Ohne ein Wort zu sagen, nahm jeder auf einer Seite des Schreibtisches Platz.

Dieser stumme Auftakt war der dramatische Auftakt, wenn Juvara etwas besonders Wichtiges mitzuteilen hatte: So wollte er die volle Aufmerksamkeit sichern, um dann das angemessene Staunen hervorzurufen.

Und in der Tat fand der Commissario auf dem Schreibtisch ein Blatt, das er sofort als das Ergebnis der ballistischen Untersuchung der Pistole erkannte, die er bei der Elvethia in Palmieris Schreibtischschublade gefunden hatte.

«Damit ist vor kurzem geschossen worden», stellte der Commissario fest.

Juvara nickte nur bestätigend.

«Folglich könnte es also die Waffe sein, mit der auf Lora geschossen wurde?»

«Zum letzten Mal wurde erst vor wenigen Tagen damit geschossen. Also kann sie mit Sicherheit nicht von Palmieri benutzt worden sein. Im Übrigen», fügte Juvara hinzu, «ist völlig ungewiss, ob er in seinem Leben überhaupt irgendwann einmal geschossen hat.»

«Und was kannst du mir über den blauen Rover sagen?»

«Er gehört Federico Rocchi, einem der nächtlichen Saufkumpane von Stork. Der Besitzer des *Schiller* sieht ihn oft auf dem Parkplatz, konnte mir aber nicht sagen, ob er vor zwei Tagen auch dort war.»

Genauso schweigend, wie er hereingekommen war, verließ Soneri sein Büro wieder, stieg in den Alfa und fuhr zur Papierfabrik. Stork, der nie vor Mittag kam, war noch nicht im Büro. Eine Zeitlang wartete der Commissario vor seiner Tür auf ihn, während die Angestellten ihn neugierig musterten, doch dann beschloss er, nach draußen zu gehen und ein wenig über das Fabrikgelände zu spazieren.

Stork kam um zehn nach zwölf. Sein Gesicht war vom Schlaf verquollen, und die Augen wirkten wässrig wie immer. Sobald er den Commissario bemerkte, wurde er nervös und schaute mehrmals beunruhigt zum Bürogebäude hinüber. Dann bedeutete er Soneri durch eine Geste, dass er einsteigen sollte, ließ den Motor an und fuhr von der Fabrik weg. Der Commissario schwieg und ließ ihn gewähren. Er steckte sich eine Toscano an und drehte die Scheibe herunter. Dann fragte er: «Wohin fahren wir?»

Doch er hatte kaum zu Ende gesprochen, als das Auto auch schon vor einem Lokal hielt, das auffällig nach einem Nachtclub aussah. Sie gingen eine Treppe nach unten und befanden sich an einem abgeschiedenen Ort, das einzige Licht spendeten die Lampen auf den Tischen.

«Ich wollte nicht, dass mein Vater uns sieht. Er hat schon genug Kummer», entschuldigte sich Stork. «Wenn es Ihnen nichts ausmacht, sagen Sie mir doch in Zukunft telefonisch Bescheid, wenn Sie mich etwas fragen wollen. Dann verabreden wir uns irgendwo weit weg von der Fabrik.»

«Ich könnte natürlich auch einfach ins *Schiller* kommen, wo man Sie antreffen kann», erwiderte der Commissario.

«Ich habe alle Fehler dieser Welt, aber bitte halten Sie sie mir nicht vor.»

«Ihr Gewissen interessiert mich nicht, Polizisten befassen sich mit viel banaleren Dingen. Der Pistole von Palmieri, zum Beispiel ...», sagte der Commissario mit einer entschiedenen Handbewegung, als würde er den anderen mit einem Zug Schachmatt setzen.

Stork schien das eiskalt zu erwischen, und Soneri dachte daran, wie hart die Ernüchterung für einen Säufer sein musste. Und wieder suchte der Mann Zuflucht beim Alkohol. Ein schwarzgekleideter Kellner mit einer Fliege über der gestärkten Hemdbrust kam zu ihnen: «Einen doppelten Whisky – und für Sie?»

«Bringen Sie mir ein Glas Malvasia.»

Es folgte eine Pause, während der Stork in seinem leeren Kopf verzweifelt nach Argumenten zu suchen schien. Sein Gesicht zeigte einen trotzigen Kummer wie bei einem Kind. Das rührte Soneri so sehr, dass er für den Moment darauf verzichtete, ihn zu bedrängen.

Als die Getränke kamen, entspannte sich Storks Gesicht. Er trank einen großen Schluck Whisky, um sich so weit zu stärken, dass er sprechen konnte, bevor der Commissario ihm weitere Fragen stellte.

«Ich habe sie in Palmieris Schreibtischschublade gelegt.»

«Und warum wollten Sie Lora Angst einjagen?»

«Ich dachte mir schon, dass Sie mich das fragen würden. Lora mag der Grund für mein Scheitern sein, aber ich bin noch nie so weit unten gewesen, dass ich auf sie geschossen hätte. Wenn ich wirklich dazu entschlossen gewesen wäre, hätte ich sie umgebracht, glauben Sie nicht?»

Soneri zuckte mit den Achseln: Er hatte in seinem Leben mindestens tausend Motive zu hören bekommen, warum jemand zur Waffe griff.

«Und warum haben Sie dann Palmieris Pistole genommen und sie derart ungeschickt wieder zurückgelegt?», fragte der Commissario.

Stork kippte einen weiteren Schluck Whisky hinunter, um sich Mut anzutrinken.

«Was ich Ihnen jetzt erzählen werde, wird ziemlich unglaubwürdig klingen, aber ich versichere Ihnen, dass es die Wahrheit ist. Ich habe mit dieser Schießerei nichts zu tun, ich bin da einfach hineingezogen worden.»

«Von wem?»

«Keine Ahnung. Ich weiß nur eins: Wenn man erst mal in der Klemme sitzt, läuft alles schief», antwortete Stork und schüttete den letzten Schluck hinunter.

«Auf der Pistole hat man Ihre Fingerabdrücke gefunden. Es sind nicht die einzigen, aber sie sind da», sagte Soneri.

«Ich bestreite nicht, die Pistole in der Hand gehabt und sie in Palmieris Schublade zurückgelegt zu haben», erwiderte Stork. «Aber ich habe nicht auf Lora geschossen. Ich stand plötzlich mit dieser Waffe da und musste zusehen, wie ich sie wieder loswerde, das ist alles.»

«Was heißt das?»

«Eines Morgens komme ich aus dem *Schiller* und steige ins Auto, und was finde ich auf dem Beifahrersitz? Palmieris Pistole, die ich in der Elvethia schon einmal gesehen hatte. Ich bin müde, habe zu viel getrunken, schaue sie an und gerate in Panik. Was macht die Waffe in meinem Auto? Ich denke, da will mir jemand was anhängen, und was tue ich? Ich fahre ins Büro und werfe sie in die Schublade, ohne sie auch nur unter ein paar Papieren zu verstecken. Ich war betrunken und übermüdet, ich habe nicht eine Sekunde lang nachgedacht.»

«Und wie es der Zufall will, wurde mit genau dieser Waffe kurz vorher auf Lora geschossen ...», stellte der Commissario sarkastisch fest.

«Ich weiß, dass das alles andere als überzeugend klingt. Aber wer auch immer mich da hineinziehen wollte, er hat sich das gut überlegt. Im Grunde erzähle ich Ihnen hier eine völlig unglaubwürdige Geschichte.»

Soneri hörte aus Storks Worten einen Anflug von Ehrlichkeit heraus. Tatsächlich war das eine derart idiotische

Geschichte, dass sich der Verdacht aufdrängte, es handle sich dabei um die Wahrheit.

«Glauben Sie, ich würde mir einen solchen Schwachsinn ausdenken? Meinen Sie nicht, ich hätte mir was Besseres einfallen lassen, wenn ich irgendeinen Plan hätte?»

Storks Augen wirkten jetzt lebhafter und aufmerksamer. Die Pupillen schweiften nicht mehr ab, sein Blick war ruhig und fixierte Soneri. Dieser konnte nicht bestreiten, dass seine Argumentation irgendwie schlüssig klang. Vor allem aber meinte er in Storks von Lastern gezeichnetem Gesicht einen Hauch von Aufrichtigkeit zu erkennen.

«Haben Sie irgendeine Idee, wer Ihnen die Pistole untergeschoben haben könnte?»

«Nein. Sicher jemand, der über unsere Beziehung gut Bescheid wusste.»

«Wann ist das passiert?»

«Vier Tage nach Palmieris Tod. Am Abend nach dem Anschlag auf Lora.»

«Und der Hausmeister hat nichts von alledem bemerkt?»

«Ich habe ihn gefragt, angeblich ist ihm auf dem Parkplatz nichts aufgefallen. Doch das besagt nicht viel, in der Dunkelheit kann jeder dort eine Pistole versteckt haben.»

«Vielleicht Ihr Freund Rocchi.»

«Rocchi?», wiederholte Stork und wurde etwas blasser. «Was hat Rocchi damit zu tun?»

«Er hat einen blauen Rover, und auf Lora wurde aus einem Auto dieses Typs geschossen.»

«Aber wir haben den Abend gemeinsam verbracht. Wir saßen praktisch die ganze Nacht zusammen und haben Karten gespielt.»

«Wenn das stimmt, was Sie sagen, könnte jemand anders

das Auto gefahren haben. Der Hausmeister hat gesehen, wie der Wagen den Parkplatz sehr früh verließ, mehr oder weniger um die Abendessenszeit, aber um Mitternacht war er dann wieder da.»

Stork schien verwirrt und ganz offensichtlich nichts zu verstehen: «Ich versichere Ihnen, dass Rocchi sich nicht vom Fleck gerührt hat ... Sagten Sie Abendessen? Wir haben im Restaurant des Nachtclubs gegessen.»

«Also ist jemand anders mit seinem Rover gefahren», stellte der Commissario mit Bestimmtheit fest, wobei ihm durchaus die Tatsache bewusst war, dass es dafür nicht den geringsten Beweis gab.

«Wo ist Rocchis Büro?»

«In der Via Cantelli, aber es bringt nichts, wenn Sie jetzt dort hinfahren. Wenn Sie Glück haben, können Sie ihn vormittags zwischen zwölf und eins oder später zwischen vier und sechs dort antreffen. Er verbringt seine Zeit zwischen dem Nachtclub und dem Fitnessstudio.»

«Ich habe es ja gesagt: Wenn man einen von euch sucht, muss man nur ins *Schiller* fahren», schloss Soneri.

17

Santini erwartete ihn im Club der Cineasten. Die Tür war nur angelehnt, und Soneri trat ins Halbdunkel der Eingangshalle, wo er die Umrisse des Kamins und der spitz zulaufenden Wandlampen erkennen konnte. Der Commissario stellte sich an den Tresen, aus einem Nebenraum hörte man das Klappern von Gläsern und Geschirr. Santini kam mit hochgekrempelten Hemdsärmeln auf ihn zu, er sah aus, als hätte er gerade bei einem Umzug geholfen.

Sie setzten sich. Wortlos zündete sich Soneri eine Zigarre an. Santini schenkte sich ein Bier ein. Es war warm im Club, und in der stickigen Luft hingen noch die Gerüche vom Vorabend.

«Haben Sie den Mörder der beiden alten Leute gefunden?», fragte Santini, auf die Inszenierung in der Villa anspielend.

«Der Fall Miranda interessiert mich nicht. Zumindest nicht dieser Fall Miranda», erwiderte Soneri und schaute Santini an.

«Ich verstehe nicht», sagte dieser.

«Sie wollen mir doch wohl nicht weismachen, dass Sie Palmieris Lieblingsfall nicht kennen? Die Figur, die ihm am meisten am Herzen lag?»

«Ach so», meinte der Mann finster. «Aber das ist doch

eine uralte Geschichte. Palmieri sprach ständig davon, aber er war der Einzige, der sich noch daran erinnerte.»

«Er blieb ungelöst.»

«Ja, das stimmt. Wie so viele andere Fälle, die Palmieri sich ausgedacht hatte.»

«Sie haben mir von einem Archiv erzählt. Sind darin auch die Beschreibungen von Palmieris Fällen zu finden?»

«Sicher», erwiderte Santini, «ich habe Ihnen ja gesagt, dass unsere Fälle umfangreicher dokumentiert sind als die in den Archiven des Gerichts.»

«Ich würde sie mir gerne einmal ansehen.»

«Welche?»

«Alle.»

Santini trank zwei große Schluck Bier und tat, als müsse er erst darüber nachdenken. Doch der Tonfall des Commissarios ließ ihm keine Wahl, wie ihm schnell klar wurde, und so blieb ihm nichts anderes übrig, als aufzustehen und zu sagen: «Kommen Sie.»

Santini war ernst geworden und wirkte angespannt. Seinen Bewegungen war anzusehen, dass er verstimmt war.

«Ich denke, die Benutzerkartei reicht für Ihre Zwecke», sagte er und öffnete einen langen Karteikasten, eine Schublade, wie man sie auch in Bibliotheken findet.

Und während er das sagte, zog er auf gut Glück eines der Kärtchen heraus und reichte es dem Commissario. Es bezog sich auf einen zwei Jahre alten Fall. Auf der Karte standen der Name dessen, der sich den Fall ausgedacht hatte, die Hauptfiguren und eine Zusammenfassung von etwa zwanzig Zeilen. Auf der Rückseite eine sorgfältige Rekonstruktion der Ermittlung und deren Ausgang.

Soneri kaute auf seiner Toscano herum, während er sich weitere Karten ansah.

«Ja, das reicht mir», sagte er schließlich. «Ich werde jemanden vorbeischicken, der das Archiv abholt.»

Santini schaute ihn bestürzt an: «Ich dachte, Sie würden es hier durchsehen.»

«Nein, das geht leider nicht. Aber Sie werden mich sicher nicht in die Verlegenheit bringen, den Untersuchungsrichter bitten zu müssen ...»

«Nein, das wird nicht nötig sein», unterbrach ihn der andere finster. «Ihr Verdacht uns gegenüber ist also nicht ausgeräumt.»

«Sie haben es selbst gesagt: Die Fälle, die Palmieris Handschrift tragen, bieten wenig Anhaltspunkte, und jede Spur könnte die richtige sein.»

Santini zwang sich zu lächeln: «Vielleicht würde ich an Ihrer Stelle genau das Gleiche tun.»

Eine halbe Stunde später war Soneri wieder im Präsidium und wählte die Nummer des Ermittlungsdienstes. Er hörte, wie das Telefon am anderen Ende eine Zeitlang klingelte, aber bevor jemand abhob, legte er wieder auf und rief Juvara zu sich.

«Es gibt etwas Dringendes zu erledigen», sagte der Commissario und betrachtete ein wenig amüsiert die Leibesfülle seines Assistenten, der schon nach einem Lauf über den Flur keuchte. «Nimm zwei Beamte mit und geh zum Club der Cineasten. Der Präsident wird dir das Clubarchiv aushändigen, eine große Karteikartensammlung. Bring es her, wir müssen es untersuchen.»

Juvara verschwand mit seinen schweren Schritten, und Soneri nutzte die Pause, um frische Luft zu schnappen. Er ging über den Hof. Die Tannen streckten ihre Wipfel in den Nebel, der wie eine Decke über den Dächern lag, stumpfes Licht fiel zwischen die Gebäude.

Als er durchs Hauptportal ging, tauchte Angela plötzlich neben ihm auf. Wieder hatte sie ihm aufgelauert, wie schon im Garten der Gerichtsmedizin.

«Erwischt!», sagte Soneri ironisch und schlug mit der Hand gegen die Mauer.

«Wir werden beobachtet», knurrte sie.

«Oh, entschuldige. Dabei haben wir bloß Räuber und Gendarm gespielt.»

Angela wurde immer ungehaltener, hielt sich aber zurück. «Du hast Glück, dass der Portier da ist», zischte sie und fixierte ihn, als ziele sie mit ihren Augen auf ein Fadenkreuz auf Soneris Stirn.

«Kannst du nicht auf normalere Art auftauchen, als mir hinter irgendwelchen Ecken aufzulauern?», beschwerte sich der Commissario.

«Geschähe dir recht, wenn ich ohne ein einziges Wort wieder ginge», schnaubte Angela.

«Neuigkeiten?»

«Siehst du, genau deswegen verhalte ich mich so: Was soll man sonst mit einem Wilden machen, der eine Frau auf der Straße stehen lässt, ohne ihr irgendetwas anzubieten?»

Soneri nahm ihren Arm und führte sie den Bürgersteig entlang. Sie gingen an der Bar vorbei, in der die Polizisten verkehrten, überquerten die Straße und saßen ein paar Minuten später am Tisch eines Teesalons.

«Wie du siehst, ist mir gutes Benehmen nicht gänzlich fremd.»

«Für Typen wie dich bräuchte man eins von den Netzen, mit denen man Urwaldtiere fängt.»

Der Tee wurde gebracht, und Angela tat reichlich Zucker hinein. Dann wandte sie sich dem Commissario zu: «Palmieris Mutter hat versucht, sich umzubringen.»

«Wann?»

«Als ich heute Morgen bei ihr anrief, nahm niemand ab, obwohl wir wegen einiger Papiere bei ihr verabredet waren. Ich machte mir Sorgen, weil sie in den letzten Tagen sehr angespannt war, und fürchtete, dass sie den Kopf verloren hat.»

«Wie bist du hineingekommen?»

«Ich habe die Feuerwehr gerufen. Sie lag im Bett und lebte noch. Zum Glück hatte sie nur ein leichtes Schlafmittel genommen, das nicht gereicht hat.»

«Und wie geht es ihr jetzt?»

«Nach der Magenspülung kommt sie langsam wieder zu sich.»

«Hatte sie dir gegenüber von Selbstmordgedanken gesprochen?»

«Nicht ausdrücklich, aber ich habe so etwas herausgehört. Nach dem Mann nun noch der Sohn ... Sie sagte, dass sie einsam sei und ohne Hoffnung.»

«Trotzdem verstehe ich das bei einer so kämpferischen Frau nicht», sagte Soneri.

«Die Sache mit der Pistole hat sie sehr getroffen. Ihr wurde zum ersten Mal bewusst, dass der Sohn Dinge vor ihr verborgen hat. Vielleicht hatte sie schon immer den Verdacht, dass er sie anlog, hatte das verdrängt und fühlte sich mit einem Schlag darin bestätigt.»

«Aber so macht sie es Lora doch noch leichter.»

«Aber nein. Was Palmieri der Frau vermacht hat, ändert sich dadurch nicht. Der Anteil der Mutter geht an eine karitative Einrichtung, die sich um Arme kümmert. Ich habe das Testament gelesen.»

Es entstand eine Pause. Sie tranken ihren Tee, während Soneri über Palmieris kurzes Leben als Unternehmer nachdachte: Ein Stern, der nur kurz am Firmament aufgeleuchtet war.

Sie schwiegen noch eine Weile. «Was weißt du über Rosa Funo?», fragte der Commissario dann.

«Ich kannte ihren Mann, einen Anwalt, der eng mit Ronco befreundet war.»

«Wie ist er gestorben?»

«Infarkt. Im Flur des Gerichts.»

«Lora hat mir erzählt, dass die Roncos und die Funos engen Kontakt hatten.»

«Sie gingen oft getrennt aus: die beiden Männer einerseits, die Frauen andererseits. Ich glaube, jeder kümmerte sich um seine eigenen Angelegenheiten.»

«So wie Lora, die ihren Mann mit Stork betrog?»

«Die Männer kümmerten sich um ganz andere Dinge.»

«Geschäfte?»

Angela beugte sich über den Tisch, ergriff einen der Knebelverschlüsse am Dufflecoat des Commissarios und zog ihn zu sich hinüber.

«Für diese Information musst du bezahlen, mal sehen, ob wir einen angemessenen Preis aushandeln können.»

«Mach dich nicht lächerlich.»

«Und du zwing mich nicht dazu, mich schlecht zu benehmen. Ihr bezahlt doch sogar die dümmsten Informanten, und ich sollte nicht den geringsten Vorteil davon haben?»

Soneri verlor die Geduld, er zündete sich eine Zigarre an, sah verärgert auf die Uhr und begann, sich in dem Raum umzusehen. Angela schwieg, und den Commissario zog es auf einmal dringend zurück ins Büro, wo Juvara vermutlich schon auf ihn wartete.

«Ist gut, schieß los.»

«Du gehst mit mir ins Kino.»

Soneri lächelte: «Dafür hättest du mich nicht erpressen müssen.»

«Ich habe gesehen, dass sie einen Marlowe-Film zeigen, *Der tiefe Schlaf* mit Humphrey Bogart.»

«Ich mag ihn überhaupt nicht in dieser Rolle», beeilte sich der Commissario zu sagen. «Aber jetzt würde ich trotzdem gerne abkassieren.»

«Du bist bei dieser Ermittlung zu unaufmerksam. Du siehst dir die Leute nicht genau genug an. Hat man dir nicht beigebracht, dass es eine Grundregel ist, im Leben der Protagonisten herumzuwühlen?», begann Angela wieder ihre Litanei.

Soneri zwang sich, ruhig zu bleiben, und sah sich erneut um.

«Dabei hatte dich meine Mandantin doch auf die richtige Spur geführt: Weckt denn der Mord an Ronco gar nicht deine Neugier?»

Der Commissario, in seinem Stolz verletzt, sprang plötzlich auf, stieß den Stuhl nach hinten und machte dem Kellner ein Zeichen. Doch als er gehen wollte, packte Angela ihn ziemlich nah an der Leistengegend an der Hose.

«Ich könnte auch einen wesentlich unangenehmeren Griff anwenden, wenn du mich dazu zwingst.»

Schnaubend setzte er sich wieder hin: «Deine üblichen Scherze.»

«Ronco betrieb Industriespionage», raunte Angela und beugte ihr Gesicht kokett zu ihm hinüber.

«Für wen?», fragte Soneri in versöhnlichem Tonfall.

«Du wirst immer nur dann zuckersüß, wenn ich dir ein Gerichtsgeheimnis verrate. Doch ich weiß es nicht. Ich habe den Eindruck, dass er nur ein kleines Rädchen in einer viel größeren Organisation war. Es gibt Detektivbüros, die ausschließlich auf diesem Gebiet arbeiten und sich Informationen fast immer dadurch beschaffen, dass sie Schmiergelder bezahlen oder Techniker abwerben. Die Arbeit als Verkäufer war für Ronco nur eine Tarnung, um seine ständigen Reisen zu rechtfertigen.»

Soneri dachte an Ronco und an all die anderen in diesen Fall verwickelten Personen, an ihre unscheinbare, fast schon klägliche Erscheinung. Palmieri sah aus wie ein Bauer und war Geschäftsmann, Stork sah aus wie ein Industrieller und war ein Dummkopf, Lora sah aus wie eine ganz normale, attraktive Frau und war berechnend und herzlos ... Und auch Santini, Ronco und die anderen, sie alle führten ein Doppelleben, in dem sie ganz und gar aufgingen. Es schien ihm, als sei die Ermittlung anfangs ein kleines Loch in der Erde gewesen, inzwischen aber zu einem riesigen Krater geworden.

«Denkst du, dass er deshalb ermordet wurde?»

«Auszuschließen ist es nicht», erwiderte Angela. «Vielleicht gibt es aber auch noch andere Gründe.»

Sie erhoben sich, und als sie draußen waren, erinnerte sie ihn drohend an das Kino.

Der Karteikasten lag auf dem großen Tisch in Soneris Büro. In chronologischer Anordnung zeigten aufgesteckte Reiter jeweils an, wo ein neues Jahr begann. Mit beiden Händen zog der Commissario die Karten zu sich heran und fing an, sie durchzublättern, beginnend mit den ältesten, die von Hand geschrieben waren, in einer geneigten, pedantischen Schrift. Später waren die Notizen mit der Maschine getippt worden: die Protagonisten in roten Lettern.

Soneri schob die Karten mit den Fingerspitzen auseinander, wie er es bei einem Blätterteig gemacht hätte. Die Kartons schienen vom vielen Durchblättern abgenutzt und hatten einen fettigen schwarzen Abdruck am oberen Rand. Mehrmals sah er die einzelnen Jahrgänge rasch auf der Suche nach Palmieris Fällen durch und entdeckte auch etliche davon, fand aber nicht, wonach er suchte. Also nahm er einen Stuhl und setzte sich, um die Karten noch einmal ganz in Ruhe durchzublättern.

So traf Juvara ihn an, als er ins Büro kam. Der Commissario, noch immer im Dufflecoat, saß vor dem Kasten wie ein Pianist vor einem seltsamen Klavier.

«Was gefunden?»

Soneri drehte sich nicht einmal um und schnalzte bloß verneinend. Sein Assistent nahm sich einen Stuhl und setzte sich ihm gegenüber.

«Nicht dabei», meinte Soneri schließlich und steckte die letzte Karteikarte ärgerlich zurück.

«Was?»

«Der Fall, der Palmieri so viel bedeutete.» Er fuhr mit dem Daumen am Rand der in dem Kasten aufgereihten Karten entlang und öffnete sie dabei wie einen Fächer: «Der Fall Miranda fehlt.»

«Sind Sie sicher, dass er neueren Datums ist?»

«Palmieri hat ihn sich vor vier Jahren ausgedacht, und dieses Archiv enthält die Fälle der letzten fünf Jahre.»

Der Commissario begann noch einmal, die Karteikarten des viertletzten Jahres durchzusehen. Wie alle anderen waren sie in chronologischer Reihenfolge nummeriert worden. Insgesamt waren es 513, doch würden weitere hinzukommen, bis das fünfte Jahr abgeschlossen wäre.

«Vielleicht archivieren sie nicht jeden Fall», überlegte Juvara.

«Ausgeschlossen. Sie sind stolz auf ihr Archiv, auch wenn es nur aus einer Ansammlung phantastischer Geschichten besteht.»

«Also hat jemand die Karte entnommen und nicht wieder zurückgesteckt ...»

«Es gibt keine Lücke in der Nummerierung», sagte Soneri zerstreut. Dann fuhr er hoch: «Du hast recht, die einzige Erklärung ist, dass jemand sie entwendet hat.»

«Aber aus welchem Grund?»

«Ich weiß es nicht. Sicher ist, dass die Karteikarte da gewesen sein muss: Es handelt sich um einen wichtigen Fall. Miranda war auch der Name des Ehepaars, das Santini in der letzten Krimiinszenierung in seiner Villa durch Erwürgen sterben ließ, erinnerst du dich?»

«Vielleicht gibt es irgendein verbindendes Element zwischen diesem Fall und dem anderen», überlegte Juvara.

«Wie sollen wir das herausfinden? Wir kennen die Handlung des ersten nicht. Nach allem, was ich gesehen habe», sagte der Commissario und deutete auf das Archiv, «habe ich nicht den Eindruck, dass sich die Namen der Hauptfiguren in anderen Fällen wiederholen.»

Soneri blätterte noch einmal die Karten des viertletzten Jahres durch. Er schaute sich die Nummerierung aufmerksam an: Sie ging von 93 bis 181, und es gab keine Lücke, unter archivarischen Gesichtspunkten schien alles tadellos geordnet zu sein. Und trotzdem blieb der Commissario skeptisch. Es schien ihm unmöglich, dass der Fall Miranda nicht auftauchte. Als er die Karten zum sechsten Mal durchgesehen hatte, verlor er die Geduld. Er schlug mit der Hand auf das Blech der Schublade und stand auf, um zu gehen. Er kam sich in diesem Spiel vor wie eine Marionette und fühlte sich auf den Arm genommen.

18

Er hörte jemanden rufen: «Commissario Soneri.»

Lora kam über den Hof des Präsidiums schnell auf ihn zu, auf hohen Absätzen, die sie noch schlanker und noch begehrenswerter aussehen ließen.

«Ich wollte gerade zu Ihnen», sagte sie.

Soneri lächelte, dann fiel ihm ein, dass sein Büro von dem ausladenden Karteikasten belegt war.

«Hätten Sie etwas dagegen, wenn wir ein bisschen herumfahren?»

Lora sah ihn ungläubig an und schüttelte den Kopf.

Sie stiegen ins Auto, und während sie sich vom Präsidium entfernten, dachte der Commissario an das Archiv: Es war besser, dass Lora es nicht gesehen hatte.

«Wo bringen Sie mich hin?»

«Nach Hause.»

«Aber hier geht es nicht zu mir nach Hause.»

Erst jetzt merkte Soneri, dass er auf dem Weg in die Via Guicciardini war, wo Rosa Funo wohnte.

«Sie müssen entschuldigen», sagte er, «aber ich habe an unsere erste Begegnung gedacht.»

Als das Auto hielt, schwieg Lora ein paar Sekunden lang, dann sah sie ihn mit ihren hellen Augen an: «Ist schon in Ordnung, ich wollte ohnehin mit Ihnen darüber reden, was hier in der Gegend vor sich geht.»

Soneri erinnerte sich an Rosas Bemerkungen über Loras Gefühl, verfolgt zu werden.

«Haben Sie denn nicht die leiseste Idee, wer das sein könnte?»

«Nein, ich habe den Mann nur ein einziges Mal aus der Nähe gesehen. Außerdem sehen Sie ja selbst, wie diese Straßen sind», ergänzte sie und zeigte auf die dunklen Schatten unter den riesigen Linden.

«Ist es denn immer derselbe?»

«Ich habe schon den Eindruck.»

«Und auch aus der Nähe haben Sie nichts erkennen können?»

«Ich war in Panik. Aber ich glaube, er wollte diese Begegnung auch nicht, es war ein Zufall. Obwohl, genau genommen nicht.»

«Was wollen Sie damit sagen?»

«Nun, ich hatte Angst, aber ich war auch ein bisschen neugierig. Er war mir schon einige Minuten gefolgt, und da habe ich so getan, als wollte ich in eine Seitenstraße einbiegen, und bin dann gleich wieder umgekehrt.»

«Und er?»

«Er muss sich erschrocken haben, und einen Moment lang hatte ich den Eindruck, er wolle mich schlagen. Dann ist er weggelaufen.»

«Ist Ihnen denn gar nichts an ihm aufgefallen?»

Lora verstummte. Sie schien angestrengt über etwas nachzudenken, was sie nicht zu sagen vermochte. Der Commissario ließ sie in Ruhe und zündete eine Zigarre an.

«Ich erinnere mich an nichts Genaues: ein paar vage Eindrücke, das ist alles. Mir ist klar, dass das nicht gerade viel ist. Ich habe ihn nur für einen kurzen Moment im Profil gesehen. Er trug einen großen Hut, einen Schal bis zur Nase und eine dunkle Brille. Es war fast dunkel ... Das Einzige, wo ich mir sicher bin, ist etwas, was nur einer Frau auffallen würde ...»

Der Commissario sah sie fragend an und forderte sie mit einer Bewegung seiner Zigarre auf, fortzufahren.

«Ein Duft.»

Soneri lächelte bei dem Gedanken an einen parfümierten Auftragskiller. «Welcher Duft?»

«Ein Aftershave, das nicht viele benutzen und das ziemlich intensiv riecht. Es erinnert ein wenig an Ihre Zigarre.»

«Ich muss leider indiskret sein: An wen erinnert es Sie?»

Lora seufzte, und nach einer Pause flüsterte sie: «An Manfred Stork.»

Dann schaute sie ihm mit einem leicht flehenden Ausdruck direkt in die Augen: «Ich brauche es Ihnen nicht zu erklären, ich denke, Sie wissen bereits alles.»

Soneri beschränkte sich darauf zu nicken.

«Aber weshalb hätte er ...»

Die Frau ließ ihn nicht ausreden: «Ich bin mir nicht sicher, verstehen Sie? Ich habe nur einen Duft wiedererkannt.»

«Und die Statur würde passen?»

«Ja, das könnte hinkommen.»

«Stork hat nie aufgegeben, richtig?»

Lora wandte den Blick ab und wurde nervös: «Nein, er hat nie aufgegeben.»

«Schreibt er Ihnen? Oder sucht sonst irgendwie Kontakt?»

«Er ruft mich manchmal an. Und es gab ein paar Briefe.»

«Will er, dass Sie zu ihm zurückkommen?»

«Er ist besessen davon. Er sagt immer wieder das Gleiche. Inzwischen hat er seinen Verstand versoffen.»

«Warum haben Sie ihn verlassen?»

«Weil er ein Kind ist. Manfred ist kein Mann. Er ist in seiner Kindheit stehen geblieben, und ich bin für ihn eine Art Mama.»

«Glauben Sie, dass er etwas mit der Schießerei zu tun hat?»

«Er ist ein Mensch, der leicht zu beeinflussen ist. Wenn ihn jemand zu einer Dummheit überredet hat, dann glaube ich, dass er dazu imstande wäre.»

Hinter ihnen hielt ein Auto. Soneri schaute durch den Rückspiegel und sah Rosa Funo aussteigen. Sie trug einen knielangen Rock, der unter einer äußerst eleganten Jacke hervorschaute. Sie bewegte ihre schönen, schlanken Beine und kam auf sie zu.

«Ich hatte schon Angst, es wäre etwas passiert», sagte sie und beugte sich zum Fenster herunter.

«Sie können beruhigt sein, sie ist in den Händen der Polizei», erwiderte der Commissario mit sarkastischem Unterton.

«Ich habe Ihnen alles gesagt», erklärte Lora und öffnete die Tür, «doch ich möchte noch einmal betonen, dass ich keinerlei Beweis habe, dass er es war.»

Soneri beobachtete, wie die beiden Frauen ins Auto stiegen. Rosa wirkte sehr verlegen, vielleicht fürchtete sie, dass der Commissario zu genau nachgefragt und damit das Vertrauen missbraucht hätte, das sie ihm entgegengebracht hatte.

Er startete den Wagen und war kurz darauf im Viertel San Dalmazia.

Santini war immer noch in Hemdsärmeln. Hinter ihm

sah man das leere Fach, aus dem der Karteikasten entnommen worden war.

Er empfing Soneri mit gespielter Herzlichkeit: Alles schien dem Ablauf einer ständig neu geprobten Szene zu folgen. Wieder saßen sie am Tisch. Wieder folgten der Whisky und die stummen Fragen. Dieses Mal allerdings etwas kühler, mit verhohlenem Groll.

«Der Fall Miranda fehlt», platzte Soneri heraus.

«Was wollen Sie damit andeuten?»

«Dass er nicht im Archiv ist.»

«Unmöglich», sagte Santini mit einem leichten Zittern in der Stimme.

«Und doch ist es so. Im zweiten Jahr der Aufzeichnungen taucht kein Fall Miranda auf.»

Es wurde ganz still. Der Präsident zeigte eine bestürzte Miene, als wäre er plötzlich tief in seinem Inneren erschüttert worden.

«Und die Nummerierung? Daran müsste man es doch sehen können, oder?»

«Die Nummerierung ist fortlaufend», erwiderte Soneri ruhig. Doch es fiel ihm immer schwerer, gefasst zu bleiben, Wut über Santinis Verhalten stieg in ihm auf.

«Dann bedeutet das, dass er nie in das Archiv aufgenommen wurde», sagte Santini.

«Das könnte sein, doch ich denke, das wäre eine höchst unwahrscheinliche Erklärung.»

«Wir ordnen die Karteien am Jahresende jedes Mal neu: da reicht eine Nachlässigkeit ...»

«Palmieri hing zu sehr an diesem Fall und hätte etwas gesagt, wenn er gefehlt hätte.»

«Palmieri warf nie einen Blick in das Archiv», erklärte Santini ungerührt.

«Aber der Fall war katalogisiert worden. Irgendwo muss es doch etwas Schriftliches darüber geben, dass er existiert hat», drängte der Commissario ungeduldig.

«Ja, schon», stammelte Santini, «aber ich verstehe nicht ...»

Soneri hatte sein Notizbuch hervorgeholt und eine leere Seite aufgeschlagen. Er schrieb die Zahl Eins in Klammern und notierte daneben: Fall Miranda bleibt ungelöst. Dann schrieb er die Zahl Zwei und notierte dahinter: Archivierung. Hinter die Zahl Drei schrieb er: Miranda wird berühmt, und hinter die Zahl Vier: Die Karteikarte verschwindet.

Santini beobachtete, wie der Commissario Notizen machte, vermutlich nutzte er die Zeit, um sich eine plausible Erklärung zurechtzulegen. Der Whisky schien ihm dabei nicht sonderlich zu helfen, er schüttete eine beachtliche Menge davon in sich hinein. Soneri hingegen tat so, als interessiere er sich nicht für ihn, und sah konzentriert auf seine Auflistung. War der andere Fall Miranda vor oder nach dem Verschwinden der Karteikarte aufgetaucht? Höchstwahrscheinlich vorher, und vielleicht war sie gerade aus diesem Grund versteckt worden. Er fügte zwischen der Drei und der Vier eine weitere Zeile ein: Santini inszeniert den neuen Fall Miranda. Nun musste er aber eine Vier vor den neuen Zusatz setzen und dafür die Vier vor der darunterstehenden Zeile durchstreichen, die nun die Nummer Fünf wurde. In diesem Augenblick dachte er wieder an das Archiv. Und wenn er eine Zeile gestrichen hätte? Die aufeinanderfolgenden Zahlen wären dann alle jeweils um eine Zahl zurückgegangen. Vielleicht war das Gleiche mit der Kartei passiert?

«Versuchen Sie, sich daran zu erinnern, was mit der Karteikarte passiert ist», sagte Soneri, als er aufstand. «Sehen wir uns heute Abend im *Minerva*?», fragte er dann und bemühte sich, jovial zu sein.

«Ja, sie zeigen *Der tiefe Schlaf*, einen Film, den ich immer wieder gern sehe.»

«Vielleicht schaffen Sie es ja, bis dahin eine plausible Erklärung zu finden», verabschiedete sich der Commissario sarkastisch.

Er musste Nanetti zu Hause anrufen. Inzwischen war es Zeit zum Abendessen, und um diese Zeit waren die Büros im Präsidium fast menschenleer. Der Kollege nahm mit vollem Mund ab: Er war an Soneris Anrufe zu Essenszeiten gewöhnt.

«Ich hätte da eine kleine, ziemlich knifflige Aufgabe für dich», rief der Commissario.

«Das ist ja ideal, um den morgigen Tag zu beginnen», erwiderte Nanetti.

«In meinem Büro steht ein Karteikartenarchiv, in dem eine Karte fehlt. Ich habe den Verdacht, dass sie entnommen und die Nummerierung anschließend von einem bestimmten Punkt an neu gemacht wurde.»

«Ich soll also die Karteikarten unter die Lupe nehmen und feststellen, wie alt sie jeweils sind.»

«Ich sehe, du hast verstanden, worum es geht.»

«Ich hole die Karteikarten morgen früh ab», verabschiedete sich Nanetti.

Soneri sah auf die Uhr und stellte gerade fest, dass er viel zu spät dran war, als auch schon das Telefon klingelte.

«Erinnerst du dich an unsere Verabredung oder nicht?», brüllte Angela in den Hörer.

«Ich bin schon unterwegs.»

«Nun, es ist ja auch schon reichlich spät. Du wirst dich mit einem Panino zufrieden geben müssen.»

«Sehr charmant, wie du es verstehst, mich auf Diät zu setzen», begrüßte der Commissario Angela wenig später ironisch.

«Wenn du früher gekommen wärst ... Hast du mir nicht gesagt, dass du es hasst, in Eile essen zu müssen?»

«Wie geht's der alten Dame?»

«Nicht sehr gut. Es gibt Komplikationen mit dem Herzen.»

Noch eine Viertelstunde später saßen sie im Foyer des *Minerva* wie zwei Studenten. Einmal mehr hing im Kino dieser süßliche Geruch, der sich mit dem farblosen Geschmack des Paninos vermischte.

Soneri wickelte die Reste seines Abendessens in die Serviette und warf das Ganze in den Abfalleimer.

«Ich sehe, dass du deine Lektion allmählich lernst», bemerkte Angela. «Wenn du so weitermachst, läufst du noch Gefahr, wieder abzunehmen.»

Der Commissario bedachte sie mit einem schiefen Blick, zog es aber vor, nichts zu sagen. Stattdessen überraschte ihn Marcellis Stimme, der offenbar schon zum zweiten Mal fragte: «War wohl wieder ein harter Tag, was?»

Soneri zuckte die Achseln. Er deutete auf den Saal, der sich langsam füllte.

«Heute Abend werden sie ausverkauft sein.»

«Der Film ist ein sehr beliebter Klassiker.»

«Sind die alle nur wegen des Films hier?

«Auch, aber nicht nur», erwiderte Marcelli.

«Geh schon mal rein und besetz einen Platz», forderte der Commissario Angela auf.

Dann legte er sich auf die Lauer. Er sah, wie der Typ mit dem Spitzbart kam, Vescovi ging vorbei und grüßte ihn, dann der Mann mit den langen weißen Haaren und der

Barmann aus dem Club der Cineasten. Von Santini keine Spur. Er wartete, bis er hörte, dass jemand gegen die Scheibe des Kassenhäuschens klopfte. Marcellis Frau machte ihm ein Zeichen, dass der Film anfing, indem sie mit dem Daumen auf den Zuschauerraum deutete.

Als er eintrat, war es im Saal bereits dunkel, und er konnte Angela nirgends entdecken. Vergeblich hielt er in der Dunkelheit nach Marcelli Ausschau und stellte sich schließlich hinter die letzte Sitzreihe, um zu warten, bis es ein wenig heller werden würde.

Alles schien ruhig. Humphrey Bogarts finsteres Gesicht begann die Leinwand auszufüllen, und Soneri überzeugte sich erneut davon, dass Marlowe nicht seine beste Rolle war. Niemand rührte sich von seinem Platz: Eine disziplinierte und aufmerksame Versammlung von Cineasten. Gerade als Marlowe von General Sherwood engagiert wurde, um wegen einer Serie von Erpressungen im Zusammenhang mit seiner Tochter zu ermitteln, betrat Santini den Saal. Er lief auf Zehenspitzen an der äußersten rechten Reihe entlang und setzte sich neben den Typen mit dem Spitzbart, der offenbar auf ihn gewartet und ihm einen Platz frei gehalten hatte.

In dem vollbesetzten Saal konnte er Angela einfach nicht ausmachen. Soneri ging ein paar Meter näher an die Notausgänge heran, aus dieser Position konnte er zwischen die Reihen schauen. Er ging ein paar Schritte vor, um besser zu sehen, und in diesem Moment sah er zwischen den Reihen in der Dunkelheit eine verstohlene Bewegung, schnell wie das Vorbeihuschen einer Ratte. Etwas war weitergereicht worden, ein Blatt Papier, das aus einem Notizbuch herausgerissen worden war.

In der Zwischenzeit war es auf der anderen Seite des

Saales unruhig geworden. Zwei Leute waren zur Toilette gegangen und ein anderer zum Ausgang. Soneri dachte an die Verhöre. Vielleicht hatten sie aber auch eine Nachricht weitergeleitet, nachdem sie von der Anwesenheit des Commissarios erfahren hatten.

Am Ende des ersten Teils gingen die Lichter wieder an, und endlich entdeckte er Angela.

«Bist du immer so geschickt darin, Leute aufzuspüren?», fragte sie ironisch.

«Kannst du dir nicht denken, dass ich auch noch auf andere Dinge zu achten habe?»

«Das geht bei dir ganz instinktiv, eine natürliche Begabung.»

«Trotzdem sehe ich, dass du mir den besten Platz frei gehalten hast», sagte Soneri, als er feststellte, dass Angela den Platz für ihn besetzt hatte, auf dem Palmieri ermordet worden war. «Aber müsstest du nicht eigentlich dahinter sein?»

«Sicher», erwiderte sie, «ich würde dir allerdings kein Gift spritzen, sondern dir den Schädel einschlagen.»

Der Commissario sah sich suchend nach Santini um und stellte fest, dass dessen Platz leer war. Er erschien, begleitet von einigen Kollegen, erst wieder, als das Licht nach der Pause wieder ausging. Soneri sah nach oben zum Fenster des Vorführraums und konnte deutlich erkennen, wie Beppe von dort aus den Zuschauerraum beobachtete. Er hatte den Eindruck, dass ihre Blicke sich begegneten, während der Lichtstrahl erneut auf die große Leinwand fiel.

«Da herrscht wieder das übliche Hin und Her», flüsterte er Angela ins Ohr.

Sie nickte.

«Marcelli ist zu Santini gegangen, und gleich darauf sind sie zum Ausgang.»

Nach wie vor verstand er nicht, was der Grund für diese ständige Unruhe im Kino war. Plötzlich hörte der Commissario eine Art Ticken, das Bild begann leicht zu flimmern und verzerrte die Züge Geigers, der Carmen, die jüngere Tochter von General Sherwood, erpresste.

«Flimmert es zum ersten Mal?», fragte Soneri.

«Bis jetzt kam das noch nicht vor», antwortete Angela.

Von diesem Moment an konzentrierte er sich auf den Film. Das Flimmern weckte seine Neugier. Er folgte der Handlung, doch der Regisseur Howard Hawks hatte eine komplizierte Intrige gesponnen, und er verstand nur wenig davon. Er richtete eine Reihe von Fragen an Angela, die ungeduldig wurde: «Kapierst du die Geschichten immer so schlecht?»

Die Fiktion interessierte ihn nicht. Jedes Mal fielen ihm Details auf, die unglaubwürdig waren. Darüber dachte er nach, als das Bild von Neuem hüpfte, wieder bei einer Großaufnahme Geigers. Er drehte sich nach dem Fenster des Vorführraums um, sah aber nichts, weil ihn das Licht blendete. Er sah sich nach der Seite um, wo Santini wieder an seinem Platz saß. Dann regte sich erneut Unruhe im Saal, und von Zeit zu Zeit hörte man flüsternde Stimmen. Er war sich sicher, dass auch weiterhin Zettel herumgereicht wurden.

Als die Lichter wieder angingen, war Santini schon wieder verschwunden. Der Commissario begleitete Angela ins Foyer und bat sie, dort zu warten. Er ging in Marcellis Zimmer, dann stieg er die Wendeltreppe hinauf. Beppe hatte beide Hände auf den Vorführapparat gelegt, den Kopf leicht nach vorne gebeugt und starrte auf eines der Instrumente. Er drehte sich um, sehr langsam und sehr behäbig: «Was wollen Sie?»

Der Tonfall war so unhöflich, dass der Commissario kurz davor war, aus der Haut zu fahren. Er riss sich zusammen und drehte die Zigarre zwischen den Zähnen. «Auch heute Abend ist das Bild wieder gehüpft.»

Beppe sagte nichts. Er lief zweimal am Commissario vorbei, als er um die Maschine herumging, würdigte ihn aber keines Blickes.

«Ist irgendetwas nicht in Ordnung?», fragte Soneri und deutete auf den großen Projektor.

«Der ist besser in Schuss als Sie und ich zusammen.»

«Aber warum hüpft das Bild dann immer wieder?»

Beppe blieb vor Soneri stehen: «Es wird schon irgendeinen Grund dafür geben», sagte er störrisch. «Meinen Sie nicht?», fügte er dann in einem Tonfall hinzu, aus dem Soneri einen Anflug von Ironie heraushörte.

«Ja, sicher.» Der Commissario blickte ihn finster an. «Und wenn Sie es wären, der dafür sorgt, dass das Bild hüpft?», sagte er, als hätte er gar nicht darüber nachgedacht und nur einen Gedanken laut ausgesprochen.

Beppe zuckte zusammen, und Soneri hatte den Eindruck, einen wunden Punkt getroffen zu haben. Doch es dauerte nur einen Augenblick: Dann stieg Beppe wieder auf das Trittbrett des Projektors, zog die zurückgespulte Rolle heraus und legte sie in die Dose.

«Es ist Zeit abzuschließen», sagte er mürrisch.

Der Commissario ging vor. Während er die Treppenstufen hinunterstieg, hörte er, wie die Tür zu Beppes Kammer abgeschlossen wurde.

«Sie haben recht, ich habe auch den Eindruck, dass diese Maschine ausgezeichnet funktioniert.»

19

Im Leerlauf rollte der Alfa die Abfahrt hinunter, die zum Parkplatz führte. Aus dem *Schiller*, das halb verborgen zwischen den Bäumen lag, drang leise Musik herüber, die aus der Ferne wie ein Klagelied klang. Soneri musterte die etwa fünfzehn Autos und sah Rocchis Rover, beschlagen von der Feuchtigkeit. Er betrat das Lokal nicht, sondern ging um das niedrige Gebäude herum, dessen gelbe Farbe ihn an einen alten Grana erinnerte. Auf der Rückseite gab es kleine Unterstände, voll mit Geräten. Beim Weitergehen hörte er Geräusche, und da bemerkte er einen Kaninchenkäfig, aus dem ihn ein großes Weibchen wachsam anblickte.

Plötzlich ging eine Taschenlampe an, und der Commissario musste die Augen abwenden, um nicht geblendet zu werden.

«Wer ist da?», fragte eine leichtbelegte Männerstimme.

Der Commissario konnte heraushören, dass der andere Angst hatte, und beeilte sich zu antworten. Die Taschenlampe senkte sich, und ihre Gesichter musterten sich in dem schwachen Licht, das von den Lampen auf dem Parkplatz herüberschien.

«Sind Sie der Hausmeister?», fragte Soneri.

«Ja», antwortete der andere, drehte ihm den Rücken zu und ging weiter.

Soneri folgte dem Mann durch eine Glastür. Von dieser Seite aus wirkte der Nachtclub wie eine elegante kleine Villa.

«Wenn Sie die Bücher sehen wollen, müssen Sie sich an den Geschäftsführer wenden», teilte ihm der Hausmeister mit.

Soneri schüttelte den Kopf: «Ich hätte nur ein paar Fragen.»

Der andere horchte auf, dann deutete er auf einen Stuhl.

«Um wie viel Uhr kommt Herr Rocchi normalerweise?»

«Gegen acht. Er isst oft hier zu Abend.»

«Der blaue Rover gehört ihm, richtig?»

«Ja, der gehört ihm.»

«Ihnen ist bekannt, dass der Wagen vor einigen Tagen abends verschwand und nach ein paar Stunden wieder auftauchte?»

«Ich denke, dass es so war, sicher bin ich mir aber nicht.»

«Was soll das heißen?»

«Dass mit Sicherheit jemand mit dem Auto gefahren ist, aber Genaueres weiß ich nicht.»

«Aber Sie haben es doch gesehen ...»

«Gegen acht stand der Wagen genau da, wo ihn der Anwalt normalerweise abstellt. Als ich kurz vor elf wieder vorbeikam, war der Rover immer noch da, aber praktisch trocken und mit warmem Motor.»

«Sie haben also nicht gesehen, wie jemand wegfuhr oder zurückkam?»

«Nein, zwischen acht und elf helfe ich im Restaurant aus.»

«Geben Ihnen die Leute die Autoschlüssel?»

«Nur wenn es Gedränge gibt und das Auto irgendwo geparkt werden muss, wo gerade Platz ist. Aber das kommt selten vor.»

Der Hausmeister beantwortete die Fragen zwar genau, beschränkte sich aber auf das Wesentliche, als stünde neben ihm ein Anwalt, der ihm die richtigen Worte einflüsterte. Soneri stand abrupt auf: Es war drei Uhr.

«Um wie viel Uhr machen Sie Ihren nächsten Rundgang?»

«Um vier.»

«Gehören die Kaninchen Ihnen?»

«Ja, hier gibt es so viel Gras ... Wir haben auch weiße, solche, wie sie die Künstler für ihre Nummern benutzen.»

Im Weggehen drehte Soneri sich noch einmal um: Der Hausmeister war unter einer mit Kletterrosen bewachsenen Pergola stehen geblieben und blickte ihm nach.

«Ich werde gleich einen Rundgang machen, und wenn mir etwas auffällt, sage ich Ihnen Bescheid», sagte der Commissario.

Auf dem Parkplatz erkannte er Storks Auto wieder, einen alten Mercedes. Ein Stück entfernt stand der blaue Rover von Rocchi. Das erste Auto war offen, aber die Schlüssel steckten nicht im Schloss. Das zweite war abgeschlossen und die Alarmanlage war eingeschaltet. Soneri sah das blinkende Kontrolllicht über dem Lenkrad und handelte ganz instinktiv. Er legte die Hände auf den oberen Teil der Karosserie und drückte mehrmals mit Gewalt dagegen, bis das Auto sich bewegte. Diesen Vorgang wiederholte er mit noch mehr Kraft, doch nichts geschah. Also holte er seine kleine metallene Taschenlampe hervor und schlug mit dem Griff gegen die Scheibe.

Das Auto begann, hohe, kurze Töne von sich zu geben

wie ein verletztes Tier, gleichzeitig blinkten die Lichter. Der Commissario huschte zur Seite und verbarg sich in der Dunkelheit hinter einem Lorbeerbusch. Er hörte, wie jemand auf dem knirschenden Kies herankam. Dann vernahm er ein Brummen und eine Reihe unterdrückter Flüche. Da sprang er heraus. Der Hausmeister öffnete gerade die Tür des Rovers und erschrak so sehr, dass er herumfuhr, mit einer Hand in die Tasche griff, krampfhaft nach etwas zu tasten schien und dann versuchte, es zu umklammern.

«Lassen Sie sie ruhig stecken, Sie brauchen sie nicht», forderte Soneri ihn auf. «Jetzt ist es ohnehin zu spät ...»

Der Hausmeister betrachtete den Schlüssel, den er in der anderen Hand hielt, und gab nach.

«Sie hatten doch wohl nicht wirklich die Absicht, auf mich zu schießen?», fragte der Commissario.

Der Wächter stellte sehr geübt die Alarmanlage ab: «Sie haben mich erschreckt.»

«Ist das hier so ein gefährlicher Ort?»

«In der Nacht ist es überall gefährlich», zischte der Mann und schloss das Fahrzeug ab.

«Sie kennen sich gut damit aus», sagte der Commissario und zeigte auf den Rover.

Der andere zuckte mit den Achseln.

«Wenn Sie denken, ich wüsste, wer mit dem Auto gefahren ist, täuschen Sie sich. Ich habe Ihnen nur nicht erzählt, dass einige der Stammkunden die Schlüssel bei mir lassen. Ich habe es verschwiegen, weil ich da niemanden hineinziehen wollte.»

«Warum?»

«Manchmal bitten sie mich um einen Gefallen.»

«Welche Art von Gefallen?»

«Ich hole mit diesen Autos Kunden ab und bringe sie hierher.»

«Und Rocchis Rover ist eines von diesen Autos?»

«Ja, aber nicht das einzige.»

«Wer auch immer es genommen hat, muss den Schlüssel gehabt haben: Das Schloss wurde nicht aufgebrochen.»

«Für jemanden, der die Gepflogenheiten des *Schiller* kennt, ist es ein Leichtes, sich die Schlüssel zu besorgen», erklärte der Hausmeister geheimnisvoll und senkte den Blick. «Ich schließe die Eingangstür niemals ab, und vielleicht hat es gereicht, den richtigen Moment abzuwarten ... Sicher, dafür muss man auch meine Wohnung kennen ...»

«Wo bewahren Sie sie auf?»

«An einem Platz, den außer mir nur die Besitzer der Autos kennen. Wissen Sie, manchmal müssen sie sehr eilig aufbrechen ... Deshalb schließe ich die Tür nicht ab. Aber das muss man erst mal wissen ...»

«Was ist an jenem Abend passiert?», fragte der Commissario und machte zwei Schritte auf den Mann zu.

«Ich habe es Ihnen bereits gesagt: Jemand muss hineingegangen sein, um den Schlüssel zu nehmen. Ich habe ihn später auf dem Tisch gefunden, als hätte ihn jemand in aller Eile dorthin geworfen.»

«Und Sie sagen, dass nur jemand, der das Versteck kannte, ihn finden konnte? Oder könnte es vielleicht sein, dass sich jemand informiert hat?»

Der Hausmeister hob ratlos die Arme, schüttelte den Kopf und starrte auf seine Schuhe. Soneri drehte sich um und ging auf den Eingang des Nachtclubs zu.

«Es ist fast vier, Zeit für Ihre Runde», sagte er, doch der Hausmeister blieb stumm.

Er ging nach drinnen, wo die Luft stickig war, warm und

schwer wie der Samt, mit dem die Wände verkleidet waren. Um diese Uhrzeit hatte sich das Publikum bereits gelichtet. Die Atmosphäre ähnelte der bei seinem ersten Besuch. Eine lasterhafte Müdigkeit schien die Kunden zu umgeben und auch die halbnackten Mädchen, die mit lustloser Koketterie zwischen den Tischen umherliefen. Soneri wandte sich an eine von ihnen: «Bitte rufen Sie Herrn Rocchi.»

Der Anwalt kam die Treppe herunter, auf der er vor Soneris Augen mit dem beim Spiel gewonnenen Mädchen verschwunden war. Er sah nicht besonders salonfähig aus und hatte Spuren von Lidschatten auf dem Hemdkragen.

«Ich hatte zu tun», sagte er, als käme er gerade aus einer Aufsichtsratssitzung.

Der Commissario lächelte ihn an und starrte mit voller Absicht auf die Flecken. Rocchi strich sich die graumelierten Haare glatt, die so borstig waren wie die eines Satyrs, und deutete mit dem Kinn auf ein halb verborgenes kleines Séparée mit japanischen Drucken. Drinnen warfen ihnen zwei Mädchen spöttische Blicke zu.

Kaum hatten die beiden sie allein gelassen, wurde Rocchi wieder dreist wie ein Pokerspieler: «Was wollen Sie?»

Soneri blickte ihn an, ohne mit der Wimper zu zucken, zog eine Toscano hervor und zündete sie betont langsam an.

«Ihr Auto ist in der Nacht ganz schön viel unterwegs.»

«Wenn Sie auf Franco, den Hausmeister, anspielen, trifft das zu: Ich leihe es ihm manchmal. Aber er macht keine langen Fahrten.»

«Nein, Sie haben recht, es sind keine langen Fahrten. Er fährt nicht einmal aus der Stadt hinaus, außer vielleicht, wenn er euch irgendeine Frau für eure Spiele bringt.»

Rocchi war ein aufbrausender, cholerischer Typ. Man

sah ihm an, dass er die Wut, die in ihm aufstieg, nur mühsam zurückhalten konnte. Der Commissario hatte den Eindruck, dass er kurz davor war, auf ihn loszugehen.

«Diese Dinge gehen die Polizei gar nichts an», sagte er in anmaßendem Advokatentonfall.

«Vor ein paar Tagen ist Ihr Auto abends für einige Stunden verschwunden. Wer ist damit gefahren?»

«Franco, denke ich. Er hat die Schlüssel.»

«Der Hausmeister hat es an diesem Abend nicht genommen und sagt, dass er den Schlüssel auf dem Tisch gefunden hätte, als er später in die Wohnung zurückkam.»

«Mir sind ein paar Sachen in meinem Auto aufgefallen, aber ich habe keine Ahnung, was passiert sein könnte.»

«Was ist Ihnen aufgefallen?»

«Es waren Fußspuren vorne auf dem Teppich.»

«Vielleicht hat Franco ein paar Damen chauffiert ...»

«Das war seit einer Woche nicht mehr der Fall. Und außerdem waren es große Abdrücke, von Männerschuhen.»

«Haben Sie sonst noch etwas bemerkt?»

«Sie müssen zu zweit gewesen sein und haben ziemlich viel geraucht: Alle Aschenbecher waren randvoll.»

«Also haben sie sich amüsiert», sagte Soneri und machte ein paar Schritte durch den Raum. «Wissen Sie, dass Ihr Freund Stork alle Voraussetzungen erfüllt, um als Verdächtiger in Frage zu kommen?»

«Er hat damit nichts zu tun. Er war den ganzen Abend hier.»

«Er hasste Palmieri, hegt Groll gegenüber Lora Recanati, weil sie ihn verlassen hat, und dann hat er plötzlich auch noch die Pistole, mit der das Attentat auf sie verübt wurde ... Alle Indizien führen zu ihm ...»

«Manfred hat nur einen Wunsch: dass Lora zu ihm zurückkommt. Dabei kann er jede haben, wenn er will, nur die ...», sagte Rocchi verächtlich.

Ein Mädchen streckte den Kopf herein und zog sich sofort wieder zurück, wobei sie einen eher fetten Typen hinter sich herzog. Der Commissario drehte sich wieder zu Rocchi um und beugte sich zu ihm hinüber. Als er ganz nahe war, sagte er: «Sie wissen ganz genau, wer das Auto genommen hat.»

Das brachte Rocchi aber keineswegs aus der Fassung: Er blickte den Commissario aufmerksam an und erwiderte dann ruhig: «Nein.»

Es klang aufrichtig. Soneri drückte die Zigarre im Aschenbecher aus und verließ wortlos den Raum.

Während er auf den Parkplatz zuging, knöpfte er seinen Dufflecoat zu. Um diese Zeit war die Luft kalt und feucht, eine eisige Sauna, der dichte schwarze Nebel würde den Tagesanbruch um bestimmt eine Stunde hinausschieben. Plötzlich tauchte aus dem Nebel dröhnend ein Auto auf. Es kam mit hoher Geschwindigkeit den Weg herunter und bohrte sich mit den Scheinwerfern durch die Dunkelheit. Der Commissario sah, wie es wendete, wobei die Reifen auf dem Kies knirschten, und dann nahe an ihm vorbeifuhr. Es war Stork in seinem Mercedes.

Er lief zu seinem Alfa und startete ebenfalls mit quietschenden Reifen, um Stork zu verfolgen, doch sein Vorsprung war zu groß. Also fuhr er zur Papierfabrik, aber offenbar war der Mann nicht nach Hause gefahren. Er fuhr Storks Stammlokale ab, fand jedoch auch dort keine Spur von ihm. Soneri beschloss, nach Hause zu fahren. Er war noch nicht ausgestiegen, als Angela neben ihm hielt.

«Seit einer Viertelstunde fahre ich hinter dir her: Du fährst wie ein Verrückter bei diesem Nebel.»

«Das heißt, dass ich dich eine Viertelstunde lang abgehängt habe», präzisierte der Commissario.

«Es ist noch viel schlimmer», zischte Angela, «du bist direkt aus meinem Bett in den Nachtclub gefahren.»

«Nur wegen der Ermittlung.»

«Deine Ermittlungen kenne ich. Aber deshalb bin ich nicht gekommen: Die alte Dame ist gestorben.»

«Wann?»

«Vor ungefähr zwei Stunden. Es gab Komplikationen mit dem Herzen, wie befürchtet.»

Verärgert senkte Soneri den Kopf. Das alles wurde ständig noch komplizierter.

«Die Ärzte sagten, dass sie in den letzten Tagen sehr aufgeregt war, als hätte ihr irgendetwas keine Ruhe gelassen. Und als sie bewusstlos war, hat sie mehrmals den Namen ihres Sohnes gerufen. Man hat mir erzählt, dass sie unverständliche Sätze vor sich hin murmelte, als würde sie mit den Geistern sprechen, die in ihrem Kopf herumspukten.»

Der Commissario erinnerte sich an die Pistole und daran, wie erschüttert Palmieris Mutter gewesen war, als sie erfahren hatte, dass ihr Sohn eine Waffe besessen hatte. Er spürte vage Schuldgefühle in sich aufsteigen und ein unbestimmtes Gefühl der Angst, die in einem Verdacht mündete, als er sich an Storks Flucht aus dem *Schiller* erinnerte.

«Hast du die Schlüssel für die Wohnung der alten Dame?»

«Ich müsste sie aus meinem Büro holen.»

«Also fahren wir», sagte der Commissario und schob Angela vor sich her.

Die wusste nicht warum und registrierte Soneris Eile mit ärgerlicher Verblüffung. Das Büro war weit entfernt, und sie fuhren eine ganze Weile durch den Nebel. Als sie ihm die Schlüssel zeigte und damit vor seinen Augen herumklimperte, seufzte er und wollte sofort wieder aufbrechen.

«Willst du mir vielleicht mal verraten, was du vorhast?», fragte sie.

«Nichts Bestimmtes, aber ich habe da so einen Verdacht.»

«Im Zusammenhang mit dem Tod der Frau? Sie lag auf einer geschlossenen Abteilung.»

«Einen Herzkranken kann man auch aus der Entfernung töten. Es reicht, starke Emotionen auszulösen.»

«Denkst du, dass ...»

«Wer weiß! Vielleicht hat die Alte etwas zu Hause aufbewahrt, was uns helfen kann.»

Sie parkten vor dem Haus, und Angela suchte den Schlüssel, indem sie einen nach dem anderen ausprobierte, wie sie es schon bei der Papierfabrik getan hatte.

«Der Schlüssel zum Geheimnis ...», bemerkte sie ironisch, als sie den richtigen gefunden hatte.

Vor der Wohnungstür fand Angela auf Anhieb den passenden Schlüssel. Sie steckte ihn ins Schloss, und bereits nach einer halben Umdrehung ging die Tür auf.

«Sie war praktisch offen», sagte sie verblüfft. «Dabei schloss sie sonst immer sorgfältig ab.» Sie zeigte auf das zusätzliche Sicherheitsschloss.

Jede Erklärung erübrigte sich, als sie die Wohnung betraten. Jemand hatte alles durchsucht, vor allem Palmieris Schreibtisch. Der Boden war mit Papieren übersät, einige waren unter die Möbel gerutscht. Der Schrank stand offen. Hastige Hände hatten überall herumgewühlt. Auf dem Bett erkannte Soneri ein paar von den Röntgenaufnahmen wieder, die die Alte ihm gezeigt hatte.

Unbeweglich stand er mitten in dem Chaos, während

Angela das Schlafzimmer durchsuchte, in dem es genauso aussah. Soneri ging nicht mehr aus dem Kopf, wie überstürzt Stork aus dem Nachtclub verschwunden war. Er rechnete nach, wie viel Zeit vergangen war, seit er den Nachtclub verlassen und bis Angela die Wohnungstür aufgeschlossen hatte: Zeit genug, um in Palmieris Wohnung nach etwas zu suchen.

«Commissario, du hast einen guten Riecher», stellte Angela fest. «Aber ich verstehe nicht, was die gesucht haben.»

«Sie wollten etwas verschwinden lassen.»

«Ja, aber was?»

«Etwas, das sich einem erst erschließt, wenn man es nicht findet.»

«Fängst du jetzt wieder an, dir Rätsel auszudenken?»

«Hast du schon mal was vom Fall Miranda gehört?»

«Du hast mir davon erzählt.»

«Schau doch mal, ob du zwischen diesen Papieren etwas findest, das sich auf diesen Fall bezieht», forderte der Commissario sie auf.

«Du meinst ...»

«Lass uns suchen, dann bekommen wir die Antwort.»

Der Commissario nahm Palmieris Zimmer genau unter die Lupe. In einem Ordner fand er die Dokumentationen zahlreicher Fälle, aber der von Miranda war nicht darunter. Die anderen steckten ordentlich und unberührt in einzelnen Hüllen.

Der Commissario ging ins Schlafzimmer, wo Angela die verstreuten Papiere einzeln durchsah und zurück in die Regale legte.

«Du kannst aufhören zu suchen, ich weiß, was sie mitgenommen haben», sagte Soneri.

«Den Fall, von dem du mir erzählt hast?»

«Es sind alle da, außer diesem einen ...»

Sie legte einige Akten zur Seite, die sie in der Hand hatte: «Aber warum?»

«Ich weiß es nicht. Der Fall muss irgendeinen Bezug zu dem Mord haben, doch alle, die uns davon hätten erzählen können, sind tot.»

In diesem Moment ging Angela auf ihn zu und schob ihn vor sich her, bis er das Bett an seinen Waden spürte. Als sie beide darauffielen, machte er einen letzten Versuch: «Lass uns zu dir nach Hause fahren.»

«Nein, mir gefällt es hier.»

20

Der Commissario ging im Zimmer auf und ab, kaute auf seiner Zigarre herum und stieg über die auf dem Boden verstreuten Papiere. Die Röntgenbilder erinnerten ihn an die Mordnacht. Jetzt waren sie aus den Umschlägen herausgerissen und lagen auf dem Boden. Er sammelte sie auf und blies den Staub weg. Knie, Arme, Thorax ... Eines dagegen zeigte einen Schädel. Er las: «Riss- und Quetschwunde ...»

Angela trat von hinten an ihn heran und beugte sich über ihn, um mitzulesen.

«Wusstest du, dass Palmieri eine Kopfverletzung hatte?»

Erst jetzt fiel ihm auf, dass der Umschlag, in dem die Aufnahme steckte, eine andere Farbe hatte als die übrigen. Sie stammte aus einer Privatpraxis und war vor sieben Monaten gemacht worden. Das Papier verströmte einen durchdringenden Kampfergeruch.

«Sie lag nicht bei den anderen», bemerkte Angela und roch daran.

Soneri schwieg, dann verschloss er den Umschlag und legte ihn auf die Seite. Dann blickte er hinüber zum Bett: «Du bist wirklich verrückt.»

«Du weißt, dass ich ungewöhnliche Orte mag: So etwas ist unbezahlbar.»

Er stellte sich vor, was der Polizeipräsident sagen würde, wenn er entdecken würde, was sie hier getan hatten. Er für seinen Teil hatte sogar darauf verzichtet zu rauchen, um keine Spuren zu hinterlassen.

Durch die Ritzen der Fensterläden fiel ein schwacher Lichtschein herein. Er sah auf die Uhr: Es konnte noch nicht das Morgengrauen sein, aber er spürte, dass es höchste Zeit war, die Wohnung zu verlassen. Er brachte Angela nach Hause. Als er dann vor seinem Haus parkte, empfing ihn ein Chor von Turteltauben mit düsterem Gurren. Erst jetzt begann es tatsächlich zu dämmern.

Er kochte sich einen Kaffee, machte es sich auf dem Sofa bequem und streckte die Beine aus. Aus der Tasche seines Dufflecoats ragte noch die Aufnahme hervor, die er aus Palmieris Wohnung mitgenommen hatte. Während er seinen Kaffee trank, holte er sie heraus und begann, sie genau zu studieren. Auf dem beiliegenden Blatt stand in fast unleserlicher Schrift die Diagnose geschrieben. Der Schlag, falls es sich um einen handelte, hatte ihn über dem rechten Ohr getroffen. Eine eigenartige Verletzung für einen Mann, der seine Tage zwischen Bürostühlen und Kinosesseln verbrachte. Er las den Namen des Arztes, der auf dem Blatt stand: Silvano Riccoboni, Facharzt für Neurochirurgie.

Er schlief darüber ein, wie er feststellte, als er vom Telefon geweckt wurde. Mit vom Schlaf steifen Knochen lief er zum Apparat, doch in dem Moment, als er abhob, wurde auf der anderen Seite aufgelegt. Er ging zurück, ohne darüber nachzudenken, wer das gewesen sein könnte. Später, auf dem Weg zum Präsidium, ließ ihn seine Neugier einen Umweg machen und bei Riccobonis Praxis vorbeischauen.

Mehrere Patienten saßen im Wartezimmer, aber der Arzt empfing ihn in einem von der Praxis abgetrennten Raum und sah sich die Aufnahme und die Diagnose genau an.

«Ja, ich erinnere mich an den Patienten und auch an die Verletzung.»

«Hat er Ihnen erzählt, wie es passiert ist?»

«Er sagte mir, dass in der Papierfabrik die Stange einer Maschine auf ihn gefallen wäre.»

«Ist das eine Erklärung, die zu dieser Wunde passt?»

Der Arzt breitete ratlos die Arme aus:

«Schon möglich. Ich weiß nicht, wie diese Stangen beschaffen sind und mit welcher Wucht sie ihn getroffen haben könnte ... Allerdings muss es sich um einen starken seitlichen Aufprall gehandelt haben, als wäre der Gegenstand wie ein Baseballschläger geschwungen worden.»

«Oder wie eine Querstange?», fragte Soneri.

«Ich weiß es nicht», wich der Arzt aus. «Ein anderes Merkmal der Verletzung war, dass die Kopfhaut im unteren Teil tiefer eingeschnitten war, als hätte sich der Gegenstand, der ihn getroffen hatte, nach oben bewegt.»

«Was wurde als voraussichtliche Krankheitsdauer angegeben?»

«Zwanzig Tage, da steht es», sagte Riccoboni und deutete auf das Blatt, das der Commissario jetzt in der Hand hielt.

Er bedankte sich bei dem Arzt und ging. Als er den Hof des Präsidiums durchquerte, fühlte er, dass seine Beine vor Müdigkeit so schwer waren, als würde er durch Wasser waten.

«Commissario», rief Juvara, «Nanetti hat eine halbe Stunde auf Sie gewartet, dann ist er wieder gegangen. Er meinte, er würde Sie telefonisch zu erreichen versuchen.»

Soneri nickte stumm. Er sprach erst wieder, als er den Hörer abnahm, um einen Cappuccino und einen Krapfen zu bestellen.

«Juvara!», rief er nach ein paar Minuten. «Fahr zur Elvethia und hör dich unter den Arbeitern um, ob es vor sieben Monaten einen Unfall gegeben hat, bei dem Palmieri verletzt wurde. Es muss eine Stange von einer Maschine heruntergefallen sein, so etwas in der Art jedenfalls. Finde heraus, ob es stimmt. Und dann», fuhr Soneri fort, «überprüfst du, ob Palmieri in letzter Zeit im Krankenhaus war oder sich in irgendeiner Praxis hat behandeln lassen.»

Er fühlte sich zerschlagen. Während er den Krapfen aß und den Cappuccino trank, fielen ihm die Augen zu, wie er es oft bei Leuten beobachtet hatte, die am Abend verhaftet und die ganz Nacht über verhört worden waren. Also stand er auf und ging zum Kaffeeautomaten. Er stürzte noch zwei Espressi hinunter und zündete sich dann seine Toscano an, direkt vor dem Eingang der Rauschgiftfahndung, wo eine hagere Sekretärin ihn verächtlich musterte und ebenso eilig wie demonstrativ angerannt kam, um die Tür zu schließen.

Zurück in seinem Büro, fühlte er sich besser. Er nahm den Hörer ab, um Nanettis Nummer zu wählen: Jetzt war er in der Lage, ihm zuzuhören. Doch er hatte noch nicht die vollständige Nummer gewählt, als er die unregelmäßigen Schritte seines Kollegen auf dem Flur hörte.

«Was ist bloß mit dir los? Ich dachte, du kannst es kaum erwarten, dabei ist es dir offenbar völlig egal. Hast du plötzlich Wichtigeres zu tun?», fragte Nanetti.

«Ich habe heute Nacht nicht geschlafen.»

«Du hast einfach einen stressigen Beruf», lächelte der Kollege.

«Wenn ich mich noch einmal entscheiden könnte, würde ich zur Spurensicherung gehen.»

Nanetti lächelte erneut, dann legte er beide Hände auf den Schreibtisch, als wolle er zum Schluss kommen.

«Die Kartei ist mit Sicherheit manipuliert worden», sagte er.

Soneri schwieg und verbarg seine innere Genugtuung darüber, dass er richtiggelegen hatte.

«Die Karteikarten mit den Fällen der letzten vier Jahre sind mehr oder weniger gleich alt. Da gibt es keine nennenswerten Unterschiede. Dagegen», fuhr Nanetti fort, «kann man bei den Karteikarten der Fälle von vor fünf Jahren an der Körnung des Papiers feststellen, dass sie alt sind.»

«Das bedeutet, dass die Karten vor kurzem neu gemacht wurden, angefangen bei den Fällen von vor vier Jahren», folgerte Soneri.

«Um das Alter zu vertuschen, wurden sie der Sonne und der Hitze ausgesetzt: Ich muss sagen, gute Arbeit. Doch die Untersuchung mit dem Elektronenmikroskop lässt keinen Zweifel.» Der Commissario erinnerte sich an die Worte Santinis. Am Ende eines jeden Jahres wurden die Karteien neu geordnet. Folglich müsste man den Unterschied zwischen den einzelnen Jahren sehen.

«Könnte es sein, dass die, die bereits ausgefüllt sind, und die, die noch ausgefüllt werden, aus der gleichen Lieferung stammen? Das wäre eine logische Erklärung.»

«Daran habe ich auch gedacht», sprach Nanetti ruhig weiter, «doch wenn das so wäre, würde das nicht die Tatsache erklären, warum das Ausfüllen mit dem gleichen Farbband, mit der gleichen Maschine und zur gleichen Zeit erfolgte.»

Die Nummerierung. Auf die kam es an, und um sie wieder in Ordnung zu bringen, war fast die gesamte Kartei neu erstellt worden.

«Du hast nach einer fehlenden Karteikarte gesucht, stimmt's?»

«Woher weißt du das?»

«So schwer war das nicht zu erraten. Außerdem hat Juvara es mir bestätigt.»

«Ja, eine wichtige Karteikarte. Ein Fall, über den das Opfer ständig sprach und hinter dem sich etwas Wichtiges verbergen muss.»

In diesem Moment fiel Soneri wieder der neue Miranda-Fall ein. Warum nur hatte Santini ihn so genannt?

«Gut», sagte Nanetti zum Abschied und erhob sich mühsam von seinem Stuhl, «ich denke, dass die Untersuchung dir jeden Zweifel genommen hat.»

Soneri nickte nachdenklich und schwieg, als sein Kollege, dessen Gang einem unvorhersehbaren Rhythmus folgte, wie bei einem klappernden Fensterladen, den Raum verließ. Das Telefon riss ihn aus seinen Grübeleien.

«Chef, ich habe mit den Arbeitern gesprochen.»

«Und?»

«Es herrscht eine seltsame Stimmung, nichts als Andeutungen ...»

Soneri beherrschte sich nur mühsam. Wie üblich verlor sich Juvara in umständlichen Vorreden, aber immerhin war das ein Zeichen dafür, dass er gute Nachrichten hatte.

«Gab's nun einen Unfall oder nicht?»

«Niemand erinnert sich daran. Und die Maschinen der Papierfabrik sehen nicht so aus, als gäbe es dort Stangen, die einem zufällig Vorbeikommenden auf den Kopf fallen könnten.»

«Also eine Lüge.»

«Sieht ganz so aus. Wenn die Rede in der Fabrik auf Palmieri und die Storks kommt, zucken die Arbeiter nur mit den Achseln und grinsen.»

«In welchem Sinn?»

«Sie sagen ‹die da oben›, als handle es sich um Leute, die man absolut nicht ernst nehmen könnte. Und außerdem denken sie, dass es um eine Frauengeschichte geht.»

Als er auflegte, brachte ein Beamter den Karteikasten zurück in sein Büro. Soneri nahm ihn, verließ das Gebäude und schaffte es nur unter größter Anstrengung, ihn in seinem Alfa zu verstauen, indem er das Verdeck aufmachte. Einige Polizisten beobachteten neugierig, wie er sich mit dem Ding herumschlug, und am Ende musste er wohl oder übel eine Sitzposition einnehmen, bei der ihn ein Türgriff unter der Achsel drückte. Er wollte den Karteikasten um jeden Preis persönlich Santini übergeben.

Als er den Club der Cineasten betrat, saß Santini am Tisch und war in Papiere vertieft. Ohne ein Wort zu sagen, stellte der Commissario den Kasten vor ihn auf die Blätter, an denen er gerade arbeitete.

«Ich bringe Ihnen zurück, was Sie mir geliehen haben.»

Santini schob seinen Stuhl nach hinten, betrachtete den Karteikasten und nahm das Blatt, das zwischen den Karten steckte. Darauf stand: «Karteikarte Miranda entnommen.»

«Was soll das bedeuten?», schnaubte der Präsident des Clubs.

«Genau das, was da steht. Sie haben sie verschwinden lassen.»

Santini schien zu schwanken. Er brummte irgendetwas Unverständliches, suchte offensichtlich nach einer plausiblen Erklärung und errötete leicht, doch am Ende setzte er wieder seine übliche Miene auf. Einen Moment lang bewunderte der Commissario die guten Nerven dieses Mannes.

«Ich habe nichts verschwinden lassen, die Karteikarte ist verloren gegangen. Bei uns wurde eingebrochen und alles durcheinandergebracht. Die Kartei haben wir mühsam wieder rekonstruiert, es war nur der erste Jahrgang der letzten fünf Jahre übrig geblieben.»

«Und dabei geht ausgerechnet die Karte des Falles Miranda verloren!»

In der Zwischenzeit hatte Santini eine Schublade geöffnet und hielt dem Commissario eine Kopie der Diebstahlanzeige mit einer Anmerkung der Carabinieri hin, in der beschrieben wurde, in welchem Zustand man den Club nach dem Einbruch vorgefunden hatte.

«Überzeugt?»

Der Commissario musterte den Mann verstohlen durch die Flamme des Streichholzes, mit dem er seine Zigarre anzündete. Der andere lächelte sarkastisch wie ein lodernder Dämon.

«Möglich, aber das Ganze bleibt doch ziemlich eigenartig.»

«Denken Sie von mir aus, was Sie wollen», meinte der Präsident verächtlich.

Soneri konnte sich nicht mehr beherrschen, wütend packte er Santini an der Jacke, doch während er ihn zu sich heranzog, bemerkte er, wie der andere blass wurde vor Angst, und er ließ ihn los. Wut pochte in seinen Ohren: «Kommen Sie ja nicht auf die Idee, mich auf den Arm zu nehmen», zischte er.

«Das ist ein tätlicher Angriff», wimmerte Santini.

«Das müssen Sie erst einmal beweisen», sagte der Commissario. Dann verließ er mit großen Schritten den Club.

Im Büro traf er auf Juvara. Offenbar machte er ein ziemlich finsteres Gesicht, denn sein Kollege wich nach einem kurzen Blick auf ihn zur Seite und setzte sich hin wie ein folgsamer Hund. Der Commissario setzte sich ebenfalls, und bevor Juvara etwas sagen konnte, wies er ihn an: «Du musst noch etwas anderes überprüfen: Versuche herauszufinden, ob es im Club der Cineasten vor kurzem einen Einbruch gegeben hat.»

Juvara rührte sich nicht vom Fleck, und Soneri blickte ihn fragend an.

«Sie hatten mich doch gebeten, zu überprüfen, ob sich Palmieri in ärztlicher Behandlung befand ...», setzte er zu einer Erklärung an.

«Wurde er noch öfter verprügelt?»

«Einmal, vor vier Monaten. Eine Schwellung an der Hüfte und eine gebrochene Rippe: prognostizierte Krankheitsdauer dreißig Tage.»

«Ursache?»

«Sturz von einer Leiter.»

«Jemandem, der sich Kriminalfälle ausdenkt, hätte auch etwas Originelleres einfallen können.»

In diesem Moment rief Costamagna an.

«Ich habe gerade eine neue Käselieferung erhalten, Raschera und Castelmagno», sagte er. «Wenn Sie vorbeikommen, können wir sie probieren.»

Der Commissario hörte, wie sein Magen gluckernd zustimmte.

«Kommen Sie in meinen Laden, wir setzen uns ins Hinterzimmer.»

Als er bei Costamagna ankam, war bereits geschlossen.

Er klopfte an das Schaufenster, und zwischen den unzähligen Gegenständen, die hinter der Scheibe wirr durcheinanderstanden, sah er Costamagna auftauchen, eine dunkle, massige Gestalt.

«Hier gibt es immer wieder neue Sachen zu entdecken», rief Soneri und deutete auf ein altes Grammophon, bei dem die Nadel durch einen Nagel ersetzt worden war.

«Die besten Neuerwerbungen befinden sich hinten in der Küche», erwiderte Costamagna und ging durch einen dunklen Korridor voran, der in ein helles Zimmer auf der Rückseite mündete. Im Vorübergehen sah Soneri eine Reihe von Abstellräumen, in denen Gegenstände scheinbar völlig willkürlich aufeinandergestapelt lagen.

«Ich kaufe, und dann vergesse ich, was ich alles habe. Von Zeit zu Zeit stöbere ich in den Sachen und ziehe etwas hervor, um es ins Schaufenster zu stellen», sagte Costamagna, während er den Tisch mit den wenigen wesentlichen Dingen deckte.

Alles in diesem Hinterzimmer passte zu ihm: der massive schwere Eichentisch, die thronartigen Stühle, das Nussbaumbuffet, das aussah wie ein Tresor mit vielen Schlössern.

Costamagna hatte die Käsesorten sehr elegant und mit einem unerwarteten Sinn für Ästhetik auf einem Brett angeordnet.

«Kommen Sie mit Ihrer Ermittlung voran?», erkundigte er sich.

«Ich stehe vor immer neuen Rätseln.»

«Das ist kein gutes Zeichen.»

«Ich habe den Eindruck, dass viele etwas wissen, was sie ängstlich vor mir verschweigen.»

Costamagna kaute hingebungsvoll. Soneris Blick fiel

nach oben, die Puppe auf dem Buffet war ihm gar nicht aufgefallen. Ihr fehlte ein Arm, und sie sah aus, als sei sie dort hingelegt und vergessen worden.

«Ich glaube, ich habe die Frau wiedergesehen, die den Käufer des Katalogs begleitet hat.»

«Wo?»

«Vor meinem Schaufenster. Vor ein paar Tagen um die Mittagszeit. Es war gerade niemand im Laden, und da habe ich bemerkt, dass sie die gleichen 45er-Schallplatten betrachtete, für die sie sich schon beim letzten Mal interessierte. Das Gesicht sagte mir nichts, aber als sie sich zur Seite drehte, habe ich das Profil wiedererkannt.»

«Blond, einen Meter siebzig groß, etwas spitze Nase ...», zählte Soneri auf, als zitiere er einen Steckbrief, um die Angaben zu überprüfen.

«Ja, genau», bestätigte der Mann, ohne noch etwas hinzuzufügen.

Der Raschera und der Castelmagno waren von ausgezeichneter Qualität. In der Mitte des Tisches stand eine Flasche Trebbiano, der den Gaumen kitzelte.

«Denken Sie, dass man diesen Film, der am Abend des Mordes gezeigt wurde, irgendwo auftreiben könnte?»

Costamagna betrachtete ihn mit wohlwollendem Tadel: «Ich denke, dass das so gut wie unmöglich sein dürfte. Solche Filme sind im Besitz von Kinofans und auf den üblichen Wegen nicht zu bekommen. So ähnlich wie die Objekte, die ich verkaufe. Im Übrigen, wenn Sie meine Meinung hören wollen», fügte der Mann hinzu, «glaube ich, dass diese Filmrolle sich nicht allzu weit vom *Minerva* und dem Club der Cineasten entfernt hat.»

Er musste an Beppe denken. Wer weiß, wo der diese Aluminiumdose hingebracht hatte.

«Kennen Sie Beppe, den Filmvorführer?»

«Ja, den kenne ich», erwiderte Costamagna kurz angebunden.

«Wenn ich sagen sollte, wer am meisten weiß, würde ich sagen, er.»

«Er ist der aufrichtigste Mensch in dem ganzen Verein», sagte der andere kauend. «Aber er ist ein Misanthrop und verachtet die meisten Menschen in seiner Umgebung.»

«Die wenigen Worte, die er spricht, klingen, als würde er Fausthiebe austeilen. Er ist der Einzige, der etwas gesehen haben könnte.»

«Das können Sie vergessen, Beppe würde Ihnen selbst dann nichts sagen, wenn er ganz genau wüsste, was passiert ist. So ist er nun mal. Dabei bin ich mir sicher, dass ihm sämtliche Clubmitglieder weniger bedeuten als irgendein Filmschnipsel. Die einzige Möglichkeit, sich mit ihm zu verständigen, besteht darin, so wenig wie möglich mit ihm zu sprechen und genau auf seine Signale zu achten. Er ist ein Mensch, der durch Gesten spricht. Marcelli ist der Einzige, der ihn versteht, weil er ihn nie direkt anspricht.»

Costamagna schenkte sich Wein ein, der im Glas schäumte. Gleichzeitig schäumten auch die Gedanken im Kopf des Commissarios. Er erinnerte sich genau an die wenigen Sätze, die Beppe zu ihm gesagt hatte. Besonders an einen, als es darum gegangen war, dass der Film gehüpft war.

«Es wird schon irgendeinen Grund dafür geben, meinen Sie nicht?»

Costamagna betrachtete ihn neugierig.

«Manche Sätze», begann der Commissario wieder, «sind nur scheinbar banal ...»

«Wenn Sie damit auf Beppe anspielen, der sagt nie irgendetwas zufällig. Das ist wie mit Likör: dosiert, aber gehaltvoll.»

«Diese Frau, die Sie wiedergesehen haben ... Ich muss sie finden», sagte der Commissario mit unerwartetem Nachdruck.

Der andere griff nach der Schachtel mit den Zigarren des Commissarios und zog eine heraus.

«Ich kann mich bei meinen Kunden über sie informieren, aber das wird nicht einfach sein, sie gehört nicht zu den Stammkunden.»

«Wenn Sie ihr erneut begegnen, versuchen Sie, ihr Fragen zu stellen. Offenbar hat sie ja ein Faible für Schallplatten.»

«Unterhaltungsmusik aus der Zeit von vor vierzig Jahren.»

«Machen Sie einen Sonderverkauf, eine Anzeige in der Zeitung, die sich an Liebhaber richtet ...»

Costamagna sah ihn an, während er sich mit einem Streichholz die Zigarre anzündete, und einen Moment lang hatte Soneri Angst, er würde sich den Bart anbrennen.

«Das lässt sich machen.»

Dann kam der Geschäftsmann in ihm zum Vorschein: «Sie bezahlen die Anzeige, ich dekoriere das Schaufenster.»

21

Seine Suche nach Stork blieb erfolglos. Er machte eine weitere Runde durch dessen Stammlokale, fand dort aber lediglich Betrunkene und Putzfrauen vor. Es wurde langsam dunkel, als der Commissario enttäuscht zurück durch die nebelverhangene Altstadt von Parma fuhr. Eine Marmortafel erinnerte an die Barrikaden von 1922 gegen die Faschisten. Mit einem Anflug von Nostalgie dachte er an jene aufrichtigeren Zeiten, als man den Schwarzhemden die Tür vor der Nase zugeschlagen hatte. Soneri fühlte sich eher wie vor den Kopf gestoßen, jetzt, wo er sich an die vage Hoffnung einer Zeitungsanzeige klammern musste.

Im Geiste ließ er die Gesichter all dieser eingebildeten Detektive Revue passieren, auf die er getroffen war; ihr spöttisches Lächeln brachte ihn zur Weißglut. Wenn ihm Santini in diesem Moment in die Hände geraten wäre, er hätte ihn verprügelt. Er betrat das *Milord.* Alceste wollte schon einen Tisch für ihn decken, doch Soneri hielt ihn zurück: «Ich esse hinten mit dir zu Abend.»

Es war noch sehr früh, diese Uhrzeit nutzte das Personal, um abwechselnd einen Happen zu essen. Der Koch und zwei Helfer, im Unterhemd und mit Mehl an den Ellenbogen, saßen noch vor einem Glas Rotwein.

«Was gibt es zu essen?»

«Die Fagottelli mit Trüffeln sind ausgezeichnet.»

Alceste brachte zwei Teller, dann öffnete er eine Flasche Barbera.

«Trink, ich seh dir an, dass du nicht gut drauf bist.»

Der Commissario dachte an die blonde Frau: Würde sie kommen, oder würde auch diese Spur einfach versickern? Der Duft der Trüffel kündete an, dass die Fagottelli fertig waren, lange bevor sie auf dem Tisch standen. Ihm gefiel diese Hinterzimmeratmosphäre, mit den Kellnern, die kamen und gingen und dabei von den Tellern naschten, der Radiomusik und den Köchen, die in dampfenden Töpfen herumrührten. Es erinnerte ihn an die Tage der Kirchweih, und es roch so süß, als wäre Kuchen im Ofen.

Der Wein machte ihn angenehm schläfrig. Der Koch redete, während er sich am Herd zu schaffen machte, und immer wieder legte er ihm etwas von dem, was er zubereitete, zum Probieren auf den Teller: Raviolini in Walnusssoße, Penne mit Spargel, Anolini, Tortelli d'Erbette ... Inmitten all dieser Genüsse beobachtete Soneri die Kellner, die die Tür zum Gastraum mit den gedeckten Tischen aufstießen, an denen noch niemand saß.

Als er wieder zu sich kam, hörte er so etwas wie ein Dröhnen. Das Restaurant war voll, und die Kellner, die erschöpft aussahen, trugen Likör und Nachtisch hinaus. Der Koch sah ihn wohlwollend an: «Früher oder später muss man der Müdigkeit immer Tribut zollen.»

Seine Schulter und sein Nacken schmerzten, aber nach einem kurzen Spaziergang fühlte er sich munter und voller Energie. Es war fast elf, und ohne genauer zu wissen, was er dort eigentlich wollte, ging er zum *Minerva*. Er überquerte die Piazza und sah schon von weitem das übliche Bild: Marcelli lief herum, und seine Frau saß an der Kasse.

Durch das Plakat erfuhr er, dass *Der dünne Mann* mit William Powell lief.

Er ging zu der Seite des Kinos, wo das hellste Licht vom Projektor im Vorführraum war und sich in den Pfützen auf der Straße spiegelte. Er lief dicht an der Mauer entlang und erreichte die Türen der Notausgänge. Als er auf Höhe der ersten ankam, sah er auf der anderen Straßenseite schemenhaft einen Mann, etwa zwanzig Meter von ihm entfernt. In der Dunkelheit wurde eine Zigarette auf den Boden geworfen, dann waren Schritte zu hören, die sich schnell in Richtung einer Seitengasse entfernten. Er folgte dem Mann, bis er einen Motor hörte, der näher kam, und ein Auto mit ausgeschalteten Scheinwerfern davonfuhr.

Offenbar eine Verabredung. Aber mit wem? Da erinnerte er sich an den Mann im Garten. Wie immer schritt er dort gedankenverloren im Kreis und blieb von Zeit zu Zeit stehen, so reglos, dass man ihn für eine Statue hätte halten können. Der Commissario sprach ihn weder an, noch machte er ihm ein Zeichen. Er lehnte sich an den Zaun und wartete.

Fünf Minuten vergingen, in denen der andere ihn nicht einmal zu bemerken schien. Soneri zog eine Toscano hervor und zündete sie an. Das Zischen des Streichholzes wirkte auf den Mann wie ein Signal. Wie beim letzten Mal näherte er sich dem Zaun und machte nur eine einzige Geste. Also hielt der Commissario ihm die Schachtel mit den Zigarren hin. Der andere zog eine heraus, so vorsichtig wie einen Schmetterlingsflügel. Dann steckte er die Zigarre in den Mund und drehte sie mit der Zunge herum.

Einige Augenblicke war es so still, als wäre in der nebligen Dunkelheit die Zeit stehengeblieben. Dann holte der Mann eine Schachtel mit Streichhölzern hervor und kramte vergeblich mit seinen dicken Fingern darin herum. Der Commissario reichte ihm seine, und der Mann tauschte sie gegen die leere. Erst erhellte sich sein Gesicht durch die Flamme des Streichholzes, dann hüllte der Rauch, der dichter war als der Nebel, ihn ein. Kurz bevor der Commissario ging, machte er eine Geste, die Soneri bekannt vorkam. Mit Zeige- und Mittelfinger zeigte der Mann jemanden, der lief: Offenbar hatte er alles gesehen. Und tatsächlich deutete er mit dem Kinn in die Richtung, in der die mysteriöse Gestalt verschwunden war. Dann eine weitere Geste, die Soneri nicht verstand. Mit seinem dicken Finger schien der Mann auf den dritten Knebel des Dufflecoats, auf Bauchhöhe, zu deuten. Der Commissario blickte verblüfft an sich hinunter, und als er wieder aufsah, trottete der andere bereits wieder davon, majestätisch wie ein alter Elefant.

Soneri überquerte die Piazza, die zur Hälfte von den Lichtern des Kinos erhellt wurde. Das Publikum strömte heraus. Er erkannte viele Clubmitglieder, darunter Vescovi. Santini war nicht dabei.

Plötzlich öffnete sich eine Autotür: «Ganz allein unterwegs?»

Ironisch blickte Angela ihn an.

«Ja», sagte Soneri, «ich habe sogar eine Anzeige aufgegeben. Ich suche eine hochnäsige blonde Frau.»

«Ich hatte schon immer den Verdacht, dass das dein Typ ist.»

«Es handelt sich um die Frau, die den Käufer des Katalogs in Costamagnas Geschäft begleitet hat. Sie ist wieder aufgetaucht, es sieht so aus, als hätte sie eine Schwäche für alte Single-Platten.»

«Steig ein», befahl Angela. «Wo hast du gegessen?», fragte sie dann misstrauisch, als er neben ihr saß.

«Bei Alceste, im *Milord.*»

«Das ist eine Lüge, dort warst du nicht.»

«Doch, in der Küche, ich habe sehr früh am Abend mit den Köchen und den Kellnern gegessen.»

«Ich hätte schwören können, dich im *Minerva* anzutreffen.»

«Ich wollte kommen, aber ich bin neben den Töpfen eingeschlafen. Wie war der Film?»

«Gut, ich hatte ihn noch nie gesehen.»

«Ist der Film gehüpft?»

«Kein einziges Mal, nicht eine Sekunde. Er schien mir völlig in Ordnung zu sein.»

«Ein Mann hat hier in der Seitengasse gewartet. Als ich gekommen bin, ist er abgehauen. Ich bin mir sicher, dass er mit jemandem aus dem Kino eine Verabredung hatte.»

«Auch drinnen gab es Durcheinander, aber niemand ist durch den Notausgang hinausgegangen.»

Angela wühlte in ihrer Handtasche und holte einen kleinen Schlüssel hervor, der im Innenraum des Autos funkelte.

«Noch ein Schlüssel, um dem Geheimnis auf die Spur zu kommen, Commissario», sagte sie und drehte ihn zwischen Daumen und Zeigefinger.

«Wohin führt er?»

«Zu einem Schließfach. Wusstest du, dass Palmieri eines hatte?»

«Wo ist es?»

«Genau das müssen wir herausfinden. Er arbeitete mit etlichen Banken zusammen ...»

Der Commissario dachte bei dieser Enthüllung sofort an Vescovis Auftauchen vor dem Kino. Eine fast unbezähmbare Wut überkam ihn: «Wir müssen dieses Schließfach als Erste finden, ich glaube nicht, dass dies der einzige Schlüssel ist», sagte er.

«Und wenn sie in der Wohnung nun genau danach gesucht haben?»

Soneri war bestürzt: «Ich fürchte, wir kommen zu spät.»

Angela startete den Motor und fuhr, ohne ein Wort zu sagen, zu Palmieris Wohnung. Als sie nach oben gingen, hatten sie bereits eine Vorahnung, und kaum hatten sie die Tür geöffnet, wurden ihre Befürchtungen bestätigt. Die Wohnung war erneut vollkommen auf den Kopf gestellt worden, und zwar noch radikaler als beim letzten Mal: ein Durcheinander, das das Ergebnis eines methodischen Vorgehens zu sein schien.

Der Commissario versetzte einer Stofftasche voller Wollknäuel einen Fußtritt.

«Es ist sinnlos, sie haben ihn gefunden», sagte er kurz.

Er wusste nicht, wie er zu dieser Überzeugung kam, aber er war sich ganz sicher. Angela ging einmal durch die Wohnung, wobei sie ihre Füße auf die wenigen freien Stellen des Fliesenbodens setzte.

«Sieht aus, als hätte hier eine Schlägerei stattgefunden», sagte sie.

Soneri hatte inzwischen ein paar Fingerabdrücke auf heruntergefallenen weißen Blättern entdeckt.

«Morgen werde ich Nanetti bitten, sich hier einmal umzusehen.»

Angela fuhr ihn bis zu der Bank, in der Vescovi arbeitete. Der Nachtwächter döste in seiner Portiersloge, und Soneri klopfte mehrmals gegen die Scheibe. Erst nachdem er ihm seine Dienstmarke gezeigt hatte, ließ der Mann ihn hinein.

«Ich bin Commissario Soneri.»

Der Nachtwächter begleitete ihn bis zu den Schließfächern, einem stahlgrauen Raum, in dem es Hunderte nummerierter Türen gab. Es blieb ihm nichts anderes übrig, als die Schlösser eines nach dem anderen auszuprobieren. Soneri begann seine Überprüfung auf der Seite neben dem Eingang, beobachtet von dem Mann, unter dessen Blicken er sich ausgesprochen unwohl fühlte.

Ohne Erfolg ging er eine komplette Wand durch. Und falls es sich um eine andere Bank handelte? Doch seine Intuition sagte ihm, dass es diese hier war. Es konnte nur diese sein.

Eine weitere Seite war ergebnislos durchprobiert worden. Soneri begann mit der dritten Wand, vergeblich arbeitete er sich durch eine ganze Reihe. Der Nachtwächter wurde allmählich ungeduldig. Er hüstelte und räusperte sich und trat von einem Bein aufs andere, um zu signalisieren, dass er genervt war. Als er sich mit dem Rücken gegen die Wand lehnte, schepperten seine Schlüssel auf dem Metall der Schließfächer.

Das fünfte Schloss in der dritten Reihe von oben gab nach. Zwei bange Drehungen, dann öffnete sich das Schließfach wie ein Tabernakel. Im Inneren befanden sich nur ein paar Briefumschläge. Jemand war ihm zuvorgekommen, hatte die Umschläge geleert, sie zerknüllt und zurück in die Kassette gestopft. Der Nachtwächter war mit prüfendem Blick hinzugetreten, und als er nur zerknittertes Papier sah, konnte er ein erstauntes Lächeln nicht unterdrücken. Soneri strich die Umschläge glatt und durchsuchte sie. Mit Ausnahme von einem, in dem noch ein maschinenbeschriebenes Blatt steckte, waren sie leer. Die Seite, die er in der Hand hielt, war aus einem Notizblock gerissen worden. Sie trug die Nummer 15 und war zur Hälfte beschrieben.

«... um keine Fingerabdrücke zu hinterlassen. Sie sammelten die Patronenhülsen im Fahrgastraum auf, schlossen die Tür und beobachteten möglicherweise noch einen Moment lang die Leiche. Sie lag rechts seitlich über dem Lenkrad. Ein Arm steckte zwischen den Speichen, der andere hing im leeren Raum vor dem Sitz. Auf das Armaturenbrett war ein wenig Blut getropft, aber die Pistole hatte ein kleines Kaliber, und daher war es nicht zu einem Durchschuss gekommen. Vermutlich waren die Mörder geflüchtet, indem sie über die Leitplanken der Autobahn geklettert waren, oder sie benutzten einen anderen Wagen, der auf dem Rastplatz geparkt war. So rekonstruierte der Inspektor den Fall Miranda vor dem Staatsanwalt.»

Er faltete das Blatt zusammen und begegnete Angelas Blick.

«Endlich hast du es gefunden.»

«Wir sind zu spät gekommen. Wie immer.»

Auch um Juvara anzurufen, war es zu spät: Um diese Zeit lag er sicher längst im Bett. Soneri kehrte noch einmal zur Loge des Nachtwächters zurück.

«Werden die Schließfächer mit einer Kamera überwacht?»

«Rund um die Uhr», erwiderte der Mann.

«Zeigen Sie mir die Aufnahmen.»

«Mein Kollege von der Frühschicht hat den Schlüssel.»

Wieder ging der Commissario zu Angela zurück.

«Ist der Film wirklich kein einziges Mal gehüpft?»

«Er lief wie geschmiert.»

Eine Reihe vager Vermutungen gingen Soneri durch den Kopf. Der Fall Miranda erinnerte ihn an irgendetwas. Aber er war jetzt einfach zu müde. Er verabschiedete sich von Angela und ging zu Fuß weiter. Beim Laufen konnte er besser nachdenken.

Er las das Blatt, das er in dem Schließfach gefunden hatte, noch einmal. Die Leiche ... der Arm in den Speichen ... der nach rechts geneigte Kopf, der auf dem Armaturenbrett lag ... Er ging die archivierten Fälle in Gedanken noch einmal durch, konnte sich aber an keinen erinnern, der Ähnlichkeiten mit diesem hatte. Schließlich fiel ihm der Mord an Ronco ein. Die Beschreibung auf dem Blatt erinnerte ihn an ein Foto, es war in den Zeitungen veröffentlicht worden: Auch im Fall Ronco hing der Arm des Opfers zwischen den Speichen des Lenkrades. War es möglich, dass ein echter Mord von einem falschen Ermittler untersucht wurde?

Um vier Uhr wachte er auf. Er zog seinen Morgenrock an und lief durch die dunkle Wohnung. Durch das Fenster im Wohnzimmer fiel das diffuse Licht der Straßenlaternen. Dieses friedliche Halbdunkel gefiel ihm. Er hätte jetzt keine Frau ertragen, die aus dem Schlafzimmer nach ihm gerufen hätte oder wie ein Gespenst im Nachthemd erschienen wäre und ihn aus seinen Gedanken gerissen hätte.

Würde sich die blonde Frau noch einmal in Costamagnas Geschäft zeigen? Hatte die Kamera im Raum mit den Schließfächern aufgezeichnet, wer den Inhalt der Umschläge entwendet hatte? Und wo war Stork abgeblieben? Hatten sie ihm vielleicht geraten unterzutauchen?

An den gerade erwachenden Tag knüpfte er viele Erwartungen. Er hatte Lust zu rauchen und musste aufstehen, um Zigarren und Streichhölzer zu holen, die noch in seinem Dufflecoat steckten. Er kam an dem Fenster vorbei, das auf die um diese Uhrzeit ausgestorbene Straße hinausging. Nur ein Straßenkehrer war zu sehen, der den Gehsteig fegte. Er ging zurück zum Sofa, steckte sich eine Toscano in den Mund und entschloss sich nach einer Weile, sie anzuzünden. Er hatte die falsche Streichholzschachtel genommen, die leere, die ihm der Verrückte aus dem Garten gegeben hatte. Er legte sie auf das Tischchen mit dem Aschenbecher, das neben ihm stand, und erhob sich von neuem. Er zündete die Zigarre an und blieb einen Moment mit dem Streichholz in der Hand sitzen, dann schüttelte er es, um die Flamme auszumachen, und warf es in den Aschenbecher. Das Holz war noch nicht ganz heruntergebrannt und die Flamme loderte noch einmal auf. Er drehte sich zur Seite, um dieses unerwartete Licht zu betrachten, und da sah er sie. Zahlen und Buchstaben auf der weißen Seite der Schachtel. Er wollte kein Licht anmachen, er zog es vor, noch ein anderes Streichholz anzuzünden. Mit diesem beleuchtete er zwei Buchstaben, drei Zahlen und zwei weitere Buchstaben: ein Autokennzeichen. Der Verrückte aus dem Garten hatte sie notiert und wollte, dass der Commissario sie erfuhr. Jetzt begriff er, was der Mann mit seiner Geste sagen wollte, als er auf den dritten Knebel gedeutet hatte. Er hatte die Manteltasche gemeint. Der Mann wusste viel und hatte viel gesehen.

22

Wieder stand er vor der Portiersloge der Bank. Diesmal hatte ein anderer Nachtwächter Dienst, einer, den Soneri kannte.

«Zeichnen die Kameras lückenlos rund um die Uhr auf?»

«Ja», erwiderte der Mann, «täglich von sechs Uhr abends bis um sechs Uhr des folgenden Tages.»

«Ich brauche die Kassette von gestern», forderte der Commissario knapp und bestimmt.

Der Mann schwieg, als hätte er es nicht gehört, dann griff er zum Telefonhörer und verlangte einen Vorgesetzten. Während Soneri sich darauf vorbereitete, sein Anliegen wiederholen zu müssen, machte der Mann eine zustimmende Bewegung und stand auf. Der Commissario folgte ihm durch einen Korridor, in dem das Klappern von Tastaturen und Gesprächsfetzen zu hören war. Schließlich betraten sie einen Raum voller Regale, bis oben hin gefüllt mit bespielten Kassetten, jede davon auf der Rückseite datiert. Der Nachtwächter musste nicht lange suchen, denn die, die Soneri interessierte, war die letzte.

«Ich muss Sie warnen, das ist kein besonders spannender Film», scherzte der Mann.

«Das ist nicht gesagt», entgegnete der Commissario.

Zwar war Juvara im Büro mit anderen Dingen beschäftigt, doch Soneri achtete gar nicht darauf. «Komm», sagte er und machte ein Zeichen, dass es dringend sei. Sein Assistent ließ alles liegen und stehen und folgte ihm.

Der Commissario zog die Streichholzschachtel hervor, notierte das Autokennzeichen auf einem Blatt und reichte es Juvara. «Finde heraus, wem dieses Auto gehört. Besser noch», sagte er unmittelbar darauf, «lass es einen von deinen Männern machen. Komm gleich zurück, wir müssen uns ein Video ansehen.»

Als Juvara in Soneris Büro zurückkam, durchblätterte dieser forschend die Zeitung. Schließlich fand er, wonach er gesucht hatte, und faltete das Blatt, um es sich genauer anzusehen. Es handelte sich um eine Anzeige.

«Haben Sie vor, ein Schnäppchen zu schlagen?», fragte Juvara.

«Ich habe diese Annonce hier aufgeben lassen», erwiderte Soneri und legte die Seite auf den Fotokopierer. «Es ist ein Ausverkauf von 45er-Schallplatten, um eine bestimmte Person anzulocken. Eine Frau, die viel wissen könnte.»

Nachdem er die Anzeige kopiert hatte, ging der Commissario zum Telefon und rief Nanetti an.

«Fahr in die Via Giotto, in die Wohnung von Palmieris Mutter. Schau, ob du irgendeine brauchbare Spur findest von denen, die dort alles auf den Kopf gestellt haben. Ruf vorher die Anwältin der Mutter an: Du kennst sie, es ist Angela Cornelio.»

Nachdem Nanetti aufgelegt hatte, blieb der Commissario noch eine Weile nachdenklich mit dem Hörer in der Hand stehen. So entschlossen hatte Juvara Soneri schon lange nicht mehr erlebt.

Sie ließen das Band laufen, doch bereits nach einer Viertelstunde wurde der Commissario ungeduldig. Er ging zum Telefon und wählte Costamagnas Nummer: «Was Neues?»

«Bis jetzt nicht, geben Sie den Leuten Zeit, die Anzeige zu lesen. Hier ist Geduld gefragt.» Und nach einer kurzen Pause fügte er hinzu: «Wie beim Trocknen einer Salami.»

Der Vergleich erschien dem Commissario treffend.

«Schau du es dir an», sagte er zu Juvara, «ich gehe einen Kaffee trinken.»

Juvara sah ihm schweigend hinterher. Er hatte vom ersten Moment an gewusst, dass es an ihm hängenbleiben würde. Als Soneri zurückkam, hatte sein Assistent bereits einen Gutteil der Arbeit hinter sich gebracht. Damit es schneller ging, spulte er die Momente, in denen die Kamera niemanden aufgezeichnet hatte, mit maximaler Geschwindigkeit vor und ließ die Kassette wieder normal laufen, sobald die Umrisse einer Person erschienen. Soneri reichte ihm einen Fruchtsaft und gesalzene Kürbiskerne. Für sich selbst hatte er ein bisschen Grana und ein frisches Brötchen mitgebracht. Juvara sah ihn vorwurfsvoll an und hantierte weiter mit der Fernbedienung herum.

Plötzlich sah man einen Mann in einem langen Mantel und mit einem breitkrempigen Hut, doch kaum war er aufgetaucht, wurde das Bild hell wie ein überbelichtetes Foto.

«Scheiße!», brüllte Soneri.

Er schlug mit der Faust so heftig auf den Tisch, dass die Lampe und das Telefon wackelten. Als das Bild wieder scharf wurde, war der Mann verschwunden.

«Spul noch einmal zurück», sagte der Commissario.

Unten rechts auf dem Film war die Uhrzeit eingeblendet. In dem Augenblick, als der Mann den Raum betreten hatte, war es zehn nach drei am Nachmittag gewesen.

«Halt das Bild an», forderte er Juvara auf, als der Mann seitlich vor der Videokamera stand.

«Was können wir hier erkennen?»

Juvara sah genauer hin, dann zählte er auf: «Hohe Schuhe mit dicken Sohlen, Hose mit Aufschlag, englischer Mantel, Seidenschal und ein Hut wie ein Borsalino. Er trägt keine Handschuhe», sagte er schließlich.

Er ließ das Video laufen: Das Bild vibrierte leicht, und auf dem Monitor war während der ganzen Zeit, in der der Mann vermutlich den Inhalt aus dem Schließfach entnahm, nichts als eine weiße Fläche zu sehen: nach Juvaras Uhr drei Minuten und siebzehn Sekunden lang.

Ein weiteres Bild, das vibrierte. Es gab hier Dinge, die auf verblüffende Weise übereinstimmten. Soneri rief sich all die Momente ins Gedächtnis, in denen er bemerkt hatte, dass Bilder hüpften. Das erste Mal war es in *Fahr zur Hölle, Liebling* passiert, als auf der Leinwand das schöne und grausame Gesicht von Charlotte Rampling in der Rolle der berechnenden und untreuen Frau zitterte. Das zweite Mal geschah es in *Der tiefe Schlaf*, als der Film bei einer Großaufnahme des Erpressers Geiger vibrierte. Dann noch einmal in *Frau ohne Gewissen*, als das Gesicht von Edward Robinson zitterte, der die Rolle des Ehemannes spielte, der umgebracht worden war, um eine Versicherungspolice zu kassieren. Und nun passierte es zum vierten Mal. Ein ermordeter Ehemann, eine hartherzige Frau und ein kaltblütiger Erpresser. Aber welche Rolle spielte der Mann, der das Schließfach geleert hatte? Soneri starrte ein paar Sekunden lang auf einen unbestimmten Punkt des Schreibtisches, dann sprang er auf.

«Mach du weiter, ich muss weg.»

Er ging zur Bank. Als der Wächter ihn sah, schien er

nicht im Geringsten überrascht. Er lächelte sogar, als hätte er damit gerechnet. Soneri war kurz davor, aus der Haut zu fahren, aber er riss sich zusammen.

«Ich muss Ihnen ein paar Fragen stellen», sagte er streng.

Der andere ließ ihn eintreten, und als sie sich gegenüberstanden, dachte der Commissario, dass es wirklich ziemlich naiv gewesen war, anzunehmen, dass sie die Videokassette nicht manipuliert hätten.

«Wer wechselt die Kassetten aus?»

«Wir vom Wachdienst, jeden Abend.»

«Und Sie bringen sie direkt in den Raum am Ende des Korridors?», fragte er und deutete mit dem Kopf in die Richtung.

«Ja. Zuerst schreiben wir das Datum auf die Rückseite, dann bringen wir sie ins Archiv.»

«Und wer hat da Zugang?»

«Den Schlüssel haben nur die Geschäftsführung und der Sicherheitsdienst.»

Der Commissario stand auf und ging den Korridor entlang, der zum Archiv führte. Vor der Tür, hinter der sich die Videokassetten befanden, führte eine kleine Dienstbotentreppe zu den oberen Stockwerken. Wenn man den Schlüssel hatte, konnte man leicht unbemerkt hinunter ins Archiv gelangen. Er sah sich um: Der Nachtwächter hätte nichts sehen können.

Der Wächter blickte ihn an und gab ihm durch ein Zeichen zu verstehen, dass er es eilig hatte.

«Ich kann meinen Posten nicht für längere Zeit verlassen.»

Also kehrten sie zur Portiersloge zurück, von der aus man das Kommen und Gehen auf der Straße beobachten konnte. Einige kleine Monitore erlaubten auch die Kontrolle der Straße bis zu einem Zaun, dessen Tor sich von der Loge aus steuern ließ. Er rief Juvara an: «Hat Costamagna sich gemeldet?»

«Nein. Aber wir haben den Besitzer des Autos mit dem Kennzeichen, das Sie uns gegeben haben, ermittelt.»

Mit mäßiger Laune kehrte Soneri ins Präsidium zurück. Juvara erklärte ihm, mit welcher Technik der Film manipuliert und entmagnetisiert worden war.

«Sobald Nanetti kommt, fragen wir ihn, ob es möglich ist, einige Bilder wiederherzustellen», sagte der Commissario kurz angebunden. «Sag mir lieber, wem das Auto gehört.»

«Federico Rocchi, einem Anwalt.»

Soneri hatte sich das bereits gedacht, daher überraschte ihn diese Information nicht sonderlich.

«Es ist ein blauer Rover, stimmt's?»

«Ja, eines der letzten Modelle: ein Zweitausender, Benziner. Das gleiche Auto, das Lora Recanati an jenem Abend im August gesehen hat.»

«Es fährt herum wie ein Mietwagen», und erst, als er es sagte, wurde Soneri bewusst, dass er, ohne es zu wollen, einen Satz gesagt hatte, der der Realität ziemlich nahekam.

Nanetti kam herein, und ohne ein Wort zu sagen, sah er sich die Bilder auf dem Video an.

«In der Wohnung habe ich nicht viel finden können», sagte er dann und setzte sich. «Ein paar Schuhabdrücke und einige Schrammen von einem Schraubenzieher, mit dem das Schloss der Kommode aufgestemmt wurde: professionelle Arbeit. Die Abdrücke sind die interessanteste Spur. Ich glaube, das war das Einzige, wo der Einbrecher nicht aufgepasst hat.»

«Was lässt sich aus ihnen ablesen?»

«Dass es sich um einen eher kräftigen Mann handelt, über achtzig Kilo und mit einer leichten Gehbehinderung: einer Pronation des Fußes. Seine Schuhe haben dicke Sohlen, aus massivem Krepp oder Gummi.»

Soneri und Juvara tauschten einen Blick. Dann machte sich der Letztere an dem Video zu schaffen und zeigte das Bild des Mannes in dem Raum mit den Schließfächern.

«Ja, das könnten die gleichen Schuhe sein», sagte Nanetti. «Überlasst mir das Video.»

Unmittelbar nachdem Nanetti gegangen war, klingelte das Telefon. Soneri hob es mit der gleichen hastigen Bewegung ab, mit der er nach einem Gegenstand gegriffen hätte, der herunterzufallen drohte.

«Sie ist vor einer halben Stunde vorbeigekommen, gerade als ich den Rollladen herunterlassen wollte. Ich habe die Tür geöffnet und ihr gesagt, dass sie trotzdem hereinkommen könne, aber sie ist weggegangen. Sie hat aber versprochen, wieder vorbeizukommen.»

«Haben Sie ihr Gesicht gut gesehen?»

«Eine schöne Frau um die fünfunddreißig. Blaue Augen, volle Lippen ...»

«Hoffentlich kommt sie noch einmal wieder.»

«Ich denke schon. Ich hatte den Eindruck, dass sie sich heute nur ein bisschen umsehen wollte ...»

«Wirkte sie skeptisch?»

«Sie hat sich wie ein militärischer Späher verhalten. Sie hat den Laden ausgekundschaftet, die Ware, mich. Irgendwie machte sie den Eindruck, als müsse sie einen Großangriff vorbereiten.»

Er beendete das Gespräch, war aber so in Gedanken, dass er den Hörer verkehrt herum auflegte.

«Schick ein paar Beamte in Zivil los, sie sollen Costamagnas Geschäft überwachen», sagte er an Juvara gewandt. «Instruiere sie genau, was sie zu tun haben, wenn eine blonde Frau um die fünfunddreißig auftaucht. Sie sollen sich an sie dranhängen, aber ohne dass sie ihr auffallen, weder vorher noch nachher.»

Dann ging er wieder zum Telefon und wählte die Nummer des Archivs.

«Bringen Sie mir die Akte des Falles Ronco.»

Der Commissario war so in seine Arbeit vertieft, dass er das Mittagessen vergessen hatte. Ihm ging der Gedanke durch den Kopf, dass er wieder in das Hinterzimmer von Costamagna schlüpfen und eine Scheibe von dem Provolone del Monaco probieren könnte, doch schließlich bestellte er sich in der Bar ein Schinkensandwich.

Schon beim ersten Bissen verspürte er einen ungewöhnlichen Druck im Magen, wie bei einer Magenkolik. Dann merkte er, dass sein Puls beschleunigte und seine Finger vor Aufregung zitterten. Sein Kreislauf spielte verrückt. Er dachte an die misstrauische blonde Frau, an Nanettis Untersuchungen, an die Nacht, die er in Palmieris Wohnung verbracht hatte, an Rocchis Rover, der rätselhafterweise vor dem *Minerva* aufgetaucht war, um jemanden abzuholen, und an den Mann, den man von dem Videofilm unkenntlich gemacht hatte.

An all dies dachte er, als man ihm die Akte Ronco brachte. Er nutzte die Gelegenheit, um das restliche Sandwich in den Papierkorb zu werfen und den letzten Schluck Bier zu trinken, das auf dem Schreibtisch langsam warm wurde. Dann schlug er in dem Ordner das Foto nach, das dokumentierte, wie die Leiche aufgefunden worden war, und er hatte keinen Zweifel mehr.

Der linke Arm steckte zwischen den Speichen des Lenkrades, der Kopf lag auf dem Armaturenbrett etwas weiter rechts, während der andere Arm zwischen dem Handschuhfach und dem Beifahrersitz hing, als wolle er etwas aufheben.

Auch wenn er jetzt wusste, dass der Fall Miranda mit dem Fall Ronco identisch war, verschaffte ihm das in keiner Weise Gewissheit. Er zeigte dieses und weitere Fotos, auf denen die gleiche Szene abgebildet war, Juvara. Sein Assistent nickte ernst und sehr feierlich.

«Zwei ungelöste Fälle», sagte Juvara. «Einer real, der andere erfunden. Oder ist es der gleiche?», fügte er dann hinzu.

Der Commissario schwieg und ließ einen vergoldeten Brieföffner in seiner Hand kreisen. Dann blätterte er in der Akte und begann sie von Anfang an durchzulesen. Aber es gelang ihm nicht, dem Text aufmerksam zu folgen. Ständig dachte er an all die Dinge, die es zu tun gab, und hatte das Gefühl, von den Ereignissen überrollt zu werden. Er musste nach Stork suchen und Rocchi und sein Auto beschatten lassen, er musste Lora im Auge behalten und darauf warten, dass die blonde Frau in Costamagnas Geschäft auftauchte.

Er hatte den Eindruck, dass ihm etwas Wichtiges entgehen würde, wenn er auch nur einen dieser Aspekte vernachlässigte. Diese Form der Angst kannte er nur zu gut. Er musste nur warten. Und am Ende dieses Tag drängte sich ihm das Gefühl auf, dass im Kino etwas passieren würde. Alle Anzeichen sprachen dafür. Jedenfalls schien ihm die Unruhe an den vorangegangenen Abenden darauf hinzudeuten.

23

Kurz vor Ladenschluss rief Soneri noch einmal bei Costamagna an: «Und?»

«Immer noch nichts. Vielleicht hat sie etwas gerochen. Oder sie möchte sich nicht so offensichtlich interessiert zeigen.»

Soneri dachte an die Beamten in Zivil: Womöglich waren sie so dämlich gewesen, sich allzu auffällig zu zeigen? Seine Laune verschlechterte sich wieder, während dieser Tag, der so vielversprechend begonnen hatte, erfolglos zu Ende ging.

Um diese Zeit waren die Menschen draußen auf dem Weg nach Hause. Eisige Luft blies dichten Nebel wie Staubwolken vor sich her. Er lief die Straße am Flussufer entlang, über dem Wasser trieb lautlos eine riesige Nebelbank. Darüber hing ein trunkener, gekrümmter Mond, der mit seinem Hof auftauchte und wieder verschwand.

Er kam lange vor Vorstellungsbeginn ins *Minerva*. Sie zeigten *Chinatown* mit Jack Nicholson. Die Eingangshalle war erleuchtet, das Kassenhäuschen jedoch noch leer, und auch Marcelli lief noch nicht emsig hin und her. Durch die Schlitze des Vorführraumes fiel ein schwaches, aber gleichmäßiges Licht: Vermutlich bereitete Beppe die Filmrollen vor. Als Soneri in seiner Tasche nach den Zigarren suchte, stieß seine Hand auf ein zusammengefaltetes Blatt Papier, das Soneri ganz vergessen hatte. Es war eine Kopie des Protokolls, in dem eine Streife in fürchterlichem Italienisch beschrieben hatte, wie man den Club der Cineasten nach dem Einbruch vorgefunden hatte.

«... Schublade des Aktenschranks ausgekippt und Inhalt auf dem Fußboden verstreut ...» Wie es der Zufall wollte, hatten die Einbrecher also ausgerechnet das Archiv durcheinandergebracht. Soneri lief durch die Straßen in der Umgebung des Kinos. Auf dem Rückweg warf er einen Blick in den Garten, doch der Riese ging dort nicht wie sonst spazieren. Also machte er sich auf den Rückweg ins Kino und betrat die Eingangshalle. Marcelli wirkte sehr nervös. Immer wieder setzte er sich aufs Sofa, um dann ohne ersichtlichen Grund sofort wieder aufzustehen. Soneri betrat den völlig leeren Kinosaal. Beppe hatte das Objektiv eingeschaltet, um es zentral auf die Leinwand auszurichten. Von Zeit zu Zeit tauchte sein Kopf in dem kleinen Kabinenfenster auf. Langsam begann sich der Zuschauerraum zu füllen. Allein oder in Gruppen nahmen die Mitglieder des Clubs ihre Plätze ein. Zunächst erschien Vescovi mit wie immer unerschütterlicher Miene. Dann traf Santini ein, der beim Anblick des Commissarios nervös lächelte, und kurz darauf auch der alte Herr in der Weste mit der Silberkette, dann der Mann mit den langen grauen Haaren. Schließlich der Barmann, dessen Glatze glänzend das Licht widerspiegelte.

Alle waren sie da. Auf Soneri, der sie einen nach dem anderen musterte, machten sie einen fast schmierigen Eindruck. Sie kamen ihm unbedeutend vor, und doch waren sie fähig, sich ein Image zu verleihen, das ihre Verdienste bei weitem übertraf. Erst jetzt wurde ihm das bewusst, als sie in diesem heruntergekommenen Kino an ihm vorbeidefilierten. Und was ihm vorgekommen war wie ein beneidenswerter Mikrokosmos, schrumpfte zu einem Bild von Einsamkeit und Engstirnigkeit.

Beppe schaltete die Lichter aus, und nach und nach wurde es dunkel im Saal. Die ersten Minuten vergingen, auf der Leinwand erschienen das Chinesenviertel von San Francisco in den 1930er Jahren und Jack Nicholson als Privatdetektiv auf den Spuren eines mysteriösen Verbrechens. Es war, als würden alle im Zuschauerraum auf unnatürliche Weise innehalten, wie bei einem Standbild im Film. Soneri hatte den Eindruck, dass der Sturm von einem Moment auf den anderen losbrechen könnte.

Er sah sich zwischen den Sitzreihen um, damit ihm nicht die kleinste Bewegung entging, als es wieder passierte: Wieder hüpfte einige Sekunden lang das Bild, als der Kompagnon des Opfers auftauchte, der Auftraggeber des Mordes.

Eine Art Schaudern lief durch den Saal. Zu der Bewegungslosigkeit gesellte sich im Halbdunkel eine stumme Anspannung, die sich im Verborgenen breitmachte. Gesten, Achselzucken, kurze geflüsterte Sätze, vielleicht auch Zettel, die von Reihe zu Reihe weitergereicht wurden. Plötzlich stand vor ihm jemand auf. Er erkannte den Barmann erst, als er an dem grünen Licht vorbeiging, das den Notausgang anzeigte. Doch es war zu spät, um ihm zu folgen.

Die Pause begann, und seine Laune verdüsterte sich weiter. Zu Beginn des zweiten Teils, bevor Beppe die Lichter wieder ausschaltete, kontrollierte Soneri erneut, ob alle Plätze besetzt waren. Einzig der Sessel, in dem der Barmann gesessen hatte, blieb leer. Im Zuschauerraum schien wieder alles ruhig zu sein. Doch die Stille war bedrohlich wie die Reglosigkeit eines Raubvogels vor dem Angriff.

Wieder betrachtete er die Köpfe einen nach dem anderen und versuchte sich vorzustellen, was in ihnen vorging. Er hielt nach Santini Ausschau und entdeckte den Präsidenten zwei Reihen weiter hinten als vor der Pause, auch der Typ mit dem Spitzbart saß jetzt auf einem anderen Platz. Irgendetwas stimmte da nicht. Soneri sah weder den Mann mit den langen weißen Haaren noch Vescovi. Vergeblich suchte er sie unter den vielen Profilen im Halbdunkel. Und von Zeit zu Zeit drehte er sich nach dem Kabinenfenster neben dem Projektionsschlitz um. Ein gelbes Licht füllte es gleichmäßig aus, ohne die Andeutung eines Schattens, die auf eine Person hätte schließen lassen, die sich dahinter bewegte. Dabei kontrollierte Beppe pausenlos die Maschine, wie er bemerkt hatte. Da stand Soneri auf, ging langsam durch den Korridor auf die Notausgänge zu und ließ das Kabinenfenster nicht mehr aus den Augen. Ein Bündel farbigen Lichts strömte aus dem Schlitz und verbreiterte sich gleichmäßig vom hinteren Zuschauerraum bis hin zur Leinwand. Wenn es zwischen den Dialogen eine Pause gab, konnte man das leichte Brummen des Projektors beinahe hören. Es klang, als liefe eine Maschine ohne Kontrolle. Wie ein Rad, das sich in der Stille weiterdreht, die auf den Aufprall folgt.

Soneri folgte seinem Instinkt. Er verließ den Saal und betrat durch den Vorhang auf der Rückseite die Eingangshalle. Marcelli blickte ihn überrascht an, als er die Tür seines Büros öffnete, um zur Wendeltreppe zu gelangen. Der Commissario rannte nach oben, wobei die Metallstufen unter seinen Füßen bei jedem Schritt geräuschvoll vibrierten. Die Tür war angelehnt, und Beppe lag bäuchlings auf dem Fliesenboden. Er ergriff ihn an den Schultern, bis er ihn leicht anheben konnte, gerade hoch genug, um unter dem Körper eine große Blutlache zu entdecken, dort, wo eine Hand gegen den Bauch gepresst war.

Wie ein Wilder rannte er nach unten und stürzte zum Telefon. Dem, was er sagte, entnahm Marcelli, was passiert war, und folgte dem Commissario, als dieser wieder in den Vorführraum hinaufstieg. Beppe atmete mit einem leichten Röcheln. Soneri drehte ihn auf den Rücken und schob ihm ein Tuch unter den Kopf. Die Hand des Mannes lag weiterhin auf seinem Bauch, als sei sie durch das geronnene Blut dort festgeklebt.

«Ist er tot?», fragte Marcelli mit bebender Stimme.

«Nein», erwiderte Soneri, ohne ihn anzublicken. «Entweder war die Klinge des Messers zu kurz, oder Beppe hat ein zu dickes Fell.»

«Soll ich die Vorführung abbrechen?», fragte Marcelli.

Der Commissario hielt ihn zurück. «Warten Sie», herrschte er ihn an und hielt ihn mit einem solchen Druck am Arm fest, dass er ihm Angst machte.

Dann trat er an das Kabinenfenster und sah nach, welche Szene gerade lief. Als er das Gesicht des Auftraggebers für den Mord in *Chinatown* erkannte, wandte er sich an Marcelli. «Lassen Sie das Bild hüpfen.»

Der andere blickte ihn entsetzt an, doch dann ging er schweigend zum Projektor und schlug mit der Handfläche kräftig auf das Objektiv. Dieses bewegte sich kaum wahrnehmbar, doch die Entfernung verstärkte die Wirkung auf der Leinwand. Soneri konnte nicht sehen, was im Zuschauerraum passierte, aber er war sich sicher, dass alle das Signal verstanden hatten. Und mehr noch als für die Zuschauer interessierte er sich für Marcellis Gesichtsausdruck und das, was man daraus ablesen konnte. Die Selbstverständlichkeit, mit der er seiner Aufforderung nachgekommen war, sein Einverständnis mit dem Commissario, waren Anzeichen dafür, dass er die Waffen strecken würde. Ein kleiner Spalt, der sich auftat, und Soneri war entschlossen, hier anzusetzen.

«Halten Sie den Projektor nicht an», befahl er ihm, während er seine Aufmerksamkeit wieder Beppe zuwandte, der so gleichmäßig röchelte, dass es sich anhörte wie ein leichtes Schnarchen. Er nahm das Tuch, das zum Abdecken der Maschine diente, und breitete es auf dem Boden aus. Dann gab er Marcelli zu verstehen, dass er ihm helfen solle, den Körper des Verletzten anzuheben, um ihn daraufzulegen. Danach begannen sie, ihn hinauszuschleppen, indem sie das Tuch an den Ecken anpackten. Soneri, der der Größere von beiden war, ging voran und steuerte auf die Wendeltreppe zu.

«So verstärken wir die Blutung nur», wandte Marcelli schüchtern ein.

Der Commissario ging darauf nicht weiter ein, als er jedoch sah, dass der andere zögerte, zog er an dem Tuch. «Das ist keine schlimme Verletzung, die Bewusstlosigkeit wurde durch einen Schlag auf den Kopf verursacht.»

Als sie unten waren und Beppe auf den Boden legten, verriet ein leises Stöhnen, dass er zu sich kam.

«Die Sanitäter werden uns dafür dankbar sein», sagte Soneri mit einer gewissen Ironie.

Doch Marcelli war sehr ernst geworden und vergewisserte sich nervös, dass die Vorführung noch ein wenig dauerte.

«Fehlt noch viel?», fragte Soneri.

«Zwanzig Minuten», erwiderte der andere, ohne ihm ins Gesicht zu blicken. Dann ergänzte er: «Ist es wirklich nicht schlimm?»

Der Commissario schüttelte verneinend den Kopf: «Zum Glück laufen in dieser Stadt viele Dilettanten herum.»

Er dachte dabei an den Anschlag auf Lora. Wer auch immer sie hatte erschießen wollen, wusste noch nicht einmal, wie man eine Pistole richtig hält. Und nun wollte jemand Beppe aus dem Weg räumen und versuchte es mit einem viel zu kurzen Taschenmesser.

Die Tür des Büros öffnete sich, und zwei Sanitäter kamen mit einer Trage herein. Sie legten Beppe darauf und trugen ihn zum Krankenwagen, während Soneri zum Telefon ging und Juvara anrief.

«Sie haben Beppe ein Loch in den Bauch gestochen. Er wird gerade ins Krankenhaus gebracht, hör dich dort mal um. Aber zuerst schickst du mir Nanetti her.»

Als er den Hörer aufgelegt hatte, richtete er seinen Blick auf Marcelli: «Ich glaube, Sie schulden mir eine Erklärung.»

Der senkte leicht den Kopf und starrte vor sich hin.

«Ich weiß viel weniger, als Sie glauben.»

«Das wird reichen. Seit wann habt ihr diese Signale gegeben?»

«Schon lange. Seit sie dieses Spiel mit den Ermittlungen erfunden haben.»

«Wie kam es dazu?»

«Manche Szenen auf der Leinwand hatten Ähnlichkeit mit denen, die sie erfunden hatten, und so baten sie uns, auf bestimmte Figuren hinzuweisen, auf Ihre Interpretation der Dinge.»

«Aber mit welchem Ziel?»

«Das weiß ich nicht so genau. Ich glaube vor allem aus zwei Gründen: um den anderen Denkanstöße zu geben oder Verwirrung zu stiften.»

«Wer hat Sie darum gebeten?»

«Zu Beginn waren es viele. Doch dann müssen sie eine Regel aufgestellt haben: Nicht mehr als ein Signal pro Person im Monat. Und nicht mehr als zwei Signale pro Film.»

Soneri zündete sich eine Zigarre an. Je tiefer er in diese Welt eindrang, desto kindischer kam sie ihm vor. Nur dass es in diesem Spiel eine Leiche gab.

«Haben Sie die Aufträge dafür entgegengenommen?»

«Ja.»

«Und sie gingen hoch in den Vorführraum, um dem Objektiv einen Schlag zu versetzen?»

Wieder bejahte Marcelli, doch diesmal nur mit einem Nicken. Der Commissario sah auf den Kontrollmonitor. Es fehlten nur noch zehn Minuten bis zum Ende des Films, daher ging er erneut zum Telefon und wählte Juvaras Nummer.

«Ruf drei Streifen und schicke sie hierher ins *Minerva*. Eine soll kontrollieren, wer das Kino durch die Notausgänge verlässt, und die anderen sollen sich auf dem Platz vor der Eingangshalle postieren.»

Er setzte nicht allzu viel Vertrauen in diese Aktion, die aber immerhin den Eindruck erwecken würde, dass hier strikt nach den Regeln vorgegangen wurde.

Marcelli wartete so schicksalsergeben wie ein Erstklässler darauf, dass der Commissario ihm eine weitere Frage stellen oder ihm erlauben würde zu gehen.

«In letzter Zeit haben nicht mehr Sie das Objektiv zum Vibrieren gebracht.»

«Nein, das machte Beppe. Auch vorher schon manchmal. Wenn ich nicht konnte, hat er diese Aufgabe für mich erledigt.»

«Und wie erklärten Sie sich, dass Beppe auf einmal alles alleine machte?»

«Die ersten Male dachte ich, dass sie mich übergangen hätten und ihm jetzt direkt sagten, was er tun solle. Verstanden habe ich erst, als die Clubmitglieder zu mir gekommen sind und eine Erklärung verlangt haben.»

«Und die haben das nicht so gut aufgenommen ...»

Marcelli breitete die Arme aus.

«Hier führt mittlerweile jeder gegen jeden Krieg. Am Anfang dachten sie, die Befehle an Beppe kämen von jemandem aus ihren Reihen, der beschlossen hatte, auf die Regeln zu pfeifen.»

«Doch dann haben sie erkannt, dass Beppe im Alleingang gegen sie antrat, oder?»

«Wenn man sich anschaut, was passiert ist ...», meinte Marcelli. «Doch machen Sie sich keine Hoffnungen, er wird Ihnen nichts erzählen. So ist er nun mal, er spricht nicht mit Worten.»

Wieder ein Blick auf den Kontrollmonitor. Der Mann schaute den Commissario an, und dieser nickte zustimmend. Da öffnete Marcelli die Tür, und als er das Büro verlassen wollte, sagte Soneri: «Wir sind noch nicht fertig, Sie haben mir nachher noch so einiges zu erzählen.»

Der Mann nickte gequält und ging ins Foyer. Soneri dagegen stieg erneut hinauf zum Vorführraum, öffnete die angelehnte Tür und begann, sich in dem Raum, der von der großen Vorführmaschine beherrscht wurde, umzusehen. Mit der Taschenlampe leuchtete er den Fußboden Handbreit für Handbreit ab, bis seitlich an der Maschine ein blinkendes Licht aufleuchtete. Er machte die Lampe aus und ging hinüber. Dies musste die Anzeige dafür sein, dass der Film gleich zu Ende war. Er stellte sich an das Kabinenfenster und schaute in den Zuschauerraum. Mit einer Hand hielt er sich bereit, die Lichtschalter zu betätigen, so wie er es bei Beppe gesehen hatte.

Alles schien ruhig, doch er wusste, dass die Ruhe trügerisch war. Er spürte, dass alle im Saal Bescheid wussten und sich bewusst unauffällig verhalten würden. Er erwies sich als perfekter Filmvorführer. Genau im richtigen Moment machte er das Licht an und schaltete die Maschine aus, als die letzte Zeile des Abspanns verlosch. Er ließ alles, wie es war, und wollte gerade nach unten gehen, als Nanetti versuchte, langsam wie ein Käfer die Wendeltreppe hinaufzukriechen. Weil er so lange dafür brauchte, war Soneri nicht rechtzeitig genug unten, um zu beobachten, wie die Zuschauer herauskamen. Als auch der letzte gegangen war, ging er Juvara entgegen, der mit den Streifenpolizisten gesprochen hatte.

«Niemand hat das Kino durch die Notausgänge verlassen, Chef.»

Der Commissario schaute ihn ungläubig an.

«Du hast nicht zufällig bemerkt, ob jemand Schuhe mit dicken Sohlen trug?»

Juvara blickte ihn überrascht an: «Auf die Schuhe habe ich nicht geachtet.»

«Macht nichts», sagte Soneri gutmütig, «war ja nur ein Detail.»

Sein Assistent sah ihm verständnislos nach.

24

«Es ist sinnlos, zu insistieren, Chef, aus Beppe ist nichts herauszubekommen.»

«Absolut gar nichts?»

«Er hat den Angreifer nicht gesehen. Er hat einen Schlag im Nacken gespürt, dann wurde ihm schwarz vor Augen. An den Messerstich erinnert er sich nicht.»

«Hat er dir wenigstens gesagt, wann das passiert ist?»

«Zehn Minuten nach Beginn des zweiten Teils.»

Juvara legte in dem Moment auf, in dem Nanetti hereinkam.

«Du kommst genau zum richtigen Zeitpunkt», begrüßte ihn der Commissario.

Der Chef der Spurensicherung setzte sich und fluchte auf die Wendeltreppe im Minerva.

«Eine echte Falle, ich habe mir einen Fuß verstaucht», sagte er mit schmerzverzerrtem Gesicht.

«Beppe ist es noch schlimmer ergangen», erwiderte Soneri lächelnd.

«Er kann sich bei seiner Fettschicht bedanken, sie hat ihn gerettet. Die Klinge kam nur wenige Millimeter vor der Leber zum Stillstand. Ein präziser Stich, aber nicht kräftig.»

«Was war es für eine Waffe?»

«Sie war kurz. Acht Zentimeter, aber wenn der Stich

kraftvoller ausgeführt worden wäre, hätte er ernsthaften Schaden angerichtet.»

«Nur ein Stich?»

«Ein einziger. Der Schnitt ist nach oben ausgefranst, Beppe ist also vermutlich zu Boden geglitten, als er angegriffen wurde. Das passt auch zu der Beule am Kopf.»

«Es gab Fußabdrücke, ich habe sie mit der Taschenlampe gesehen.»

«Sie wurden von jemandem hinterlassen, der Gummistiefel trug, so wie Feuerwehrleute sie tragen.»

Soneri fuhr zusammen. Er erinnerte sich an Rocchi und daran, was dieser ihm über die Spuren auf dem Teppich seines Autos erzählt hatte: «Abdrücke von groben Schuhen» hatte er sie genannt.

Als ein Beamter hereinkam und ihm mitteilte, dass der Kollege von der Einsatztruppe eingetroffen war, der die Ermittlungen im Mordfall Ronco geleitet hatte, erhob sich Nanetti und ging hinkend hinaus. Soneri machte dem Beamten ein Zeichen, den Mann hereinzubitten, und in der Zwischenzeit nahm er den Telefonhörer ab und wählte Costamagnas Nummer.

«Ist sie aufgetaucht?»

«Keine Spur von ihr.»

Der Commissario seufzte und brummte: «Warten wir weiter.»

Der Kollege war groß, trug eine frischgebügelte Uniform und hieß Jovino. Nachdem er ein paar Minuten geredet hatte, zündete Soneri sich eine Zigarre an und machte es sich auf seinem Sessel bequem. Durch mehrmaliges kurzes, zustimmendes Nicken versuchte der Commissario, den außerordentlich minuziösen Bericht etwas zu beschleunigen. Endlich kam der andere auf das Verbrechen auf dem Autobahnrastplatz zu sprechen. Alles stimmte mit dem überein, was Soneri in den Ermittlungsakten gelesen hatte. Dagegen erschien ihm ein Punkt interessant, den sein Kollege wie ein Detail behandelte: In dem Magazin der Pistole, mit der Ronco erschossen worden war, schienen sich sowohl echte Kugeln als auch Platzpatronen befunden zu haben.

«Wie ist das zu verstehen?», fragte Soneri überaus neugierig.

Der andere blickte ihn an, als wolle er sichergehen, dass er ernst genommen wurde.

«An der Leiche», fuhr er fort, «fanden wir große Mengen von Pulverrückständen, die so verteilt waren, wie das bei Platzpatronen üblich ist.»

«Sehr merkwürdig», stellte Soneri scheinbar etwas abwesend fest.

«Wir haben dafür keine Erklärung finden können. Entweder wollte ihm der Schütze nur einen Schreck einjagen und hat nicht bemerkt, dass er auch eine echte Patrone geladen hatte. Oder aber die Patrone wurde absichtlich geladen: vom Schützen selbst oder einer dritten Person. Beide Hypothesen sind allerdings äußerst merkwürdig.»

Der Commissario dachte kurz darüber nach, dann sagte er: «Ja, eigenartig», als sei er gedankenverloren und äußerst skeptisch. Er hatte eine vage Idee im Kopf, schaffte es aber nicht, sie zu konkretisieren.

«Irgendetwas stimmt hier nicht», sagte er halblaut.

Der andere beugte sich zu ihm und bog mit einem Finger sein Ohr nach vorne: «Bitte?»

Soneri gab ihm durch eine Geste zu verstehen, dass er es gut sein lassen sollte. Er spürte, dass er die Überlegungen, die in seinem Hirn herumwirbelten, nicht in verständliche Worte hätte fassen können.

«Keinerlei Kampf, richtig?» Er hatte es gelesen, wollte es aber noch einmal von seinem Kollegen bestätigt wissen. Er hoffte, dieser würde noch irgendein Detail erwähnen, durch das mehr Klarheit in dieses Verbrechen käme.

«Außer der Schusswunde hatte Ronco weder einen Kratzer noch einen blauen Fleck», erwiderte der andere.

«Haben Sie sich eine Vorstellung vom Tathergang machen können?»

«Ich denke, dass das Opfer seinen Mörder kannte. Vielleicht erwartete Ronco ihn, weil sie miteinander verabredet waren. Er muss vom Anblick der Pistole überrascht worden sein. Die Kugel ist hinter dem linken Ohr eingedrungen, als hätte sich das Opfer ruckartig abgewendet. Auf dem ganzen Gesicht wurden Pulverspuren gefunden, auch dort, wo sie gar nicht hinkommen konnten, wenn der tödliche Schuss der einzige gewesen wäre.»

«Sie wollen damit sagen, dass die Schüsse mit den Platzpatronen ...»

«Wir gehen davon aus, dass der erste Schuss oder die ersten Schüsse Platzpatronen waren. Das würde die große Menge an Pulver im Gesicht, in den Haaren und auch auf dem Pullover von Ronco erklären. Um sich zu schützen, muss er versucht haben, zum Beifahrersitz hinüberzukommen. Doch da kam die Kugel, die quer durch den Kopf eindrang und erst vom Stirnknochen aufgehalten wurde.»

Das klang einleuchtend. Der Beamte hatte die Bewegung auch mimisch dargestellt, indem er den Kopf nach vorne und zur Seite gebeugt hatte. Doch den Commissario beschäftigten immer noch diese eigenartigen Platzpatronenschüsse.

«Das ist die einzige Erklärung, die mit den Ergebnissen

der Ballistik und der Position des Opfers übereinstimmt», fuhr der Kollege fort. «Auch mit der Tatsache, dass der linke Arm zwischen den Speichen des Lenkrads steckte und der rechte vor dem Beifahrersitz hing.»

Wenn es eine Verbindung zwischen diesem Verbrechen und dem an Palmieri gab, dann die Ungewöhnlichkeit, mit der beide ausgeführt worden waren. Eine Spritze mit Strychnin mitten in ein Muttermal und eine Pistole, die bis auf eine echte Kugel mit Platzpatronen geladen war. Doch warum steckten, wenn Ronco umgebracht werden sollte, harmlose Patronen im Magazin?

Über all das grübelte er nach, während der Beamte sich verabschiedete. Sein Bericht hatte sich nach einer Theaterinszenierung angehört. Wie so viele andere Dinge in dieser Geschichte.

Wieder nahm er den Hörer ab, diesmal rief er den Hausmeister des *Schiller* an.

«Wann hat sich Stork zum letzten Mal blicken lassen?»

«Vor ein paar Tagen», entgegnete der Mann kurz angebunden.

«Wissen Sie, wo er steckt?»

«Um den im Auge zu behalten, bräuchte man einen Hubschrauber.»

«Und Rocchi kommt weiterhin, oder ist der auch verschwunden?»

«Der war gestern Abend hier. Aber er ist nicht lange geblieben, eineinhalb Stunden vielleicht.»

Soneri legte auf. Das war alles, was er wissen wollte. Als er gerade gehen wollte, klingelte das Telefon.

«Vor zehn Minuten war sie da. Sie hat gesagt, dass sie am Nachmittag vorbeikommt», berichtete Costamagna.

Sofort rief Soneri Juvara herein.

«Sag den Beamten, die das Geschäft überwachen, dass sie zurückkommen sollen. Heute gehst du hin.»

Der Inspektor zuckte leicht zusammen, und sein weicher Bauch wippte auf und nieder wie bei einem Schluckauf.

«Du darfst sie nicht aufhalten, sondern du musst ihr bis nach Hause folgen. Und dabei darfst du nicht aufgeben, auch wenn du etliche Kilometer marschieren musst.»

Der Inspektor schaute ihn an, als hätte er ihm eine entsetzliche Tortur auferlegt.

«Das ist eine heikle Aufgabe», fügte der Commissario hinzu, «und die musst du persönlich erledigen. Außerdem», schloss er sehr ernst, «wird dir ein bisschen Bewegung guttun.»

Juvara starrte ihn, diesmal ganz direkt, nicht gerade begeistert an. Er gehörte zu den Polizisten jener jüngeren Generation, die vom Büro aus arbeitete und für die nur Computer und Datenbanken zählte. Daher machte es Soneri Spaß, ihn mit seinem dicken Bauch im Schlepptau einen Fußmarsch machen zu lassen.

Beim Hinausgehen marschierte er an seinem Assistenten vorbei wie ein General bei der Inspektion: «Ich bin heute Nachmittag wieder hier, du hältst mich von Zeit zu Zeit telefonisch auf dem Laufenden.»

Er ging zu Fuß zu Angelas Büro und setzte sich ins Vorzimmer, wo er wie ein ganz normaler Mandant wartete.

«Was war sonst noch in dem Schließfach?»

«Ich weiß es nicht, vielleicht Geld oder Wertpapiere.»

«Kannst du das herausfinden?»

«Ich bin dabei, eine Bestandsaufnahme des Vermögens zu machen.»

«Wer erbt?»

«Palmieri hat kein Testament gemacht. Nach seinem

Tod sollte alles an seine Mutter gehen, mit Ausnahme eines Aktienpaketes, das Lora bekommen sollte. Doch jetzt ist die Mutter tot, und es gibt keine weiteren Erben. Ich glaube, dass alles an diese karitative Einrichtung geht, von der ich dir erzählt habe. Einer der Aktionäre könnte jedoch sein Bezugsrecht auf den Kauf der Aktien des Verstorbenen geltend machen. Das sieht der Teilhabervertrag vor.»

«Die Storks ...»

«Wenn du damit andeuten willst, dass dies ein Motiv sein könnte, so ist es nicht das erste», stellte Angela fest. «Wir haben auch schon festgestellt, dass Stork immer noch in Lora verliebt ist.»

«Ich möchte wissen, was sonst noch in diesen Umschlägen war.» Er sah Angela an: «Du sagtest, dass Palmieri Wertpapiere besaß?»

«Ja, eine ganze Menge.»

«Frag bei der Bank nach, ob sie verkauft wurden.»

Angela wählte eine Nummer und begann mit einem Beamten zu sprechen, mit dem sie offenbar sehr vertraut war.

«Was sagst du? Die Inhaberpapiere sind eingelöst worden? Und die anderen? Noch nicht?»

Im weiteren Verlauf des Gesprächs hörte Angela zu, während der andere ihr etwas erklärte. In Soneris Ohren kam nur unverständliches Gurgeln aus dem Hörer. Als sie auflegte, blickte sie ihn strahlend an.

«Jetzt wissen wir, dass es Wertpapiere gab», sagte sie, ohne die geringste Aufregung zu zeigen.

«Und wir wissen, dass Stork sie eingelöst hat», ergänzte der Commissario.

«Wie kommst du denn darauf?»

«Ich habe gesehen, wie er neulich Abend aus dem *Schiller* geflüchtet ist, bevor wir in der Wohnung von Palmieris Mutter waren. Und nun ist er schon seit Tagen von der Bildfläche verschwunden. Im Nachtclub hat er noch eine ganze Wochenrechnung offen.»

«Was läuft heute im *Minerva*?»

«Kriminalfilme interessieren mich nicht mehr, ich würde lieber Marcelli ein paar Fragen stellen.»

«In Ordnung, Commissario, ich suche mir einen anderen Begleiter», sagte Angela.

«Ich kann dich auf einen Imbiss im *Milord* einladen, bis drei habe ich Zeit.»

«Hältst du mich für eine Stopfgans?»

«Dann isst du eben nur ein paar Auberginen.»

Von den Auberginen ließ sie sich überzeugen. Soneri hingegen lief bei der Erinnerung an ein ganz anderes Gericht das Wasser im Mund zusammen, das nachhaltigen Eindruck hinterlassen hatte: Risotto al Culatello, das mit feinstem Schinken zubereitet wurde.

«Wieso bist du so sicher, dass Stork die Papiere an sich genommen hat?»

«Er hat Komplizen in der Bank.»

«Wer sonst könnte die Bilder auf dem Video gelöscht haben?»

«Der Komplize kann nur Vescovi sein.»

Wenig später betrachtete der Commissario angewidert die Auberginenmousse auf Angelas Teller.

«Immer muss ich es mit Vegetariern zu tun haben.»

«Wende dich an Stork, der kann es wenigstens in puncto Alkohol mit dir aufnehmen», entgegnete Angela sauer.

«Hat dein Freund in der Bank dir gesagt, wie der Typ aussah, der die Papiere eingelöst hat?»

«Es war nicht Stork. Es war ein großer, korpulenter Mann mit kurzen, struppigen graumelierten Haaren.»

Soneri lächelte, er trank einen Schluck Malvasia und schnalzte mit der Zunge, als hätte er das fehlende Wort in einem Kreuzworträtsel gefunden.

«Entschuldige mich einen Moment», sagte er dann zu Angela mit einer Liebenswürdigkeit, die sie ihm gar nicht zugetraut hätte.

Sie sah, dass er zum Telefon des Restaurants ging.

«Nanetti, bist du's? Erinnerst du dich an die Abdrücke von den dicken Sohlen? Hast du herausgefunden, ob es die gleichen sind?»

Er hängte ein und kam mit demselben befriedigten Gesichtsausdruck an den Tisch zurück, mit dem er aufgestanden war.

«Commissario, lass das Theater», knurrte Angela und rückte näher an ihn heran.

«Die Abdrücke, die wir in Palmieris Wohnung gefunden haben, stammen von den gleichen Schuhen, die der Mann in der Videoaufzeichnung trug. Die Spuren von Beppes Messerstecher sind allerdings anders.»

«Wenn es wirklich stimmt, dass Stork geflüchtet ist, kann er ja auch nicht derjenige gewesen sein, der Beppe verletzt hat.»

«Das ist nicht gesagt», entgegnete Soneri ausweichend und setzte eine wissende Miene auf. Es machte ihm Spaß, sie auf die Folter zu spannen.

Jedenfalls so lange, bis er spürte, dass ihr Absatz sich mit zunehmender Kraft auf seinen großen Zeh drückte. Er wollte den Fuß zurückziehen, doch Angela hatte ihn so neben einem Tischbein eingekeilt, dass sich der Pfennigabsatz bei jeder seiner Bewegungen noch tiefer hineinbohrte.

«Redest du jetzt endlich?»

«Weiblicher Sanftmut kann man einfach nicht widerstehen», sagte der Commissario und spürte erleichtert, wie der Druck nachließ.

«Stork ist in Palmieris Wohnung eingebrochen, aber vermutlich suchte er gar nicht nach dem Schlüssel, sondern möglicherweise die Akte des Falles Miranda. Er wusste um den Wert der Unterlagen, und abgebrannt, wie er ist, dachte er, dass sie ihm nützlich sein könnten, um ein bisschen was herauszuholen. Als die anderen das erfahren, wird ihnen die Gefahr bewusst, und sie einigen sich mit Stork. Sie geben ihm das Geld aus dem Schließfach im Tausch gegen das gesamte Material über den Fall Miranda. Doch Stork kann das Geld nicht direkt kassieren, da er in der Bank erkannt worden wäre. Daher schickt er seinen Freund Rocchi, den unverdächtigen Anwalt.»

«Die haben uns hereingelegt», brummte Angela.

«Ja, das stimmt, sie waren immer zuerst da», sagte Soneri. «Aber sie haben absichtlich Spuren hinterlassen, um den Verdacht auf ihre Rivalen zu lenken. Sie wussten ganz genau, dass sie verwundbar waren. Daher ließ Stork die letzte Seite des Protokolls über den Fall Miranda in dem Schließfach zurück. Und die anderen löschten die Aufnahmen nur teilweise, sodass man noch wichtige Details erkennen konnte.»

Diesmal sah Angela ihn mit aufrichtiger Bewunderung an. Der Commissario merkte es und fühlte sich etwas unwohl angesichts dieses stummen, ungewohnten Kompliments. Er strich sich über den Bart und zündete sich eine Zigarre an, ohne ihr ins Gesicht zu blicken.

«Dieses Verbrechen wäre ebenso unlösbar wie Palmieris Fälle», fuhr Soneri dann fort, «wenn darin nicht Schwachköpfe oder kleine Angeber verwickelt wären, die glauben, ihre Haut retten zu können, indem sie andere beschuldigen. In dieser Geschichte kommt niemand davon. Sie sind alle darin verstrickt, die einen mehr, die anderen weniger.»

«Und dabei haben sie sich im Club der Cineasten alle so gut verstanden ...»

«Ab einem bestimmten Punkt war es mit der Solidarität vorbei. Und es war Palmieri, der sie zerstört hat.»

«Aber was ist denn passiert?»

«Das weiß ich noch nicht», sagte der Commissario ein bisschen trübsinnig. Dann sah er auf die Uhr und stellte fest, dass es fast drei war. Er verabschiedete sich von Angela und ging mit großen Schritten davon.

25

Juvara hatte ihm die Ergebnisse seiner letzten Nachforschung auf den Schreibtisch gelegt. Soneri setzte die Brille auf und überflog die Liste der Anrufe, die Palmieris Mutter in den letzten zwei Wochen vor ihrem Tod erhalten hatte: ungefähr dreißig, alle aus Telefonzellen oder öffentlichen Einrichtungen. Und sie kamen alle aus dem Wohnviertel rund um die Via Guicciardini, in dem man Lora verfolgt und auf sie geschossen hatte.

Im Kopf des Commissarios bekam so manches nun allmählich einen Sinn. Verbrechen erschienen ihm immer wie eine Schachtel mit Montageteilen ohne Gebrauchsanweisung. Bis man plötzlich die ersten beiden Teile fand, die zusammenpassten. Er spürte, dass er jetzt an diesem Punkt war, und die daraus resultierende Gewissheit ließ ihn für diesen Nachmittag einen weiteren Schritt nach vorne erhoffen.

Er hielt seine Leitung frei, damit Juvara ihn jederzeit erreichen konnte. Dann erhob er sich vom Schreibtisch und öffnete die Tür zum Korridor, wo ununterbrochen Sekretärinnen, Beamte und Verhaftete vorbeiliefen. Sein Tisch versank unter Akten und Papieren, die er abzeichnen musste und von denen er unkonzentriert jeweils nur die ersten Zeilen las.

Gegen vier wurde es plötzlich dunkel. Der Nebel senkte

sich über die Stadt, als sei der graue Himmel des Vormittags auseinandergebrochen und stückweise auf die Dächer gefallen. Juvara meldete sich nicht. Und wenn die Frau doch nicht gekommen war?

Er wählte die Nummer: «Kannst du sprechen?»

«Ja, aber es gibt nichts Neues, und ich erfriere langsam.»

«Hast du den Laden im Blick?»

«Ich habe ihn keine Sekunde aus den Augen gelassen.»

«Waren viele Kunden da?»

«Ganz im Gegenteil. Alles in allem fünf Männer.»

Eine halbe Stunde später kam Soneri der Verdacht, dass Costamagna ein falsches Spiel mit ihm treiben könnte. Viele Gedanken schossen ihm durch den Kopf, das Warten quälte ihn. Er war noch nie in der Lage gewesen, die Ereignisse abzuwarten, das Gefühl, die Fäden nicht in der Hand zu halten, war ihm unerträglich. Und so überkam ihn angesichts des stummen Telefons und des rapide abnehmenden Tageslichts ein Impuls, dem er nicht widerstehen konnte. Er verließ das Büro und bestieg seinen Alfa. Eine Viertelstunde später lief er an Costamagnas Geschäft vorbei wie jemand, der es eilig hat. Aber auch als er noch einmal zurückging, konnte er Juvara nirgends entdecken. Er lief noch ein paar Minuten auf und ab, ehe er die Stimme des Inspektors hörte, der auf der Schwelle eines Bekleidungsgeschäftes auf der anderen Straßenseite stand und ihn rief.

«Ich habe gesehen, wie Sie vorbeigegangen sind, aber ich wollte Sie nicht aufhalten: Das wäre zu auffällig gewesen», erklärte Juvara und forderte ihn auf, hineinzukommen.

«Du findest doch immer ein warmes Plätzchen», sagte Soneri, als er die junge Frau entdeckte, mit der der Inspektor offenbar bereits Bekanntschaft geschlossen hatte.

«Ich habe die Gelegenheit genutzt, um mir ein Paar Socken zu kaufen.»

Der Commissario blickte ihn amüsiert an.

«Okay, du kannst gehen, ich übernehme.»

Nachdem Juvara gegangen war, wartete Soneri noch fünf Minuten in dem Geschäft. Er hatte der Frau den Rücken zugewandt und nicht ein einziges Wort mit ihr gewechselt. Als er ging, bereits in der Tür und ohne sie anzusehen, sagte er nur: «Auf Wiedersehen.»

Schneidende Kälte trieb den dichten Nebel an den Schaufenstern vorbei. Die Bars waren fast leer und die Kellner mit dem abendlichen Saubermachen beschäftigt. Um sechs Uhr begann Soneri zu verzweifeln. Gern wäre er zu Costamagna hineingegangen, um die Frau im Hinterzimmer zu erwarten und dabei noch ein wenig von jenem Raschera zu essen, den der Antiquar ihn bei ihrem letzten gemeinsamen Mahl hatte kosten lassen. Ein paar Sekunden lang erschien ihm diese Versuchung unwiderstehlich, doch wenn er ihr nachgab, riskierte er, dass die Arbeit eines ganzen Nachmittags umsonst gewesen war. Er blieb also standhaft draußen im Nebel, der durch die Straße fegte und seinen Dufflecoat mit einem Schleier feiner Tröpfchen bedeckte. Langsam fuhr ein Lieferwagen vorbei, und als er am Ende der Straße verschwand, stand vor Costamagnas Schaufenster eine blonde Frau. Das war sie, da war er sich sicher. Sie schaute sich lange die ausgestellten Single-Platten an, bevor sie sich entschloss hineinzugehen. Er sah, wie der Antiquar sie in seiner liebenswürdigen Art begrüßte und dabei mit den stämmigen Armen gestikulierte, die an die großen Scheren eines Krebses erinnerten. Er wartete, bis die Frau wieder herauskam. Nun sah er sie auch von vorn: Sie war schön, mit ebenmäßigen Gesichtszügen. Sie bestieg einen kleinen Fiat, und Soneri setzte sich ans Steuer seines Coupés. Er hielt Abstand und ließ zu, dass sich einige Autos zwischen seinem Wagen und dem der Frau einfädelten. Den Rest besorgte der Nebel.

Sie fuhr zum Stadtrand. Jenseits der Ringstraßen nahm die Zahl der Autos ab, dafür wurde die Sicht noch schlechter. Soneri folgte dem kleinen Auto weiter, indem er sich an den Rücklichtern orientierte, sah aber sonst kaum noch etwas. Ohne dass er es gemerkt hatte, fand er sich zu seiner Überraschung in der Via Vanzetti wieder.

Die Frau parkte vor dem letzten Haus, hinter dem die Straße in einer Dunkelheit erstarb, die so massiv wirkte wie ein Felsabhang. Soneri glitt aus dem Alfa und bewegte sich so behutsam wie ein Vorstehhund. Er war so auf die Gestalt konzentriert, die zwischen den Lichtkegeln der Straßenlaternen auftauchte und wieder verschwand, dass er nicht weiter auf das Haus geachtet hatte, auf das sie zuging. Es war das Haus, in dem Lora wohnte.

Vor dem Tor kramte die blonde Frau in ihrer Tasche. Dann holte sie einen Schlüsselbund heraus und schloss auf. Als Soneri hinter ihr her auf den Eingang zuging, sah er, dass sie vor dem Aufzug stand. Als sie einstieg und nach oben fuhr, drückte der Commissario auf irgendeine Klingel, ließ sich aufmachen und betrat ebenfalls das Haus. Ruhig stieg er die Treppe hinauf. Der Aufzug stand weder im ersten noch im zweiten Stock. Im dritten dagegen entdeckte er die beleuchtete Kabine. Wieder stand hier alles voll wie beim ersten Mal: Wäsche zum Trocknen, ein Schirm in einem Blumentopf und ein Kinderfahrrad. Das war Loras Stockwerk. Jetzt gab es keinen Zweifel mehr. Er ließ das Treppenhauslicht ausgehen und klingelte bei ‹Ronco-Recanati›. Als er hörte, wie im Inneren der Wohnung das Klingelgeräusch ertönte, lächelte der Commissario: Er hätte nicht gedacht, dass ihn diese Beschattung hierher führen würde. Doch im Grunde war dieser Schluss nur allzu logisch.

Lora zuckte zusammen, als sie ihn sah. Sie war nervös, auch wenn sie versuchte, sich nichts anmerken zu lassen. Sie bemühte sich sogar, besonders charmant zu sein, doch ein paar Mal warf sie einen ängstlichen Blick in den Korridor, von dem einige Türen und das Bad abgingen. Dann zog sie Soneri in die Küche, wo einige brodelnde Töpfe auf dem Herd standen. Die Frau blickte ihn an, dann drehte sie ihm den Rücken zu und tat so, als müsse sie sich um das Abendessen kümmern.

«Um diese Uhrzeit noch im Dienst?», fragte sie und rührte mit einem hölzernen Kochlöffel in einem der Töpfe, ohne sich zu ihm umzudrehen.

Soneri antwortete nicht, sondern starrte sie nur an. Nach einigen Sekunden des Schweigens setzte sie nach, noch immer mit dem Rücken zu ihm: «Wie geht's mit der Ermittlung voran?»

Doch Soneri blieb stumm. Lora schien seine Beharrlichkeit und die Blicke in ihrem Rücken zu empfinden wie eine unangenehme Berührung an ihrem Hals. Lange Sekunden verstrichen, in denen sie sich weiterhin demonstrativ nicht umdrehte, bis ihr schließlich gar nichts anderes übrigblieb.

Da erst fragte der Commissario: «Wo ist sie?»

Die Frau setzte eine abwesende Miene auf und fragte: «Wer?»

Die Frage war so albern, dass der Commissario lächeln musste. Und da Lora sich nicht rührte, ging er in den Flur.

Die erste Tür führte in Loras Schlafzimmer. Auf dem Nachtkästchen stand ein Foto von ihr und ihrem Exmann. Das nächste Zimmer war offenbar das der anderen Frau. In der Dunkelheit bemerkte er durch einen schwachen, düsteren Lichtschein, dass das Fenster offen stand. Sie war geflüchtet. Von dem Balkon vor dem Fenster war sie auf den der Nachbarwohnung gestiegen. Sie musste dort die Scheibe eingeschlagen und durch die angrenzende Wohnung ins Treppenhaus entkommen sein. Er brauchte ein paar Sekunden, um zu verstehen, wie sie ihn hereingelegt hatte. Als er ins Zimmer zurückkam, machte Lora das Licht an. Sie stand auf der Türschwelle und blickte ihn an, immer noch schweigend, mit einem angespannten Gesichtsausdruck, der offensichtlich Wut ausdrückte.

Die Einrichtung bestand aus einem niedrigen japanischen Bett, einem Schrank, einem Schreibtisch und zwei Stühlen. Er machte ein paar Schritte auf die Mitte des Raumes zu, als er ein Farbfoto sah, auf dem die blonde Frau völlig verwandelt wirkte. Die Haare waren unter eine schwarze Schirmmütze geschoben, und sie trug Lederkleidung, ebenfalls in Schwarz. Nur der Gürtel und die Beschläge aus Metall hoben sich davon ab, auch betonte es die helle Haut der Frau.

Als Nächstes fiel Soneris Blick auf ihre Schuhe. Alles andere wirkte zwar ein wenig seltsam, aber dennoch ganz konventionell, mit Ausnahme dieser derben Stiefel. Aber vielleicht rührte dieser Eindruck auch nur von seiner berufsbedingt anderen Wahrnehmung her. Die Frau trug Stiefel, die bis über die Knöchel reichten, mit dicken, groben Sohlen.

Soneri betrachtete das Foto, blickte Lora an, die immer noch reglos an der Tür stand, und öffnete den Schrank.

Hier hingen etliche Kleidungsstücke aus schwarzem Leder neben sehr femininen und aufreizenden Kleidern. Hinten, in einem getrennten Fach, standen die Schuhe. Auch von ihnen gab es zwei so unterschiedliche Arten, dass man hätte meinen können, sie gehörten zwei verschiedenen Personen. In einer Ecke fand er die derben Stiefel. Der Commissario hob sie auf und drehte sie um, sodass die Sohlen nach oben zeigten.

Das Profil und das Muster schienen mit den Abdrücken übereinzustimmen, die man im Vorführraum gefunden hatte. Der Commissario zog eine Plastiktüte hervor und schob die Schuhe hinein. Dann nahm er das Foto von der Wand und steckte es in die Tasche. Mit stummer Resignation ließ Lora ihn gewähren. Anschließend schloss Soneri das Fenster, schob die Frau sanft aus dem Zimmer und löschte das Licht. Er forderte sie auf, sich an den Küchentisch zu setzen, und setzte sich ihr gegenüber.

«Wer ist sie?»

«Die Schwester meines Exmannes.»

«Wie heißt sie?»

«Federica, sie ist zehn Jahre jünger als Eusebio.»

«Sie hat sich ganz schön in Schwierigkeiten gebracht.»

«Sie ist nur aus Angst weggelaufen. Sie hat nichts damit zu tun.»

Soneri zog eine Toscano hervor und zündete sie an. Das war ein bewährtes Manöver, um ruhig zu bleiben. Er tat den ersten Zug und blickte dann wieder die Frau an.

«Sie sollten mich nicht auf den Arm nehmen. Das macht mich immer sehr nervös», sagte er drohend, beugte sich zu ihr und blies ihr den starken Tabakrauch ins Gesicht.

Das schüchterte Lora ein, und sie rückte von ihm weg.

«Seit wann wohnt sie hier?»

«Seit vier Jahren.»

«Verkehrt sie im Club der Cineasten?»

«Der Club hat ausschließlich männliche Mitglieder. Über meinen Mann kennt sie aber fast alle.»

«Wer hat sie darum gebeten, den Katalog über das nordische Kino zu kaufen?»

Lora machte eine ungeduldige Handbewegung.

«Woher soll ich denn das wissen? Sie führt ihr eigenes Leben. Manchmal sehen wir uns überhaupt nicht. Oft gehe ich weg, wenn sie noch schläft. Sie arbeitet in Discotheken und hat einen völlig absurden Tagesrhythmus.»

«Sie wissen nicht, wer Ihren Mann ermordet hat, Sie haben keine Ahnung, wer Palmieri umgebracht hat, Sie wissen nicht, wer auf Sie geschossen hat, und auch nicht, wer Sie verfolgt. Und jetzt wollen Sie mir weismachen, dass Sie nicht einmal wüssten, welches Leben Ihre Schwägerin führt», brüllte Soneri. Dann fügte er betont sanft hinzu: «Für wie blöd halten Sie mich eigentlich?»

Lora hob die Hände ans Gesicht, als wolle sie sich über die Wangen streichen, eine Geste, die wirkte wie ein Zeichen der Reue. Einen Moment lang sah es für den Commissario so aus, als stünde die Frau unter unerträglicher Anspannung. Dann glätteten sich ihre Züge langsam.

«Ich bin doch diejenige, die nicht versteht, was hier vorgeht», sprudelte es aus ihr heraus. «Um mich herum passieren Dinge, von denen ich nur einen Bruchteil verstehe. Glauben Sie, ich hätte keine Angst? Immerhin hat es zwei Tote gegeben ...»

Der Commissario wandte den Blick nicht von ihr ab, doch sein Gesichtsausdruck war jetzt freundlicher, und dadurch fühlte sich die Frau sichtlich wohler.

«Was ich mit Sicherheit weiß, ist, dass Manfred den Befehl gegeben hat, auf mich zu schießen. Vielleicht saß er auch selbst in diesem Auto. Er wollte mich nicht treffen», sagte sie hastig, «so etwas würde er nie tun: Er liebt mich immer noch.»

«Aber warum hat er es denn dann getan? Und warum verfolgt er Sie?»

«Wegen der Firma, aus Verzweiflung, aus persönlichen Gründen.»

«Das verstehe ich nicht», murmelte Soneri verwundert.

«Ich hätte die größte Aktionärin des Unternehmens werden können, wenn ich nur gewollt hätte ...»

«Wenn Sie gewollt hätten?», drängte er.

«Serafino hatte notariell beglaubigen lassen, dass wir ein Paar waren und ich nach dem Tod seiner Mutter die gleichen Rechte gehabt hätte wie eine Ehefrau. Er konnte mir nicht alles vermachen, solange sie noch am Leben war. Das hätte sie nicht ertragen. Aber danach ... Er wollte mich vielleicht sogar heiraten, doch zu diesem Schritt konnte er sich nie wirklich durchringen.»

«Stork wusste von dieser Vereinbarung und wollte verhindern, dass Sie davon Gebrauch machen ...»

«Er sagte, ich solle mich mit dem zufriedengeben, was ich habe. Ich besaß ja bereits 25 Prozent an dem Unternehmen, was gereicht hätte, um davon gut zu leben. Warum hätte ich ihn vernichten sollen? Ohne Erben geht Serafinos gesamter Anteil an die Kirche, und die Storks könnten gleichberechtigte Teilhaber der Elvethia bleiben. Sie haben gute Beziehungen zur Kirche.»

Als er an den Lebenswandel von Manfred Stork dachte, musste Soneri lächeln. Doch Lora merkte nichts davon.

«Außerdem schlug er mir vor, dass wir uns nicht nur geschäftlich zusammentun sollten, verstehen Sie?»

Der Commissario nickte.

«Und Sie haben eingewilligt.»

«Was hätte ich denn machen sollen? In dieser Geschichte gibt es schon viel zu viele Opfer.»

«Aber Stork erpresste auch jemanden aus dem Club ...»

«Er musste an irgendwelche kompromittierenden Papiere von Serafino gekommen sein. Doch darüber weiß ich nichts.»

«Der Fall Miranda», informierte Soneri sie knapp.

«Im Fall Miranda war rekonstruiert worden, wie der Mord an meinem Mann abgelaufen sein könnte.»

«Und offenbar kamen dabei ein paar Dinge der Wahrheit sehr nahe», sagte Soneri.

«Serafino behauptete immer, dass, wenn man sich etwas ausdenkt, immer auch etwas Wahres darin steckt. Für ihn bedeutete es, sich an Dinge und Ereignisse zu erinnern, die schon beinahe vergessen waren, sie plötzlich in einem ganz neuen Licht zu sehen. Er meinte, dass es nichts gibt und auch nicht geben kann, was völlig neu erfunden ist.»

«Was diese Geschichte betrifft», sagte Soneri, «glaube ich, dass er recht hatte.» Er stand auf und griff nach der Plastiktüte mit den Schuhen der jungen Frau.

«Sagen Sie ihr, dass sie sie im Präsidium abholen soll.»

26

Er ging die Treppe bis in den dritten Stock hinauf, wo sich die Büros der Spurensicherung befanden. Hier, beim Anblick der etwas überheblichen Beamten in ihren weißen Kitteln, hatte er jedes Mal das Gefühl, ein Krankenhaus zu betreten. Nanettis Kittel war ihm viel zu lang und hing an ihm wie an einer Vogelscheuche.

«Herr Doktor ...», zog Soneri ihn auf.

Der Kollege warf ihm einen mitleidigen Blick zu.

«Bringst du etwas Wichtiges?», fragte er dann mit einem Blick auf die Tüte.

«Die Schuhe der Messerstecherin.»

Nanetti zog die groben Schuhe heraus.

«Und so etwas trägt eine Frau?»

«Anscheinend ja», erwiderte der Commissario.

«Sie kann mit Messern umgehen», sagte Nanetti. «Der Stich in die Leber war sehr präzise. Mit ein bisschen mehr Kraft ... Ein Chirurg hätte es nicht besser machen können.»

Soneri hörte ihm zu und blickte dabei auf die Schuhe, die sein Kollege nun genauestens untersuchte. Dann nahm Nanetti ein Dia und schob es in den Projektor. An der Wand erschien ein Bild des Abdrucks, den man im Vorführraum gesichert hatte. Nanetti nahm einen Pinsel zur Hand, bestrich die Sohle mit einem seltsamen Pulver und stellte den Schuh auf ein Blatt, um den Abdruck zu nehmen. Nach einigen weiteren Prozeduren erschien der Umriss an der Wand neben dem, den man nach der Messerstecherei bei Beppe gefunden hatte. Es gab nicht die geringste Abweichung.

«Selbst die Abnutzung der Sohle ist identisch», sagte Nanetti. Und fügte dann hinzu: «Wir wissen also, dass es derselbe Schuh ist, aber steckte darin auch derselbe Fuß?»

Lächelnd ging der Commissario die Treppe wieder hinunter und dachte an Nanettis wissenschaftliche Skepsis, die so ganz anders war als seine ungestüme Intuition, diese aber ideal ergänzte. Wenn er sich klarmachte, wie er an diesen Punkt der Ermittlung gelangt war ... Was sollte er dem Polizeipräsidenten und den Journalisten erzählen? Dass er nur so weit gekommen war, weil es da jemanden mit einer Schwäche für alte Schallplatten gegeben hatte?

Auf seinem Tisch lagen noch die Akten des Falles Ronco. Warum war dessen Schwester, Jahre später, mit dem Messer auf den armen Beppe losgegangen, einen harmlosen Autisten, der nur zu seiner Vorführmaschine eine Beziehung zu haben schien? Zum x-ten Mal las er die Seiten des Berichts, auf denen der Tathergang beschrieben wurde. Es gab da ein unklares Detail: Er verstand nicht, warum eine Sonnenbrille auf dem Armaturenbrett lag, wenn das Verbrechen doch in der Nacht passiert war. Und vor allem, warum eine zweite im Handschuhfach lag, eine, die an einer Kette befestigt war, damit man sie um den Hals hängen konnte?

Die Qualität der Brille auf dem Armaturenbrett wurde als minderwertig beschrieben im Gegensatz zu der im Handschuhfach. Außerdem hatte man auf der ersten Pulverspuren gefunden, wobei nicht festzustellen war, ob diese darauf gekommen waren, weil sie sich nahe bei dem Revolver befunden hatte, mit dem auf Ronco geschossen wurde, oder ob er sie getragen hatte. Aber warum sollte er sie aufgesetzt haben, wenn es doch dunkel war?

Beppe lag in einem Einzelzimmer, bewacht von einem Polizisten in Zivil. Der Commissario hatte darum gebeten, dass es nicht aussehen solle, als handle es sich um einen strengbewachten Verbrecher. Der Beamte wirkte wie ein Verwandter, der nicht allzu besorgt war, während Marcelli und seine Frau schweigend zu beiden Seiten des Bettes saßen, in dem Beppe mit scheinbar stoischer Ruhe lag. Nur der Tropf, an dem er hing, zeigte an, wie die Sekunden in diesem Bild der Bewegungslosigkeit verstrichen.

«So sitzen sie seit Stunden da, ohne ein Wort zu sagen», flüsterte der wachhabende Beamte.

Wie im Leben, wie immer.

Langsam ging Soneri auf sie zu, vorsichtig, als nähere er sich dem Rand eines Abgrundes. Marcelli schaute zu ihm auf, und in seinem Gesicht zeigte sich die Andeutung eines traurigen Lächelns, während sich seine Frau mit steifem Hals mühsam mit dem ganzen Oberkörper nach ihm umdrehte. Beppe dagegen starrte weiter auf die gegenüberliegende Wand, den Blick schräg nach unten gerichtet.

«Wie geht es Ihnen?», fragte der Commissario.

Der Mann hob fast unmerklich den rechten Arm, in dem keine Infusionsnadel steckte, und bewegte die Hand abwägend hin und her.

«Haben Sie Schmerzen?»

Keine Antwort. Anstelle von Worten verzog er unwillig das Gesicht, was zugleich beinahe schmerzverzerrt wirkte.

Der Commissario blickte Beppe eine Weile an und fühlte sich machtlos. Er sah ihn unter sich liegen und seinem

Blick ausweichen. Sein Gesicht hatte einen widerspenstigen und feindseligen Ausdruck. Soneri beugte sich zu ihm hinunter und starrte ihm in die Augen, sodass er gezwungen war, ihn anzusehen.

«Wer war es?»

«Ich weiß es nicht.»

«Warum?»

«Es wird schon einen Grund gegeben haben.»

Der Commissario musste sich sehr zusammenreißen, um nicht die Geduld zu verlieren. Er hatte Lust auf eine Zigarre, erinnerte sich aber, dass er sich in einem Krankenhaus befand, daher steckte er sich einen kalten Stummel in den Mund.

«Ich verstehe nicht, weswegen Sie sich weigern, zu reden», raunte Soneri.

«Ich habe alles gesagt, was es zu sagen gibt. Sie müssten das wissen.»

Soneri richtete sich auf. Beppe stieß einen tiefen Seufzer aus und drehte sich auf die andere Seite, wo Marcellis Frau saß.

Marcelli fühlte sich offenbar überflüssig, stand auf und verließ das Zimmer. Soneri folgte ihm auf den Flur.

«Bohren Sie nicht weiter, Sie werden nichts aus ihm herausbringen», sagte Marcelli.

Der Commissario zuckte mit den Achseln. Er dachte an Beppes Worte und ahnte, dass er auf das Hüpfen der Filmbilder anspielte.

«Ich verstehe einfach nicht ...», sagte Soneri gereizt.

«So ist er nun mal, da kann man nichts machen. Ich glaube nicht, dass er jemals auch nur fünfzehn Worte am Stück gesagt hat, nicht einmal zu seiner Mutter.»

«War er jemals im Club der Cineasten?»

«Nein. Dort ging er nicht hin, auch wenn er fast alle Mitglieder kannte.»

«Ich bin davon überzeugt, dass er den Mord an Palmieri gesehen hat.»

«Mag sein», sagte Marcelli, «aber er würde niemals darüber sprechen. Oder aber er hat es auf seine Art bereits gesagt. An Ihrer Stelle würde ich die Mitteilungen, die er Ihnen hat zukommen lassen, nicht ignorieren.»

«Und Sie, Marcelli, Sie wissen nichts weiter?»

Der Mann nahm einen bestürzten Ausdruck an: «Sie denken doch nicht ...»

«In Ihrem Kino passieren ziemlich seltsame Dinge. Jemand wurde ermordet, und noch jemand ist nur knapp dem Tod entronnen. Und dann gibt es dieses Kommen und Gehen während der Vorführungen. Fiktive Ermittlungen und reale Messerstechereien. Doch Ihnen fällt überhaupt nichts auf. Nehmen Sie den Mordversuch an Beppe: Haben Sie denn gar nichts gesehen? Oder Ihre Frau?»

Soneri hatte mit großem Nachdruck und in einem vorwurfsvollen Ton gesprochen, der Marcelli offensichtlich einschüchterte. Der Commissario lächelte ihm zu: «Entschuldigen Sie, ich wollte mich nicht so aufregen.»

Dann gab er ihm einen freundschaftlichen Klaps auf die Schulter und ging durch den Flur davon.

Er fuhr zurück ins Präsidium. Juvara empfing ihn mit einem Niesanfall: Beim Herumstehen in der Kälte vor Costamagnas Geschäft hatte er sich einen Schnupfen eingefangen. Soneri blickte ihn ironisch an: «Das nächste Mal legst du dich erst im Frühling wieder auf die Lauer.»

Er machte ihm ein Zeichen, ihm in sein Büro zu folgen.

«Unter diesen Bedingungen gebe ich dir eine Aufgabe im Warmen.»

Juvara sah ihn mit schlecht verhohlener Gereiztheit an.

«Ich will wissen, ob es ein Depot oder ein Girokonto auf den Namen des Clubs der Cineasten gibt. Ich muss wissen, wer für die Kosten aufkommt und wie sich der Club finanziert.»

Als er allein war, dachte er wieder an Beppe. Wieder ließ er in seinem Kopf die Personen Revue passieren, auf die der Filmvorführer die Aufmerksamkeit gelenkt hatte. Eine hartherzige und berechnende Frau, ein kaltblütiger Erpresser, ein ermordeter Ehemann und der Auftraggeber eines Mordes. Er versuchte, für alle eine Entsprechung in der echten Geschichte zu finden. Langsam wurden seine Gedanken klarer, doch er war sich nicht sicher, ob Beppe tatsächlich auf die gleichen Personen verweisen wollte, die der Commissario im Kopf hatte.

Als es dunkel wurde, ging er zu Fuß zu Costamagnas Geschäft. Vielleicht war dieser ja noch in seinem Laden. Als er Soneri sah, ließ er ihn herein, dann packte er mit seinen kurzen Armen den Rollladen und zog ihn ganz nach unten.

«Was hat die Blondine Ihnen erzählt?»

«Sie ist entwischt. Cleverer, als ich gedacht hatte. Ich bestreite nicht, dass eine Frau wie sie ...»

Costamagna sah ihn lächelnd an:

«Ich habe sie aus der Nähe gesehen, und sie ist sehr schön.»

«Sie kann knallhart sein, wenn sie ihre Stiefel und ihre schwarze Lederkleidung anzieht.»

«Dabei wirkt sie so zerbrechlich ...»

Sie gingen ins Hinterzimmer.

«Haben Sie Zeit?»

«So viel Sie wollen.»

Costamagna holte Raschera und piemontesischen Toma hervor. Dazu stellte er noch einen Murazzano auf den Tisch, und zusammen entfalteten die drei Käsesorten einen Duft, der intensiver war als der von Trüffeln.

«Hat sie etwas gekauft?», knüpfte Soneri wieder an ihr Gespräch an.

«Zwei Platten. Sie hat mir gesagt, dass sie Sammlerin ist und nur Raritäten kauft. Doch mein Sortiment an Singles ist nicht die starke Seite meines Geschäftes.»

«Hat sie sonst noch etwas gesagt?»

«Sie machte nicht den Eindruck, als hätte sie große Lust, in ein Gespräch verwickelt zu werden. Wir haben ein paar Sätze gewechselt, über den Nebel, die Kälte ... Sie wirkte müde. Vielleicht kam sie gerade von der Arbeit, ich habe gesehen, dass sie in ihrer Tasche einen Kittel hatte. Zum Waschen, denke ich.»

«Einen Kittel?»

«Ja, einen weißen Kittel. Wie ein Arztkittel. Als sie ihre Geldbörse herausgeholt hat, ist ihr die Tasche aus der Hand gerutscht und aufgegangen. Da habe ich ihn gesehen.»

Während er kaute, dachte Soneri darüber nach. Und von dem Kittel sprangen seine Gedanken weiter zu jenem Messerstich, der so präzise gewesen war, dass es wirkte wie ein Schnitt mit dem Skalpell.

«Gibt es etwas, das Sie beunruhigt, oder ist der Käse diesmal nicht gut?»

Der Commissario kehrte wieder in die Wirklichkeit zurück: «Er ist vorzüglich.»

Costamagna stand auf, öffnete die Anrichte und holte eine Culaccia, feinsten Rinderschinken mit appetitlichen roten Streifen, hervor. Dann nahm er ein dünnes Messer, schnitt sie mit flinken Bewegungen, die an Florettstöße erinnerten, und stellte die Scheiben auf den Tisch. Für eine Weile konnte Soneri ob all der Genüsse keinen klaren Gedanken mehr fassen.

«Das ist besser als jede Droge», sagte er.

Den Rest besorgte der Wein, ein Sauvignon, der bis in die Nase perlte.

«Ich weiß nicht, ob Sie sich als Antiquar oder als Gastwirt besser machen», scherzte Soneri am Ende.

Es war sehr spät, als er in den Nebel hinaustrat. Die Stadt lag im Schlaf, und von den Gesimsen tropfte die Feuchtigkeit. Doch der Nebel tat ihm ähnlich gut wie einem Schinken die Räucherkammer, auch wenn der Dunst ihn an den undurchschaubaren Verlauf seiner Ermittlungen erinnerte. Er stieg in seinen Alfa und fuhr durch die Stadt. Dann betrat er eine Bar, um einen Kaffee zu trinken und von dort aus Angela anzurufen.

«Es ist halb eins», sagte sie wütend mit verschlafener Stimme.

«Gehst du so früh ins Bett?»

«Ich sollte mir jemanden suchen, der mich schlafen lässt», knurrte sie.

«Ich war bei Costamagna. Wenn ich diesen Fall löse, habe ich es ihm zu verdanken.»

«Du hast mit ihm gegessen», sagte Angela kurz angebunden. «Von der Vorspeise allein würde sich bei dir noch nicht so eine große Dankbarkeit einstellen.»

«Die Frau hatte einen weißen Kittel bei sich. Ich denke, sie arbeitet in irgendeiner Praxis oder in einem Krankenhaus.»

«Na gut, dann lauf hinter dieser Krankenschwester her, wenn du kannst, und lass dich untersuchen. Ich habe morgen eine Anhörung.»

Er stand noch eine Weile mit dem Hörer in der Hand da, bis ihm aufging, dass es keine gute Idee gewesen war, sie anrufen.

Den Platz zu finden, an dem der Hausmeister des *Schiller* die Schlüssel aufbewahrte, war nicht schwierig. Der Mann musste ziemlich phantasielos sein. Soneri nahm den Schlüssel von Rocchis Rover, ging hinaus zum Parkplatz und schloss das Auto auf. Dann kehrte er ruhig zurück in das Zimmer des Hausmeisters, legte den Schlüssel wieder an seinen Platz und ging wieder nach draußen. Er stieg ins Auto, setzte sich auf den Rücksitz und verriegelte die Türen von innen. Er wusste, dass Rocchi zunächst zum Hausmeister gehen würde, und behielt den Weg dorthin im Auge. Als er sah, wie der Anwalt mit kurzen, schnellen Schritten über den Kies kam, duckte er sich hinter die Sitze und wartete. Rocchi ahnte nichts. Er schloss die Tür auf, und die vordere Innenbeleuchtung ging an. Dann ließ er sich mit seinem ganzen Gewicht auf den Fahrersitz fallen, und das Auto schwankte. Schließlich startete er den Motor. Er legte den Rückwärtsgang ein, und als er sich umdrehte, sah er Soneri, der sich nun wieder aufrichtete.

«Tun Sie einfach so, als wäre ich gar nicht da», sagte der Commissario mit fester Stimme, in der ein leicht drohender Unterton lag.

«Wohin möchten Sie?», erwiderte der andere.

«Wo Sie hinfahren, das passt mir sehr gut. Wir haben das gleiche Ziel.»

27

Rocchi fuhr bereits seit einigen Minuten, ohne ein Wort zu sagen. Soneri hatte sich in die Mitte des Rücksitzes gesetzt und achtete auf Rocchis Bewegungen. Der schaute von Zeit zu Zeit in den Rückspiegel und versuchte, den Blick des Commissarios aufzufangen.

«Wie viel haben Sie abgehoben?»

«Ich verstehe nicht», erwiderte Rocchi.

«Spielen Sie nicht den Dummen», sagte Soneri in jenem Tonfall, der auf seine Gesprächspartner fast immer einschüchternd wirkte.

Als er sah, dass der Anwalt immer noch schwieg, bohrte er weiter: «Es waren Inhaberpapiere. Stork hat sie Ihnen gegeben, damit Sie sie einlösen.»

«Dreihundert», sagte der Anwalt schließlich.

«Damit kann er seine Schulden bezahlen», überlegte der Commissario. «Und die Schuldverschreibungen, deren Fälligkeit abgelaufen war?»

«Die hat er mir nicht gegeben.»

«Aber auf welche Summe beliefen sie sich?»

«Soweit ich verstanden habe, auf mehr als das Doppelte.»

«Eine Milliarde ... Davon kann er eine Weile leben», stellte Soneri fest.

In diesem Augenblick bog Rocchi in eine schmale Straße außerhalb der Stadt ein. Dem Commissario wurde es mulmig. Der Nebel war so dicht wie eine Mauer, während das Auto immer tiefer in die Felder hineinfuhr und dabei über den holprigen Asphalt hüpfte. Er tastete prüfend nach seiner Pistole. Endlich sah er einen schwachen Lichtschein in einem Hof.

Rocchi parkte das Auto neben einer Hecke, doch als er aussteigen wollte, legte ihm der Commissario eine Hand auf die Schulter und hielt ihn zurück.

«Sie bleiben hier.»

Der Mann ließ sich wieder in seinen Sitz fallen, während im Haus ein Kopf am Fenster auftauchte, um zu sehen, wer gekommen war. Als Soneri ausstieg, wurde von drinnen der Türöffner betätigt, und die Tür sprang auf. Er trat ein und fand sich in einer Art Vestibül wieder. Dem Eingang gegenüber führte eine Treppe hinauf in die oberen Stockwerke, links gab es eine weitere Tür. Dahinter hörte er flüsternde Stimmen. Also packte er die Klinke und riss die Tür auf.

In einem eher bescheidenen Wohnzimmer saßen Stork und Lora nebeneinander auf einem niedrigen Sofa wie ein altes Ehepaar. Der Commissario ging ein paar Schritte auf die beiden zu. Lora sprang errötend auf, Stork dagegen rührte sich nicht. Er hob sein Whiskyglas und sagte: «Herzlich willkommen, Commissario.»

«Sie haben also beschlossen, aufs Land zu ziehen?», fragte Soneri sarkastisch. «Sie müssen entschuldigen, dass ich um diese Uhrzeit hier einfach so eindringe, aber ich und Ihr Freund Rocchi kamen gerade vorbei, und als wir das Licht gesehen haben ...»

«Damit das klar ist», fiel Lora ihm trotzig ins Wort, «ich bin nur aus geschäftlichen Gründen hier.»

Stork brach in schallendes Gelächter aus. «Der Commissario denkt nicht das, was du glaubst», sagte er so höhnisch, dass die Frau wütend wurde.

«Finden Sie nicht, Commissario, dass das ein gutes Angebot ist?», fuhr Stork angetrunken fort. «Wenn wir einen Pakt schließen und meinen Aktienanteil und ihren zusammenwerfen, könnten wir die Mehrheit an der Firma bekommen.»

Lora bedachte ihn mit einem gereizten Blick.

«Ich habe den Eindruck, dass Ihre Geschäfte in letzter Zeit gut laufen», warf der Commissario ein. «Ein unvorhergesehener Zufluss von Wertpapieren. Oder täusche ich mich?»

«Nein, Sie täuschen sich nicht. Aber ich habe sie nicht gestohlen, ich habe ein paar Sachen verkauft», erklärte Stork, auf einmal ernst.

«Papiere», erwiderte der Commissario bestimmt. «Und Ihre Kunden haben leichten Herzens bezahlt, da es sich nicht um ihr eigenes Geld handelte», ergänzte er und warf Lora einen strengen Blick zu.

«Palmieri war ein bisschen unvorsichtig. Ich hätte all diese Papiere nie auf die Bank gebracht, in der Vescovi arbeitet. Kann man so einem überhaupt trauen?»

Lora hatte sich etwas abseits hingesetzt und wirkte sehr nervös. Immer wieder blickte Soneri absichtlich zu ihr hinüber, und jedes Mal machte sie den Eindruck, als würde sie auf glühenden Kohlen sitzen. Stork schien amüsiert.

«Gab es noch andere Papiere, außer der Schilderung des Falles Miranda?»

«Papiere, die die Firma betrafen, aber damit lässt sich nichts verdienen. Und außerdem waren die nur am Fall Miranda interessiert.»

«Haben Sie sie gelesen?»

«Nein.»

«Unsinn!», knurrte der Commissario. «Warum haben Sie denn sonst eine Seite liegenlassen?»

Stork wurde ernst und sah dem Commissario unverwandt in die Augen. Das tat er sonst nie.

«Sie können alles Mögliche von mir denken, aber ich stehe zu meinem Wort und halte mich an Vereinbarungen. Ja, ich weiß, wenn Sie an meinen Lebenswandel denken, müssen Sie schmunzeln. Aber Sie sollten mir allein deshalb glauben, weil ich eine Spielernatur bin. Spieler mögen in vielerlei Hinsicht verkommen sein, aber sie halten immer ihr Wort, ob sie nun gewinnen oder verlieren. Ich hatte etwas, was die wollten. Wir haben einen Preis festgesetzt und sind uns einig geworden. Eine Straftat liegt dabei nicht vor.»

«Das stimmt so nicht ganz. Sie sind in Palmieris Wohnung eingebrochen und haben den Inhalt eines Schließfaches gestohlen.»

«In die Wohnung bin ich mit den Schlüsseln gekommen, die ich im Büro gefunden habe, und das Schließfach war auf den Namen der Firma angemietet.»

«Er hat sie nicht im Büro gefunden», mischte sich Lora leise ein, «ich habe sie ihm gegeben.»

Soneri und Stork drehten sich um und sahen die Frau an, auf deren Gesicht sich eine erschreckende Härte zeigte. Doch es war klar, dass diese sich mehr gegen sie selbst richtete als gegen die beiden Männer.

«Das macht keinen großen Unterschied», sagte Stork kalt.

«Das stimmt», sagte der Commissario und blickte Lora an, «unter strafrechtlichen Gesichtspunkten und im Rahmen der Ermittlungen ist es ein unerhebliches Detail.»

Die Frau biss sich auf die Lippen.

«Warum haben Sie die letzte Seite liegenlassen?»

«Wie soll ich das erklären ...», sagte Stork, dem nun wieder anzusehen war, wie betrunken er war, und der sich nervös und aufgewühlt eine Hand vors Gesicht hielt. «Ich fand es nicht richtig, dass sie mit heiler Haut davonkommen sollten. In jedem verkommenen Freigeist steckt ein Rest von Moral ... Sie wissen, dass ich nach bestimmten Grundsätzen erzogen wurde ... Na gut, lassen wir das. Was ich sagen will», begann er von Neuem, «ist, dass ich angesichts eines derart niederträchtigen Vereins wie diesem Club Ekel empfunden habe. Ich wollte eine Spur legen, für den Fall, dass irgendjemand dieses Blatt irgendwann finden sollte ...»

«Haben sie denn keinen Verdacht geschöpft, weil eine Seite gefehlt hat?»

Stork lächelte: «Ich habe mit einer ähnlichen Maschine eine Kopie davon gemacht, wie Sie wissen, waren es ja nur ein paar Sätze. Ich habe sie in ein Notizbuch geschrieben und die Seite später rekonstruiert. In der Firma gibt es einen Drucker, genau dasselbe Modell.»

Draußen hörte man den Motor des Rovers im Leerlauf. Rocchi fror sicher. Soneri öffnete das Fenster und winkte ihm zu: «Sie können jetzt kommen.»

«Die Clubmitglieder haben versucht, Sie hereinzulegen, wussten Sie das?»

«Ich ahnte, dass sie es versuchen würden. Das Risiko bin ich eingegangen. Schließlich machte ich mich nicht strafbar, außer bei dem Einbruch in Palmieris Wohnung. Doch das hätte ich jederzeit rechtfertigen können, indem ich behauptete, ich hätte wichtige Papiere für die Firma benötigt.»

«Die Cineasten haben nicht die gesamte Aufnahme gelöscht. Sie haben ein paar kurze Sequenzen auf dem Film gelassen. Möglicherweise haben sie Ihnen ein einwandfrei bearbeitetes Video gezeigt ... Aber sie hatten ein Duplikat, auf dem sie nur nachlässig gelöscht hatten. Zu nachlässig.»

Stork hörte ihm schweigend zu. Er blickte nur auf, um einen Blick auf Rocchi zu werfen, der in diesem Moment fröstelnd hereinkam.

«Wer hat Palmieri ermordet?», fragte der Commissario mit schneidender Stimme. «Ich weiß, dass ihr es wisst.»

Stork schüttelte den Kopf. Soneri blickte zu Lora hinüber, die unbeirrbar und hart blieb. Jetzt wirkte sie auf ihn tatsächlich wie Charlotte Rampling als Velma in *Fahr zur Hölle, Liebling*. Hatte Beppe mit seinem Hinweis sie gemeint? Der Commissario hörte, dass Stork weitersprach.

«Ich weiß es nicht, wirklich. Doch ich bin mir sicher, dass es auf Anweisung aus dem Club der Cineasten geschah. Wissen Sie was, Commissario? Palmieri finanzierte die Aktivitäten des Clubs. Schauen Sie sich doch mal an, wo das Geld herkam, mit dem sie ihre kostspieligen Spielchen veranstalteten. Sponsoring nannten sie das. Und was glauben Sie, wer Santinis Protzvilla unterhielt?»

Diese Einzelheiten erzählte Stork voller Groll, als besäße er erst jetzt den Mut, sie zu enthüllen. Ein wenig kam es sicher auch daher, dass der vermeintlich so unvernünftige Stork dem vermeintlich so besonnenen Palmieri endlich etwas entgegenhalten konnte.

«Und soll ich Ihnen noch etwas sagen? Manchmal gab Palmieri auch Arbeiten und Materialbestellungen auf Rechnung der Firma in Auftrag. Wer sollte ihn denn auch dafür zur Rechenschaft ziehen? Mein Vater und ich mussten den Mund halten. Und in der Bank saß Vescovi.»

«Gab er viel aus?»

«Ganz schöne Summen. In den Büchern gab er sie als Sponsoring aus. Alle fanden das lächerlich.»

Storks Gesicht war verzerrt vor Wut. Soneri erhob sich, öffnete das Buffet, nahm zwei Gläser heraus und füllte sie mit Whisky. Dann reichte er eines davon Rocchi, der sich in eine Ecke gesetzt hatte, ohne seinen Mantel abzulegen. Danach ging er zum Tisch zurück und schenkte Stork einen weiteren Schluck ein.

«Habt ihr dem Club der Cineasten schon immer Geld zukommen lassen?»

«Nein, das ist erst seit ein paar Jahren der Fall.»

«Seit wann?»

Stork seufzte. Er hatte seine ganze alkoholbedingte Heiterkeit verloren.

«Alles hat nach dem Mord an ihrem Mann angefangen», sagte er und deutete auf Lora.

Instinktiv drehte sich der Commissario um. Sie war immer noch so angespannt wie die Saite einer Violine.

«Was hat das damit zu tun?»

«Commissario, Sie übersehen zu viele Dinge», lachte Stork auf eine Art, die Soneri ärgerte. «Der Club der Cineasten war ein echtes Detektivbüro. Und wissen Sie, womit sie sich beschäftigten? Industriespionage. Headhunter für Aufsichtsratsmitglieder und Vorstandsvorsitzende. Das ist ganz einfach, wissen Sie? Um ein gegnerisches Unternehmen zu schlagen, reicht es, dem Geschäftsführer einen besseren Posten anzubieten. Oder dem Produktentwickler. Eine Kleinigkeit! Aber man braucht jemanden, der das kann. Ronco war da ganz hervorragend, doch er hat sich zu viele Feinde gemacht», schloss er mit einem Blick auf Lora.

«Danach hat das niemand weitergeführt?»

«Sie haben es alle mit der Angst bekommen. Santini und ein paar andere haben weiterhin Nachforschungen für Privatleute angestellt, doch nachdem sie Monate damit zugebracht hatten, untreue Ehemänner und Ehefrauen zu beschatten, haben sie beschlossen, aufzuhören. Es war besser, sich die Fälle in den eigenen vier Wänden selbst auszudenken und sich dann aus Eitelkeit gegenseitig herauszufordern.»

«Und von da an hat Palmieri den Club finanziert?»

«Ja, er hat angefangen, regelmäßig Geld zu überweisen.»

«Gab es auch andere Geldgeber?»

«Die Bank, dank Vescovi. Aber in geringerem Umfang. Vescovi konnte nicht einfach so machen, was er wollte.»

Rocchi erhob sich und zog seinen Mantel aus. Lora strich sich nervös durch die Haare.

«Haben Sie eine Kopie des Falles Miranda behalten?»

«Nein, ich habe es Ihnen doch schon gesagt. Ich bin loyal, so wie alle Spieler.»

«In Ordnung», sagte der Commissario. Und an Lora gewandt, fügte er hinzu: «Es tut mir leid, wenn ich Ihre Geschäftsverhandlungen unterbrochen habe.»

Er machte Rocchi ein Zeichen, als sei dieser sein Chauffeur, und ging hinaus, während Storks Gelächter von Neuem ertönte.

28

Er hatte den Fahndungsbefehl nach Federica Ronco auch an andere Polizeipräsidien weitergeleitet. Die junge Frau war verschwunden. Vorläufig hatte er in den Steckbrief geschrieben ‹wegen Verdachts auf einen Mordversuch gesucht›, doch während er seine Unterschrift daruntersetzte, kam ihm plötzlich ein ganz anderer Verdacht.

Juvara kaute langsam wie ein Wiederkäuer ein Stück Erbazzone, er hatte die Mangoldpastete aus Stanniolpapier ausgewickelt. Auf dem Tisch stand ein Glas mit einer roten Flüssigkeit, dick wie Marmelade.

«Was ist denn das für Zeug?», fragte der Commissario skeptisch.

«Tomatensaft.»

Dazu schwieg Soneri vorsichtshalber nur angewidert.

«Was machen die Konten?», fragte er dann.

Juvara räumte den Tomatensaft und die Pastete weg. Mit einem Papiertuch wischte er sich die Hände ab und holte aus der Schublade eine Akte hervor. Nachdem er sie auf dem Schreibtisch ausgebreitet hatte, schaute er zum Commissario auf und sagte: «Meiner Meinung nach haben sie ihn verkauft.»

«Du meinst Ronco?»

«Wen denn sonst? Zwei Wochen nach dem Mord traf

auf dem Konto des Clubs eine halbe Milliarde ein. Ich habe versucht, den Absender ausfindig zu machen, aber ich habe mich in einem Durcheinander von ausländischen Gesellschaften und Banken verloren. Das war gut ausgeklügelt.»

«Und du meinst, dass ...»

«Aus welchem Grund denn sonst? Die Summen aus der Zeit vorher übersteigen nie zwanzig Millionen. Und fast immer sind es Zahlungen von Firmen für nicht genauer spezifizierte Sicherheitsmaßnahmen. Ich vermute, es gab auch Schwarzgeldzahlungen.»

«Und nach dem Mord an Ronco?»

«Fast nur noch Sponsorengelder. Nur die Elvethia hat einige Rechnungen für Sicherheitsmaßnahmen bezahlt. Mir scheint der Fall klar, oder?»

Der Commissario nickte, während er mit seinen Gedanken woanders war. Alles schien ihm jetzt zum Greifen nahe, aber es gelang ihm noch nicht, die einzelnen Teile zusammenzubringen. Mit einer für ihn typischen ruckartigen Bewegung stand er auf. Er steckte sich die kalte Zigarre in den Mund und ging hinaus auf den Flur. Auf der Türschwelle sagte er: «Ich kann den Geruch von Tomaten ohne Nudeln nicht ertragen.»

Er parkte vor Loras Haus und stieg hinauf in den dritten Stock. Er klingelte, doch niemand machte auf. Also drückte er auf die Klingel der Nachbarwohnung. Nach einer Weile fragte eine ängstliche Stimme, wer da sei.

«Polizei!», erwiderte Soneri und fühlte sich dabei so lächerlich wie ein Protagonist in einem der Filme im *Minerva*.

Eine kleine, alte Frau öffnete die Tür einen Spaltbreit, sodass sie den Commissario gerade so erspähen konnte. Er bemühte sich, vertrauenerweckend zu wirken, lächelte und zeigte seinen Ausweis, den die Frau nicht einmal eines Blickes würdigte. Das Lächeln hatte ihr genügt.

Die Scheibe der Fenstertür im Wohnzimmer, die auf den Balkon führte, war immer noch kaputt.

«Macht Ihre Nachbarin öfter solche Scherze?», fragte der Commissario.

«Sie hat sich ausgeschlossen und hat sich die Schlüssel zu meiner Wohnung bei der Dame im ersten Stock geholt, mit der ich befreundet bin. Wir haben unsere Schlüssel ausgetauscht, in unserem Alter weiß man ja nie ...»

«Wenn sie den Schlüssel hatte, warum sollte sie dann die Scheibe einschlagen?»

Die alte Frau schien verwirrt.

«Woher soll ich das wissen? Vielleicht hat sie ihn nicht gefunden. Oder ist dagegengefallen ... Ich dringe nicht in die Wohnung von anderen Leuten ein, und ich steige auch nicht über Geländer.»

«Hat sie das schon öfter gemacht?»

«Nur einmal, soweit ich weiß. Plötzlich stand sie in meiner Küche, mit diesen schwarzen Männerkleidern und in diesen riesigen Schuhen. Mich hätte fast der Schlag getroffen.»

«Wann war das?»

«Oh, das ist noch nicht lange her. Vielleicht vor zwei Wochen.»

«Haben Sie sie seitdem nochmal gesehen?»

«Aber nein, sie ist wohl nur noch selten zu Hause.»

«Haben Sie sich an jenem Abend miteinander unterhalten?»

«An jenem Abend?», murmelte die Alte verstört, doch dann fasste sie sich wieder. «Ach, wir haben ein bisschen ferngesehen, wie zwei Freundinnen. Dann ist sie irgendwann durch die Tür rausgegangen und wieder in ihre Wohnung.»

«Hat sie Ihnen nicht erklärt, warum sie über den Balkon zu Ihnen herübergekommen ist?», fragte der Commissario und sprach etwas lauter, weil die Frau ihm bedeutete, dass sie ihn nur schlecht verstand.

«Sie hat mir erzählt, dass ein Mann da wäre, der sie suchte. Er hat ihr nachgestellt, und sie wollte ihn loswerden. Sie hat mir dabei zugezwinkert, und von Frau zu Frau haben wir uns sofort verstanden. Ach ja», fuhr die Frau fort, «sie hat mich gebeten, die Rollläden immer oben zu lassen, damit sie bei Bedarf hereinkönnte.»

Soneri vermutete, dass Federica bei einem seiner Besuche bei Lora aus der Wohnung geflüchtet war. Er stellte sich die Szene vor: Während die eine vor ihm herumflennte, sprang die Schwägerin von einem Balkon zum anderen. Die Alte riss ihn aus seinen Gedanken, indem sie ihn ein paar Mal schüchtern am Ärmel zupfte.

«Am Anfang war ich ein bisschen unbedacht, als ich Ihnen gesagt habe, dass die Frau sich ausgeschlossen hatte. Ich hatte das angenommen, weil die Tür nicht abgeschlossen war, als ich nach Hause gekommen bin.»

«Das macht nichts», sagte Soneri kurz und lächelte angesichts der Naivität der Alten.

Er zündete seine Toscano an und ging hinaus auf den Balkon. Die Geländer waren tatsächlich nicht weit voneinander entfernt. Um hinüberzuklettern, reichte es, einen Fuß auszustrecken, schon war man auf dem anderen Balkon. Doch als er mit gespreizten Beinen dastand, einen Fuß auf der einen Seite und einen auf der anderen, bekam er plötzlich Angst. Ihm wurde schwindlig, und er war froh, als er wieder in Sicherheit war, während ihn die Alte besorgt beobachtete.

Die Balkontüren waren geschlossen: Er würde eine Scheibe einschlagen müssen, wie Federica es gemacht hatte. Vorher versuchte er aber, das Badezimmerfenster aufzudrücken, das auch tatsächlich nachgab. Bevor er hineinsprang, grüßte er die Alte, die ihm zulächelte wie bei einer ganz normalen Verabschiedung.

Vom Bad aus betrat er die Wohnung, die ein Musterbeispiel an Gewöhnlichkeit war. Es gab nicht den Hauch einer Spur, die etwas über das Leben der Frauen verraten hätte. Radio, Platten, Kleider, Schuhe, eine große Auswahl an Medikamenten. Dann Vorräte, Illustrierte und billige Bücher. Kein einziger Brief, keine Papiere, nicht einmal ein Adressbuch, dem man eine Telefonnummer oder eine Adresse entnehmen konnte.

Er war sicher, dass sie alles beiseitegeräumt hatten, nachdem Soneri ihnen angedroht hatte, die Wohnung durchsuchen zu lassen. Wieder ging er ins Bad. Vor der Waschmaschine lag ein Wäscheberg. Der Commissario schob die schmutzigen Sachen zur Seite und überwand seinen Widerwillen gegen den Waschmittelgeruch. Unter einem Stapel aus Röcken und Hosen lugte ein Kittel hervor. In der ganzen Wohnung hatte er danach gesucht. Er hatte dieses Detail, von dem Costamagna berichtet hatte, nicht vergessen.

Er hob ihn hoch und hielt ihn gegen das Licht. In der Brusttasche steckte ein Holzstäbchen, eines von der Sorte, die man benutzt, um die Zunge nach unten zu drücken, wenn man in den Hals schauen will. In der linken Tasche dagegen steckte ein Plastikschild mit einer Nadel, mit der man es am Kragen befestigen konnte. Darauf stand:

F. Ronco. Soneri drehte es um: Gemeinschaftspraxis Sant'Orsola.

Er ging die Treppe hinunter und stieg ins Auto. Er kam gerade noch rechtzeitig, bevor über Mittag geschlossen wurde.

«Ich suche Federica Ronco», sagte er zu der Angestellten am Empfang.

«Sie hat zwei Wochen Urlaub.»

«Wissen Sie, wo sie hinfahren wollte?»

«Sie sagte, nach Tunesien.»

Soneri wurde plötzlich von einem Schild, auf dem die Fachrichtungen der Praxis angegeben waren, abgelenkt.

Die Angestellte beobachtete ihn aufmerksam, während er die Tafel studierte, als müsse er wählen, an wen er sich wenden wolle. Dann sagte er, ohne die Augen davon abzuwenden: «Welches Fachgebiet hat Federica Ronco?»

Die Frau sah Soneri an, als betrachte sie die Details einer Skulptur: «Akupunktur und Chiropraxis», antwortete sie. Und nach einer kurzen Pause fügte sie hinzu: «Sie ist sehr gut.»

Da löste der Commissario seinen Blick von der Tafel und drehte sich lächelnd zu ihr um: «Ja, sie ist wirklich sehr gut.»

Er ging in eine Bar, um einen Grappa zu trinken. Er steckte zwei Münzen in das Telefon an der Wand und wählte Juvaras Nummer.

«Sie war es», sagte er, bevor der Inspektor auch nur den Mund aufmachen konnte.

«Das scheint mir auch so», erwiderte Juvara.

«Heilige Muttergottes! Hörst du mir überhaupt zu? Ich habe dir gerade gesagt, wer Palmieri umgebracht hat, und du antwortest mir so einen Blödsinn?»

«Commissario, wir haben sie erwischt.»

Sie sah genauso aus, wie er sie sich vorgestellt hatte. Schwarze Lederkleidung, derbe Stiefel, die Haare unter einer Stoffkappe verborgen: Sie sah aus wie eine Autonome. An ihrer Seite war ein Mann mit rasiertem Schädel, der wesentlich älter aussah als sie selbst. Als Juvara an ihm vorbeikam, flüsterte der ihm zu: «Sie war in seiner Wohnung, als wir sie festgenommen haben.»

Beide sahen dem soeben eingetretenen Commissario entgegen, als hätte er die Lösung all ihrer Probleme parat. Federica sah ihn voller Trotz an, während in den Augen ihres Begleiters die Forderung nach einer Erklärung stand.

«Wollten Sie nicht nach Tunesien fahren?», fragte der Commissario.

Die junge Frau schnaubte und drehte sich auf die andere Seite.

«Ich möchte wissen, mit welchem Recht Sie sich erlauben ...», platzte der Mann schließlich heraus. Doch er brachte seinen Satz nicht zu Ende, weil Soneri ihn mit einer präzisen Erklärung unterbrach: «Mord und Mordversuch, reicht Ihnen das?»

Der Mann verstummte erschrocken und blickte seine Gefährtin erstaunt an.

«Ich bedauere, Sie auf so brutale Weise von Fakten in Kenntnis setzen zu müssen, von denen Sie vielleicht nichts ahnten», fuhr Soneri fort.

An diesem Punkt brach Federica ihr trotziges Schweigen: «Er hat nichts damit zu tun, er weiß nichts», sagte sie und bewirkte damit nur, dass ihr Begleiter sich noch mehr wunderte.

«Kann sein», bemerkte Soneri, während er sich eine Zigarre anzündete. «Er hat Sie nur in ein Antiquariat begleitet, um einen Katalog über Kriminalfilme zu kaufen. Doch was die Signorina damit vorhatte, davon wusste er nicht viel. Oder täusche ich mich?»

«Sie täuschen sich nicht», sagte die junge Frau entschieden.

«Gut. Dann können Sie draußen Platz nehmen», sagte der Commissario zu dem Mann.

Dieser blickte Federica immer noch verwundert an, seit ein paar Sekunden auch mit leichtem Groll, und stand auf.

«Wo fangen wir an?», fragte der Commissario.

Die junge Frau zuckte die Achseln.

«Beginnen wir bei dem letzten Vorfall: dem Angriff mit dem Messer auf Beppe.»

Erneutes Achselzucken.

«Wann kam heraus, dass seine Hinweise nicht die üblichen Botschaften für die Clubmitglieder enthielten?»

«Nachdem ihm ein paar diesbezügliche Fragen gestellt worden waren.»

«Wer hat Ihnen den Auftrag gegeben?»

«Bedurfte es eines Auftrags? Das war meine Sache. Oder nicht?»

«Wollten Sie ihn töten oder nur erschrecken? Sie wussten, dass er nicht sehr gesprächig ist, oder?»

«Ich wollte ihn eine Weile aus dem Verkehr ziehen. Wenn er mit diesen Hinweisen weitergemacht hätte ... Er war Palmieri sehr dankbar, weil er seine Stelle gerettet hat, als sie ihn feuern wollten. Seitdem war er ihm treu ergeben. Ansonsten liebte dieser Griesgram niemanden so sehr wie seine Vorführmaschine. Er tickt nicht richtig», sagte Federica und tippte sich mit dem Zeigefinger an die Schläfe.

«Warum wollten sie ihn feuern?»

«Auf keinen Fall, weil er nicht gut arbeitete, er kannte fast jeden Film auswendig. Es war wegen dieser Hinweise und dem Chaos, das daraus entstand. Niemand blickte da noch durch, und so wurde beschlossen, damit aufzuhören. Aber irgendjemand bat ihn offensichtlich weiterhin darum, das Bild hüpfen zu lassen, und Beppe machte weiter. Und deswegen wollten sie ihn entlassen.»

«Und dass Palmieri ihn rettete, hat er ihm nicht vergessen ...»

«Allerdings war das von Palmieri keineswegs ganz uneigennützig. Von da an informierte Beppe ihn darüber, wer ihn bat, das Bild hüpfen zu lassen, und hielt ihn auch darüber auf dem Laufenden, wer gegen ihn intrigierte. Er war ein Spion in Palmieris Diensten.»

«Wer intrigierte?»

Die Frau lachte: «Wissen Sie nicht, dass der Club der Cineasten ein Vipernnest war? Jeder gegen jeden. Und zugleich deckte jeder jeden. Wenn es eine Bedrohung von außen gab, wurde eisern geschwiegen. Niemand wollte, dass das Spielchen zu Ende ging. Das sind alles Leute, die vom Leben enttäuscht wurden, und die Vorstellung, in die Rolle von Detektiven zu schlüpfen, verschaffte ihnen eine ungeahnte Befriedigung.»

«Aber warum wurde Palmieri umgebracht?»

«Weil er zu einer Bedrohung geworden war. Geld, verstehen Sie», erklärte Federica und rieb die Fingerspitzen gegeneinander. «Die Hälfte des Clubbudgets bestand aus Einkünften, die von der Papierfabrik überwiesen wurden, und Palmieri hatte beschlossen, den Geldhahn ein bisschen zuzudrehen.»

«Aber Palmieri hatte doch jemanden, der ihn über die

Gefahren auf dem Laufenden hielt ... Zum Beispiel Beppe. Richtig?»

Die Frau nickte.

«Trotzdem ist es euch am Abend des Verbrechens gelungen, ihn in die Falle zu locken ...»

«Eine perfekte Falle», sagte die Frau. «Santini ist wirklich genial. Er hat ihm eine Lektion erteilt ... Das wollte er schon seit langem tun, und wenn nichts ans Licht gekommen wäre, wäre er zum unumstrittenen Anführer geworden.»

Der Commissario hörte aufmerksam zu und machte eine Bewegung mit der Zigarre, um sie zum Weiterreden aufzufordern.

«Am Tag zuvor hatte Santini einen Fall präsentiert, der analog zu dem des Films war, und Palmieri stellte Ermittlungen darüber an. An jenem Abend sah er den Film, den weder er noch die anderen kannten, und stellte fest, dass er praktisch identisch mit dem von Santini erfundenen Fall war. Einschließlich der Art, wie der Mord verübt wurde: eine tödliche Injektion in einem leeren Kino. Es hätte genügt, dass er die Handlung und die durch den Film aufgezeigte Lösung akzeptiert hätte, und alles wäre aufgeflogen. Hätte er es begriffen, wäre er gewarnt gewesen. Er hätte verstanden, dass er, wenn er nach dem Film im Saal bliebe, die Rolle des Opfers spielen würde. Es war nicht das erste Mal, dass ein Fall vorgestellt wurde, um jemanden hereinzulegen. Palmieri hat einen entscheidenden Punkt für einen Kinofan und einen Ermittler übersehen: dass die Grenze zwischen dem Leben und der Fiktion manchmal kaum wahrnehmbar ist. Doch Sie wissen ja, dass ein guter Ermittler sich nie mit dem Offensichtlichen zufriedengibt und wie wichtig dieser Punkt ist. Kennen Sie *Der entwende-*

te Brief von Poe? Der Detektiv ist ein Raubtier und verzehrt keine Tiere, die bereits tot sind: Er muss seine Beute selbst töten.»

«Und aus diesem Grund wolltet ihr unbedingt den Katalog über das nordische Kino in die Finger bekommen?»

«Wenn Palmieri die Handlung von *Spuren im Eis* gelesen hätte, wäre die Falle entdeckt worden. Wir mussten sicher sein, dass der Film noch nie zuvor gezeigt worden war, um die Analogie zwischen den Fällen absolut zufällig erscheinen zu lassen. Und da er ein gebildeter Cineast war, mussten wir auch sicherstellen, dass er den Katalog nicht in die Finger bekam.»

«Und so wurde das Drehbuch ausgeführt. Genau wie im Fall von Santini und im Film, oder habt ihr Veränderungen in die Inszenierung aufgenommen?»

«Nicht die geringste Abweichung», sagte Federica finster. «Er schöpfte keinen Verdacht, er hatte bereits ausgeschlossen, dass die Lösung die sein könnte, die er auf der Leinwand gesehen hatte, und fühlte sich nicht bedroht, weil in diesem Moment die Realität und die Fiktion in seinem Kopf zwei ganz verschiedene Dinge waren. Er fühlte sich nicht als das, was er war: Der Schauspieler, der das Opfer spielte.»

«Wer war bei ihm?»

«Santini.»

«Ein perfekter Regisseur für eine reale Szene», stellte Soneri fest. «Also war er es, der ihn nach dem Ende des Films aufgehalten hat.»

«Sicher. Palmieri verhörte ihn.»

«Er ist durch den Notausgang hereingekommen, richtig?»

«Gibt es noch eine andere Möglichkeit?»

«Palmieri hat nichts bemerkt?»

«Nein, er hatte die Absicht, mit Santini zu sprechen. Das Chloroform wirkt schnell.»

«Wer lenkte Marcelli ab?»

«Was spielt das für eine Rolle? Irgendjemand bleibt immer im Foyer, um sich noch ein bisschen zu unterhalten. Und bevor nicht der Letzte gegangen ist, betritt Marcelli den Saal nicht.»

«Der Einzige, auf den ihr nicht zählen konntet, war Beppe.»

«Ja, das stimmt. Aber wir wussten, dass er nicht reden würde.»

«Aber ihr wusstet, dass er Hinweise geben würde.»

Die Frau saß eine Weile unschlüssig da.

«Ich bin sicher, dass er das nur für sich selbst getan hat. Ohne Palmieri wäre er entlassen worden.»

Soneri stand auf und durchquerte in aller Ruhe den Raum, während Juvara ihn schweigend beobachtete. Die Frau dagegen starrte auf einen Punkt auf dem Schreibtisch, der vor ihr stand. Als er am Fenster war, zog der Commissario die Vorhänge zurück und schaute auf den Vorplatz, auf dem ein paar Streifenpolizisten standen, und sagte, ohne sich umzudrehen: «Warum haben Sie es getan?»

Federica Ronco verstand nicht und wandte sich an Juvara. Der wiederholte: «Warum haben Sie es getan?»

Wieder zuckte sie die Achseln. Da wandte sich der Commissario um, um sie anzusehen.

«Warum?», drängte er.

«Ich habe es Ihnen bereits gesagt: Er drohte damit, den Club schließen zu lassen.»

«Aber was hätte Ihnen das denn schon ausgemacht? Frauen waren doch nicht einmal zugelassen.»

Die Frau blickte ihn voller Stolz an: «Mein Bruder war einer der Gründer.»

Der Tonfall, mit dem sie diese Worte aussprach, entging Soneri nicht. Ihm schien, als würden sie sich, einmal von Federica ausgesprochen, in fetten Lettern ins Gedächtnis eingraben. Der Commissario wollte nicht weiter insistieren.

Deshalb wechselte er das Thema.

«Nach der Injektion habt ihr den Körper so hingesetzt, dass es nach einem natürlichen Tod aussah.»

«Palmieri war nach vorne gekippt. Wir haben ihn aufgerichtet, sodass er saß, und Santini hat ihm den zusammengefalteten Mantel mit der Brieftasche, die nicht in der Tasche steckte, auf die Knie gelegt. Es sollte nach einem Infarkt aussehen, der ihn ereilt hatte, als er gerade gehen wollte.»

«Aber ihr habt den Katalog übersehen ...»

«Wir hatten alles bedacht, aber das ... Vielleicht war er ihm schon vorher heruntergefallen. Oder vielleicht hat ihn jemand anders fallen lassen. Ach, so sind Sie also darauf gekommen ... Costamagna hat Ihnen von dem Katalog erzählt ...»

Die Frau errötete, während sie im Geiste den Faden bis zu dem Anfang zurückverfolgte, an dem sich Tage zuvor auch Soneri festgehalten hatte. Dieser beobachtete sie ruhig. Sie war intelligent. Da erinnerte sich der Commissario an die Diskussion mit Santini über den Unterschied zwischen der Realität und der Fiktion. Er griff einen Ausschnitt aus dieser Unterhaltung auf und wiederholte die Worte vor Federica Ronco, als müsse er sie sich selbst in Erinnerung rufen: «Jemand, der Fälle erfindet, kann das Verbrechen immer weiter perfektionieren. Er kann die Fehler korrigieren. Jemand, der tatsächlich mordet, hat nur eine Möglichkeit, die Tat auszuführen, und irgendeinen Fehler macht er immer.»

Die Frau brach in ein kurzes, nervöses Lachen aus, voll müder Enttäuschung: «Es ist der Zufall, der über alles entscheidet. Unsere Existenz wird vom Zufall bestimmt.» Und während sie das sagte, wischte sie sich eine Träne aus dem Auge, als wolle sie ein Insekt verscheuchen.

29

Wenn Lora die Velma in *Fahr zur Hölle, Liebling* war und Santini gemeinsam mit einem Gutteil der Clubmitglieder der Auftraggeber in *Chinatown*, wer waren dann die anderen beiden Personen, auf die Beppe hinweisen wollte? Vor einem Teller Tortelli mit Kräutern und einer Flasche Gutturnio, die seinen Gedanken Klarheit verlieh, grübelte Soneri über die Teile dieses Mosaiks nach. Der Ehemann, der in *Frau ohne Gewissen* zum Opfer wurde, konnte sowohl Ronco als auch Palmieri sein. Aber wer war der Erpresser aus *Der tiefe Schlaf*? Diese Frage bereitete ihm am meisten Kopfzerbrechen. Falls Ronco, was ihm wahrscheinlicher erschien, der ermordete Ehemann war, konnte der Erpresser nur Palmieri sein. Doch womit hätte er die anderen erpressen können? Mit der Industriespionage, in die ja auch er verwickelt war? Aber hatte er die anderen Mitglieder denn nicht sowieso finanziell in der Hand? Warum also hätte er jemanden erpressen sollen?

«Commissario, Sie werden am Telefon verlangt», riss Juvara ihn aus seinen Gedanken.

Soneri stand auf und ging ran. Seine Laune besserte sich kurz, als er Angelas Stimme hörte.

«Hast du dich wieder bei deinem Freund Costamagna vollgestopft?»

«Wir haben die junge Frau verhaftet: Sie war es.»

«Ich weiß», sagte Angela kühl. «Aber sie hat kein Motiv, das dich überzeugt.»

«Woher weißt du das?»

«Ich habe Juvara ausgefragt. Er hat eine Schwäche für mich und ist äußerst gesprächig.»

«Idiot», entfuhr es Soneri.

«Reg dich nicht auf, ich werde niemandem etwas erzählen», beruhigte sie ihn. «Denk lieber über den Fall Miranda nach. Und vergiss nicht, dass das Ehepaar in Santinis letztem Fall genauso hieß. Kommt dir das nicht seltsam vor? Hast du dich mal gefragt, warum Palmieri seine Gefährten immer wieder an dieses Verbrechen erinnerte?»

Er hatte sich das sogar sehr oft gefragt, allerdings ohne eine Antwort zu finden. Warum hatte Santini nach Palmieris Tod seinen Fall so genannt? War das ein Hinweis?

«Sehen wir uns?», fragte er Angela.

«Nein, Commissario, nur wenn du dich gut benimmst und mich anrufst, um mich einzuladen.»

Verstimmt legte Soneri auf. Er holte noch einmal die Akte über den Mordfall Ronco hervor. Es waren jedes Mal wieder die beiden Sonnenbrillen, die seine Neugier weckten. War das Verbrechen in der Dunkelheit eine Inszenierung gewesen?

Er klappte die Akte wieder zu und ging zum Auto. Ein paar Minuten später saß er am Steuer und versuchte den Weg zu rekonstruieren, den Rocchi am Vorabend gefahren war. Tagsüber sah das flache Land der Ebene überall gleich aus. Doch schließlich erkannte er die hohe Hecke und den Innenhof eines ziemlich eindrucksvollen Natursteinhauses wieder. Er stieg aus und klingelte. Nach einer Weile kam Lora um die Ecke: Sie trug Reitstiefel und Sportkleidung.

«Ich sehe, dass Ihnen das Landleben gefällt», sagte der Commissario.

Sie antwortete nicht. Sie lehnte ihre Peitsche an die Wand und starrte ihn an. Erst nach einer Pause brummte sie: «Ihnen leider auch.»

«Ich komme dienstlich: Ihre Schwägerin ist verhaftet worden.»

Lora reagierte nicht und schien ungerührt. Nur ihre schönen blauen Augen weiteten sich einen Moment lang.

«Haben Sie damit gerechnet?»

«Hätte ich Ihrer Meinung nach damit rechnen sollen?»

«Ich denke schon.»

«Kommen Sie, gehen wir hinein.»

Im Haus war es warm. Lora legte Holz nach in einen hohen Kachelofen, wie man sie in österreichischen Häusern findet.

«Wann wurde sie festgenommen?»

«Heute Morgen. Sie ist Palmieris Mörderin. Und nun frage ich mich, wieso seine Lebensgefährtin mit ihr zusammenlebt?»

«Ich wusste ja nichts davon.»

«Aber Federica konnte mit Nadeln sehr gut umgehen, und Palmieri war wegen seiner Rückenschmerzen bei ihr in Behandlung. Kam Ihnen das nicht verdächtig vor, als Sie von der Injektion hörten?»

«Ich habe eigentlich nur noch bei Rosa übernachtet.»

«Sie hatten also doch einen Verdacht?»

«Ich ging aus einem anderen Grund zu Rosa ...», sagte Lora und zwinkerte ihm verschwörerisch zu.

Zunächst verstand der Commissario nicht, dann fiel ihm Manfred Stork ein.

«Ich fand es nicht richtig, mich in der Wohnung mit

ihm zu treffen. Aber», fügte sie etwas leiser hinzu, «einen Verdacht hatte ich trotzdem. Sie benahm sich eigenartig. Und dann diese schwarzen Ledersachen und diese schrecklichen Stiefel ...»

«Und dennoch haben Sie die ganze Aufmerksamkeit auf die Via Giucciardini gelenkt, haben mir von Ihrem Verfolger erzählt und den Verdacht auf Stork gelenkt, während Sie sich heimlich weiterhin mit ihm trafen und sogar die Schießerei inszeniert haben.»

«Uns blieb nichts anderes übrig. Als man uns drohte, sahen wir uns zu dieser Inszenierung gezwungen.»

«Wer drohte Ihnen?»

«Eine Männerstimme am Telefon. Aber es ist nicht schwer zu erraten, aus welchem Umfeld sie kamen. Manfred hat auch Anrufe erhalten.»

«Was wissen Sie über den Mord an Ihrem Mann?»

«Nicht mehr als Sie.»

«Vor der Mordnacht, wirkte er da wie jemand, der ein gefährliches Treffen vor sich hatte?»

«Nein, ich hatte nicht den Eindruck. Er war gut gelaunt und sagte mir, er würde in den Club gehen.»

«Hat er mit Ihnen über die Fälle gesprochen, die sie inszenierten?»

«Sie inszenierten sehr viele.»

«Und manchmal agierte er auch als Schauspieler, um Verbrechen zu spielen, die andere sich ausgedacht hatten?»

«Das kam vor, ja. Sie alle schlüpften abwechselnd in irgendwelche Rollen.»

«Erinnern Sie sich, ob sie an jenem Abend einen Fall Ihres Mannes inszenierten oder ob er einfach eine Rolle spielen sollte?»

Lora versuchte sich zu erinnern. Sie wirkte ungewohnt fügsam.

«Wieso sollte ich mich daran erinnern?»

«Nun, man erinnert sich immer an die letzte Begegnung mit einem geliebten Menschen. In diesen Fällen hilft uns unser Gedächtnis», sagte Soneri.

«Ich glaube nicht, dass es sich um einen seiner Fälle handelte, nein», fuhr die Frau nachdenklich fort. «Normalerweise sprach er darüber. Bevor er sie den anderen vorstellte, erzählte er sie mir und wollte wissen, wie ich sie fand. Ich habe nie etwas von Krimis verstanden, aber mein Urteil hat ihn immer interessiert. Manchmal habe ich ihm gesagt, dass mir die Geschichte nicht gefällt, und er hat sie verworfen. Er wollte, dass die Fälle auch für jemanden außerhalb des Clubs spannend wären, als hätte er für eine Fernsehserie schreiben müssen.»

«Also ging es an jenem Abend nicht um eine seiner Geschichten.»

«Nein, ich glaube nicht. Eigentlich war es ein ganz normaler Abend ... Ich erinnere mich daran, dass im Fernsehen ein Film mit Robert Redford lief und dass er ein paar Sachen mitnahm: Taschentücher, einen Kamm und eine alte Sonnenbrille, die seit ewigen Zeiten auf der Konsole im Wohnzimmer lag.»

«Eine billige Hornbrille mit flachen Bügeln?»

«Ja, genau.»

Soneri schwieg und dachte darüber nach. Lora hatte mit weiteren Fragen gerechnet und sah ihn etwas erstaunt an.

«Wo ist Manfred Stork?», fragte der Commissario dann.

«In der Fabrik. Früher oder später musste er ja wieder dorthin.»

«Und Sie beide haben sich hier draußen eingerichtet?»

«Es ist ein abgelegener Ort.»

Der Commissario stand auf, ging zum Ofen und wärmte sich die Hände. Dann zündete er sich eine Toscano an und schüttelte das Streichholz, um es auszumachen, bevor er die Ofentür öffnete und es hineinwarf. Als er sich zu ihr umdrehte, fragte er: «Wen von beiden haben Sie betrogen?»

Er erwartete eine heftige Reaktion, doch Lora lächelte ihn nur müde und niedergeschlagen an: «Im Grunde keinen von beiden.»

«Aber was finden Sie an Manfred?»

«Ich fühle mich wieder jung. Und außerdem», ergänzte sie, «wissen Sie denn nicht, dass manche Frauen sich zur Krankenschwester berufen fühlen?»

Soneri sah sie verständnisvoll an, auch wenn Lora in seinen Augen so gar nichts von einer Krankenschwester hatte. Dann ging er. In der Tür drehte er sich noch einmal um: «Verzeihen Sie, dass ich Ihnen all diese Fragen stellen musste.»

Nachdem er Juvara im Flur einen schiefen Blick zugeworfen hatte, schloss er sich in seinem Büro ein. Überrascht stellte er fest, dass ihn nicht so sehr die ausufernde Gesprächigkeit seines Assistenten, sondern vielmehr die Tatsache verstimmte, dass dieser angeblich eine Schwäche für Angela hatte.

Dann wandte er sich in Gedanken wieder dem Abend zu, an dem Loras Exmann ermordet worden war. Ronco kannte Palmieris Drehbuch, er sollte die Rolle des Opfers spielen. Er hatte die Brille absichtlich mitgenommen, um das Pulver, das bei einem Schreckschuss freigesetzt wird, nicht in die Augen zu bekommen. Doch dann ... Hatten die anderen Clubmitglieder denn nichts bemerkt? Hatten die

Möchtegern-Ermittler nicht gesehen, dass es echtes Blut war? Oder hatten sie beschlossen herauszufinden, warum aus der Inszenierung plötzlich ein echtes Verbrechen geworden war? Am Ende musste die Überlegung gesiegt haben, dass es besser war, die schmutzige Wäsche in der Familie zu waschen und nach außen hin den Anschein zu erwecken, es habe sich um einen echten Hinterhalt gehandelt. Er fand es verblüffend, wie Fiktion und Realität ständig ineinandergriffen.

Er griff zum Telefon: «Habt ihr Santini aufgespürt?»

«Nein, er ist verschwunden», erwiderte Juvara.

«Sucht weiter nach ihm», befahl er.

Dann stand er auf und ging wieder nach draußen. Er ließ das Auto im Hof stehen und ging zu Fuß. Juvara, der ihm vom Fenster aus nachsah, schloss aus seinem Gang, dass er ein bestimmtes Ziel im Kopf hatte.

Vor dem Club der Cineasten zog Soneri den Schlüssel hervor, den er sich von Lora hatte geben lassen, ging hinein und schloss die Tür sorgfältig wieder ab. In dem schwachen Licht, das durch die Fensterläden hereinfiel, erschienen die Fotos der großen Darsteller der Kriminalfilme riesig und düster. Humphrey Bogarts Gesicht wirkte plötzlich hart und fahl, Robert Mitchum lächelte ihn unter seinem schiefsitzenden Hut hervor an, Elliot Gould richtete seinen Colt auf ihn: eine Geisterwelt. Träume, die von Zeit zu Zeit ihr Schattenreich verließen, um Wirklichkeit zu werden. Schließlich stand Soneri Gino Cervi als Maigret gegenüber und hatte für einen Moment das Gefühl, er würde sich von der Wand lösen und auf ihn zukommen. Er sah den Schrank mit den Karteikästen, das Archiv mit den Verbrechen der letzten zehn Jahre, die große Bibliothek und den kleinen Tisch, auf dem die Mitglieder Schach spielten.

Schließlich ging er zum Tresen. Es gefiel ihm, in diesem Halbdunkel herumzulaufen wie bei sich zu Hause, morgens, wenn er noch nicht richtig wach war. Er setzte sich auf den Hocker, auf dem normalerweise der Barmann mit dem Tartarenbart saß. Mit Hilfe seiner kleinen Taschenlampe studierte er die Etiketten der Flaschen in dem Regal, und als er den Whisky, den Santini ihm angeboten hatte, fand, schenkte er sich ein Glas ein. Während er zu der Galerie der großen Stars hinübersah und an dem Whisky roch, dachte er an seine Gespräche mit Santini. Doch seine Gedanken wurden durch das Schrillen des Telefons unterbrochen. Es klingelte viermal in der Dunkelheit, und der Commissario hatte, warum auch immer, den Eindruck, jemand riefe um Hilfe.

Dann hörte man, wie der Anrufbeantworter ansprang. Das Band lief etwa zehn Sekunden lang, dann ein weiteres Klicken. Soneri stand auf und ging auf die dunkle Stelle zu, wo er das Klingeln gehört hatte. Hinter der Rückenlehne des Sofas blinkte ein rotes Licht und führte ihn genau zu dem Knopf, mit dem man das Band abhören konnte. Eine ihm unbekannte Männerstimme dröhnte knisternd aus dem Apparat: «Rühr dich nicht von der Stelle, sie suchen dich. Um die Waffe kümmern wir uns.»

Erst in diesem Moment spürte Soneri die Gefahr. Auch wenn Santini mit seiner unbeholfenen Art überhaupt nicht danach aussah, so war er doch bereits einmal fähig gewesen zu töten. Der Commissario griff nach seiner Pistole, ging zu dem kleinen Nebenraum, in dem es einen Kocher und eine Spüle gab, machte das Licht an und sagte: «Kommen Sie heraus.»

Kaum hatte er festgestellt, dass hier niemand war, hörte er eine dumpfe Stimme sagen: «Ich bin hier.»

Santini stand vor der Tür zur Toilette hinter der Bar. Neben ihm hing das Porträt von Donald Sutherland mit dem zusammengefalteten Regenmantel über dem Arm, der ihn als Detektiv nicht besonders glaubhaft erscheinen ließ. Soneri goss ein Glas Whisky ein und reichte es ihm. Santini schüttete es auf russische Art hinunter, in einem Zug und mit nach hinten geworfenem Kopf.

«Haben Sie eine Pistole?», fragte der Commissario.

Der andere breitete die Arme aus und schüttelte den Kopf: «Nein.»

Sein Gesicht war kreidebleich und seine Wangen eingefallen.

«Wissen Sie», sagte Soneri, um das Eis zu brechen, «ich habe Sie bewundert. Das passiert mir selten. Als ich rekonstruiert habe, was im Kino geschehen ist, habe ich verstanden, dass die Falle für Palmieri perfekt war, absolut genial. Jeder wäre da hineingetappt, auch jemand, der so schlau war wie er. Und ich hätte erst recht so reagiert wie Palmieri.»

Santini schwieg versteinert.

«Das Letzte, womit Palmieri rechnete, war, dass genau das passieren würde, was er soeben auf der Leinwand gesehen hatte. Er liebte die Fiktion, aber er misstraute ihr auch. In diesem Kinosessel, unmittelbar nach Ende der Vorstellung, glaubte Palmieri, er sei in die Realität zurückgekehrt, ohne zu merken, dass es zwischen dieser und der Fiktion keinen Unterschied mehr gab. Im Gegenteil, die eine hatte die andere erst geschaffen.»

Der Commissario konnte sich das intellektuelle Vergnügen vorstellen, das man aus einem solchen Verbrechen schöpfen konnte. Doch war das Grund genug? Er goss sich ein weiteres Glas ein.

«Ich habe viel über diesen Mord nachgedacht. Von allen Morden, mit denen ich es je zu tun hatte, ist dies der raffinierteste. Aber irgendwas passt da nicht zusammen. Die Einzigen, die ein ernsthaftes Motiv hatten, sind Lora und Stork, aber die haben sichere Alibis. Alle anderen haben Motive, die nicht besonders glaubwürdig sind: Groll, Meinungsverschiedenheiten, Eitelkeit ...»

Der Commissario trank, während Santini ihn immer noch schweigend beobachtete.

«Wissen Sie, zu welchem Schluss ich gekommen bin? Dass das wirkliche Motiv zwangsläufig anderswo gesucht werden muss. Und dieses ‹anderswo› konnte nur der Fall Ronco-Miranda sein. Deshalb habt ihr die Karteikarte verschwinden lassen. Und deshalb habt ihr die Unterlagen von Stork zurückgekauft, als der in ihren Besitz gelangt war. Im Grunde wollte er nur Palmieris Geld. Ihr dagegen wolltet die Akte und hattet das Geld. Ein einfacher Tausch. Rätselhaft blieb der Mord an Ronco. Ich bin das alles wieder und wieder durchgegangen. Schließlich habe ich verstanden, dass hier die gleiche Hand im Spiel war. Ich könnte Ihnen nicht sagen, warum, aber der Stil ist der gleiche. Auch Ronco lebte eine Fiktion, ohne auf die Idee zu kommen, dass die Realität plötzlich in diese Inszenierung einbrechen könnte. Doch während Palmieri der Fiktion misstraute, so sehr, dass er gar nicht auf die Idee kam, dass er sie genauso nachspielte, wie er sie auf der Leinwand gesehen hatte, hat Ronco sich ihr ganz unbekümmert hingegeben. Palmieri dachte keine Sekunde lang daran, dass er die Rolle des Opfers spielte, Ronco dagegen sehr wohl. Das Ende war für beide das gleiche, doch der psychologische Mechanismus, der sie dazu gebracht hat, keine Vorsicht mehr walten zu lassen, ist völlig unterschiedlich.»

Es sah so aus, als nickte Santini zustimmend. Im Hintergrund meinte der Commissario zu sehen, wie Gino Cervi ihm gutmütig zuzwinkerte.

«Sicher, irgendjemand wollte Ronco aus dem Weg räumen. Wie sonst sollte man sich diese plötzlichen Einnahmen von einer halben Milliarde erklären, für die es keine glaubwürdige Erklärung gab? Außerdem war sein Job ziemlich riskant, und Sie haben ihm manchmal ein bisschen geholfen, richtig?»

Diesmal nickte Santini unmissverständlich, und diese Geste bewirkte, dass der Commissario eine Pause einlegte. Als er fortfahren wollte, merkte er, dass ihm zu seiner Überraschung die Worte fehlten. Er hatte alles gesagt, was er beweisen konnte. Alles Übrige waren Vermutungen und Intuitionen. Doch erstaunlicherweise fuhr jetzt Santini fort.

«In dieser Geschichte waren nicht nur die Opfer ahnungslos, sondern manchmal auch die Täter», sagte er und kippte den Whisky hinunter.

Dem Commissario wurde blitzartig einiges klar. Wer sollte auch besser als Santini, der einer der Hauptakteure in dieser verrückten Geschichte gewesen war, wissen, dass zwischen den Platzpatronen eine echte Patrone gewesen war?

«Sie haben geschossen, richtig?»

Der Mann griff nach der Flasche, die noch auf dem Tresen stand, und nickte wieder. Dann trank er noch einen Schluck, wobei er den Kopf in den Nacken legte wie ein Kampfhahn, der sich in die Brust warf. Aber Santini kämpfte nicht mehr.

«Ich habe geschossen, aber ich bin nicht Roncos Mörder. Ich hatte keine Ahnung, verstehen Sie? Ich spielte.

Spielte die Rolle des Mörders und Ronco die des Opfers. Beide wussten wir nichts von dem, was geschehen würde. Wir waren Freunde ... Sie haben uns benutzt wie Marionetten. Er ist umgekommen, und ich war darin verstrickt. Wie sollte ich mich danach vor den anderen rechtfertigen? Ein paar haben mir geglaubt, aber die Situation sprach gegen mich. Die Beweise, die ich für meine Unschuld hätte vorlegen können, waren zerstört worden, damit sie nicht der Polizei in die Hände fielen. Auch die Pistole. Alles wurde so manipuliert, dass es nach einem Hinterhalt aussah, und niemand im Club konnte Nachforschungen anstellen. Alles war so gut arrangiert, dass man jahrelang an die Geschichte von einem Auftragskiller glaubte.»

«Gut gemacht, ja», räumte Soneri ein. «Außer dieser Sonnenbrille ...»

«Stimmt, die Sonnenbrille. Niemand hat ins Handschuhfach geschaut, wo noch eine andere lag. Und niemand hat daran gedacht, sie sauber zu machen.»

«Die Pistole, die man verschwinden ließ, ist das die, von der auf dem Anrufbeantworter die Rede ist?»

«Ja, aber jetzt lässt sich nicht mehr beweisen, dass in der Trommel sowohl Platzpatronen als auch echte Patronen waren. Wenn wir sie sofort untersucht hätten, hätte sich herausgestellt, dass ich unschuldig war. Stattdessen ist sie in die falschen Hände gelangt und gereinigt worden. Jetzt würde sie allenfalls meine Schuld beweisen. Die Ballistik würde herausfinden, dass es die Tatwaffe ist.»

Santini seufzte und stützte sich mit beiden Unterarmen auf den Tresen. «Verstehen Sie jetzt das Motiv?»

Der Commissario nickte. «Auch die von Palmieri gestellten Fallen waren bewundernswert», sagte er dann.

«Er hat mir die Waffe gegeben. Es waren sechs Schüsse,

die ganze Trommel. Das Drehbuch sah vier Schüsse vor, und er hat die Hälfte mit Platzpatronen und die andere mit echten Patronen geladen. Rein rechnerisch war klar, dass mindestens eine der echten Patronen losgehen musste. Der dritte Schuss war dann der fatale. Da habe ich aufgehört zu schießen. Einige haben geglaubt, es sei ein Unfall, ein Irrtum beim Laden der Pistole. Doch fast alle waren sie gegen mich. Niemand hatte gesehen, wie Palmieri die Patronen geladen hatte. Er hat es immer abgestritten.»

«Und deshalb habt ihr innerhalb des Clubs Krieg gegeneinander geführt?»

«Ich wollte nur meine Unschuld beweisen. Und im Laufe der Zeit sind viele zu der Überzeugung gelangt, dass ich nichts damit zu tun hatte. Wir stellten Nachforschungen an, während die anderen, allen voran Palmieri, jeden Beweis vernichteten. Und dann setzten sie uns unter Druck.»

Soneri dachte an die letzte Figur, den Erpresser, auf den Beppe in *Der tiefe Schlaf* hingewiesen hatte, und jetzt schien ihm alles zusammenzupassen.

«Drohte er damit, Sie anzuzeigen?»

«Ja, und er wäre dazu durchaus imstande gewesen. Das Einzige, was ihn zurückhielt, war der Ruf des Clubs der Cineasten. Es hätte ihm nicht gefallen, seinen Zeitvertreib und den seiner Freunde zu zerstören. Aber im Zweifel wäre er trotzdem fähig gewesen, es zu tun. Er hatte mich in der Hand, verstehen Sie? Jedes Mal, wenn er mich einschüchtern wollte, rief er allen den Fall Miranda in Erinnerung. Und die Botschaft kam an.»

Der Commissario strich sich über den Bart und teilte ihn dabei mit den Fingerspitzen genau in der Mitte.

«Sie für Ihren Teil haben dagegen Lora und Stork unter Druck gesetzt.»

«Oh! Das war nicht besonders schwer», sagte Santini mit einer vielsagenden Handbewegung.

«Und schließlich», ergriff Soneri wieder das Wort, «haben Sie den Fall Miranda nach Palmieris Tod wieder aufleben lassen, um klarzumachen, dass jetzt Sie die anderen in der Hand hatten. Aber die junge Frau? Federica Ronco?»

«Sie hasste Palmieri. Lange Zeit hat sie mich für einen Lügner gehalten, aber schließlich hat sie begriffen, wer der wahre Mörder ihres Bruders war. Darum hat sie sich dann auch mit Lora überworfen.»

Sie schwiegen. Soneri fühlte sich ausreichend mit Informationen gesättigt, und in seinem Kopf machte sich Zufriedenheit breit, während Santini in sich zusammengesackt war und über dem Tresen hing, als hätte man ihn auf den Rücken eines Maultieres gebunden.

«Wir sollten gehen», sagte der Commissario.

Santini nickte ein letztes Mal und richtete sich auf.

Felicitas Mayall
Wie Krähen im Nebel

Im Eurocity aus Rom wird die Leiche einer jungen Unbekannten entdeckt. Kurz darauf wird auf den Gleisen des Münchner Hauptbahnhofs ein bewusstloser Mann gefunden. Als dieser aus dem Koma erwacht, erinnert er sich an nichts mehr. Kommissarin Laura Gottberg ist ratlos. Hängen die beiden Fälle zusammen? rororo 23845

Gefährlicher Süden

rororo

Franca Permezza
Prosciutto di Parma
Commissario Trattonis tiefster Fall. Ein Kriminalroman aus Venedig

Rechtsanwalt Brambilla ist tot. Commissario Trattoni glaubt an Mord. Als auch die Frau eines Händlers umkommt, der den Glasmachern auf Murano unbequem geworden ist, muss Trattoni seine Ermittlungen intensivieren, wenn nicht noch mehr passieren soll.
rororo 24259

Valerio Varesi
Der Nebelfluss
Commissario Soneri sucht eine Leiche

Hochwasser am Po: Die Dörfer werden evakuiert. Nur die Alten harren aus und sehen zu, wie der Lastkahn des alten Tonna führungslos den Fluss hinuntertreibt. Als kurz darauf dessen Bruder zu Tode kommt, mag Commissario Soneri aus Parma nicht an Zufall glauben. rororo 23780

Weitere Informationen in der Rowohlt Revue *oder unter* www.rororo.de